흰머리 남자, 주름진 여자

흰머리 남자, 주름진 여자

초판 1쇄 발행   2022년 9월 5일

지은이 | 천양곡
펴낸이 | 윤관백
펴낸곳 | 선인

등 록 | 제5-77호(1998.11.4)
주 소 | 서울시 양천구 남부순환로 48길 1(신월동 163–1) 1층
전 화 | 02) 718-6252 / 6257
팩 스 | 02) 718-6253
E–mail | sunin72@chol.com

정가   28,000원

ISBN   979-11-6068-743-9   03810

흰머리 남자, 주름진 여자

천양곡

선인

일러두기
이 책에 나오는 이름과 정보는 실제를 바탕으로 변경된 것입니다.

추천의 글

친구의 글을 먼저 읽고 보니

인생에 늘 행복한 날만 있었던 것이 아니듯이, 늘 가슴 아픈 날만 있었던 것도 아니다. 달리 말하면, 인생에 늘 가슴 저린 날만 있었던 것이 아니듯이 우리 누구나 활기차게 명동을 휘저은 적이 있지 않았던가?

인생은 누구나 한 편의 소설이며, 살아온 굽이마다 서린 사연이 많다. 나도 이제 팔순을 지나고 보니 앞을 보는 날보다 뒤돌아보는 날이 더 많다. 소망보다 후회가 더 많고, 가슴에 서린 이야기를 어디에선가 토해내지 않으면 마치 복부팽만감에 걸린 사람처럼 마음이 불편하다.

나와 같은 시대를 아파하며 살았으니 생각도 비슷한 나의 한 친구가 있다. 이름은 천양곡, 여태 나는 그의 이름을 한자로 어찌 쓰는지도 모른다. 만난 지 그리 오래지 않았으나 옛 친구처럼 느껴지는 사이이다.

내가 그를 만나기에 앞서 그의 글을 읽고 나는 그가 예술인인 줄로만 알았다. 그의 글을 읽고서야 그가 정신과 의사라는 것을 알았을 때, 어쩌면 가슴이 따뜻한 사람일 거라는 생각이 들었다. 그를 처음 만나자 저 선량한 얼굴로 이 험한 세파를 어찌 이겨냈을까 하는 생각이 들었다.

춥고 굶주리던 1970년대 초엽에 미국으로 건너가 정신과 의사가 되어 시카고에 있는 일리노이 주립병원에서 30년, 다시 18년을 개업의(Private practice)와 지역사회 정신과 클리닉에서 자문정신과 의사로 근무했으니, 가슴에 묻은 이야기가 얼마나 많았을까? 그도 아마 나처럼 시도 때도 없이 찾아오는 복부팽만감과, "강경에서 군산으로 가는 통통배의 고동 소리가 그리워 뒷산에 올라가"(「우리의 뿌리 고국」에서) 허전한 가슴을 달래듯이, 얼어붙은 미시간호를 바라보며 울먹인 날도 많았을 것이다.

그러니 천양곡의 인생이 왜 한 편의 소설 같지 않았겠는가? 설령 그가 칼로 째고 피를 보는 외과 의사였다 하더라도 가슴에 담은 이야기가 추야장(秋夜長) 긴 밤을 보내고 남았을 터인데, 하물며 환자의 희로애락을 함께 들으며 울고 웃은 정신과 의사의 이야기가 오죽하겠는가? 더구나 그 여린 마음의 남자가…. 남의 이야기를 끝없이 들어야 하고, 말해야 하고, 인생을 담론하며 살아온 그 얘기가 남의 일 같지 않다.

여기에 정신과 의사 천양곡이 살아온 이야기가 있다. 이제 현직에서 은퇴하여 지난 인생을 돌아보고, 살아온 날보다 짧은 앞일을 그려보며 쓴 글이다. 이 글은 결코 의학 에세이가 아니라 성공한 이민자 정신과 의사의 회상록이며 고백록이다.

우리가 그의 이야기에 귀를 기울여야 하는 것은 그의 삶이 유별나서도 아니고, 우리가 그에게 배워야 할 정신의학 상식이 소중해서도 아니다. 우리는 그의 담담하고 진솔한 고백 속에서 나를 돌아볼 기회를 얻는 데 도움을 줄 수 있기 때문이다.

이 글을 끝까지 읽은 독자들은 마음이 상쾌하거나 가뿐해지지는 않을 것이다. 어쩌면 정신과 의사들은 날마다 정서적 · 정신적 상처를 받은 사람들과 대화하다 보면 자신도 모르게 동정 피로가 쌓여 소진(burn-out)되기 쉽고(「은퇴 선물」), 그래서 정신과 의사가 동료 의사를 찾아가 치료를 받는 때도 있다고 한다.(「협잡꾼 증후군」) "눈비에 젖어 길 위에 나뒹구는 낙엽을 보며 시신을 연상하는 삶"(「마지막 선택」)에서 "인생은 아름다웠어."라고 말하기는 어려웠을 것이다.

물론 우리의 인생 가운데에는 나의 뜻과 관계없이 태어났기 때문에 어영부영 살아가는 사람이 삼분의 일이라고 한다.(「괴짜와 천재는 공존하는가?」) 그렇다고 우리도 그렇게 살아갈 수는 없다. 하늘에서 내려다보고 계실 엄마 때문에라도 그럴 수는 없다.

아무런 보상도 없이 남모르게 도와준 기쁨을 모르며 살아온 사람이 어찌 인생의 기쁨을 알겠는가?(「행복을 찾아서」) 결국 인생은 고통을 느끼지 않으며 우리의 입언저리에 미소를 안겨 주는 가장 아름다운 추억으로 아픔을 견디며 사는 것이다.(「1973년 6월 17일」)

그러나 그런 장밋빛 인생을 꿈꾸다가 문득 찾아오는 유령이 있다. 질병과 죽음이다. 중국의 현자(賢者)인 열자(列子)는 "아프고 슬픈 날을 빼면 인생이 며칠이냐?"고 묻고 있다. 내가 천양곡 박사의 글을 오해하지 않았다면, 인생살이에서 10~15%는 질병 속에 보낸다.(「젊고 예쁜 환자」)

나는 어려서부터 병약했다. 지금의 건강이 40대 시절보다 좋다.

친구들이 무슨 비결이 있느냐고 묻기에, 나는 문득 대답하기를,

"어려서 잔병치레를 많이 해서 그런가 봐."

라고 대답한 적이 있다. 대답해놓고 보니 그런 명답이 없다.

천양곡 박사의 권고에 따르면, 병의 절반은 마음에서 온다. "잊지 못함"도 큰 병이다.(「어느 날의 후회」) 제(齊)나라 환공(桓公)이 가장 아끼던 관중(管仲)의 임종 소식을 듣고 그를 친히 병상으로 찾아가 묻기를,

"그대가 떠나면 그대의 가장 친한 친구인 포숙(鮑叔)을 후임으로 쓰면 어떻겠소?"

하고 묻자, 관중이 이렇게 대답했다.

"안 됩니다. 그 사람은 남의 허물을 너무 오래 기억합니다."

천양곡 박사가 잊고 버리라고 권면하는 대목에서는 법정(法頂) 스님의 가르침이 많이 묻어나온다. 그러면서 그는 "의사는 생명을 건지는 것이 아니라 단지 연장해줄 뿐이니"(「빅맥(Big Mac)」), 마음을 다스리며(「또 한 번의 다짐」), 자기의 병을 과장하지 말라고 권고한다.(「위장(undercover) 환자」)

그러면서 그는 마음을 다스리는 데는 정원 가꾸기보다 더 좋은 일이 없다고 말한다. 그는 정원이라고 말했지만 우리네 말로 텃밭을 가꿔보라는 말로 들린다. 그것은 정서에도 좋지만 "손가락을 무한히 움직이는 것이 정신 건강에 최고의 보약"(「정원 일(Gardening)」)이라고 말한다. 그리고 그의 건강 이야기는 "걷기"(「걷기 그리고 생각들」)로 끝난다.

자, 이제 우리가 천양곡 박사에게 물을 마지막 질문은 죽음의 문

제이다. 그와 관련하여 천양곡 박사는 인생의 다른 측면을 보라고 권고한다. 결국 인생이 힘들고 괴로운 것은 가난과 질병 그리고 끝내 죽어야 한다는 운명에서 오는 절망감일 것이다. 그렇다 하더라도 영원히 지닐 수 없는 물건들에 정을 붙이는 것은 어리석은 일이다.(「버리다 보니」)

그냥 그때 그 장소에 내 삶이 있었다고 생각하면 안 되겠느냐고 그는 묻는다. 그것이 오히려 정신 건강에도 좋고 그제야 자기의 삶이 하나의 서사시처럼 느껴질 것이라고 권고한다.(「운수 좋은 날」) 그는 죽음이 영원한 헤어짐이 아니라 "부재중"이라고 생각하는 것 같다.(「있음의 흔적」) 삶이 나의 소유라고 여기고, 그것을 놓지 않으려 하기 때문에 죽음이 슬프다.(「삶과 죽음」)

천양곡 박사의 한 환자는 임종이 가까워지자 자식들이 찾아와 문병을 마치고 각자 제집으로 돌아가려 한다. 환자는 그 순간부터 식음을 전폐하고 스스로 목숨을 끊는다. 먼 곳에 사는 자식들이 장례식에 다시 와야 하는 번거로움을 덜어주려고 일부러 이삼일 동안 음식을 먹지 않았을 것이라고 천양곡 박사는 말한다.

이를 자발성 단식 자살(VSED, Voluntarily Stopping Eating and Drinking)이라고 부른단다.(「마지막 선택」) 얼마 전에 한국의 전직 외무부 장관 H 씨도 그렇게 세상을 떠났다. 그러니 죽음이란 얼마나 비감하고 장엄한가? 이 일화를 들면서 천양곡 박사는 죽음의 초연함을 권고하나, 그게 우리 같은 범인에게 어찌 쉬운 일이랴?

어느 해 늦은 가을, 따스한 남쪽으로 날아가는 철새들을 보려고 미시간 호수 모래사장으로 갔다 셀 수조차 없이 많은 철새가 호숫가에 머물며 뱃속에 먹이를 채우고 힘을 비축하며 쉬고 있었다. 그들 가운데 일부는 다시 V자 형태를 지어 질서정연 하게 날아가고 있다. 먼 길을 날다 무리 가운데 하나가 힘에 부치거나 상처를 입으면 옆쪽의 새들이 서로 교대로 부축해서 같이 나른다. 휠체어 구실을 해주는 것이다. 너무 상처가 심해지면 그를 조용히 땅 위에 내려놓고 슬프게 떠나간다.(「휠체어 이야기」)

우리도 그렇지 않을까?

신복룡(전 건국대학교 정치학과 석좌교수)

이 책은 나의 삶이다

내가 천양곡 박사를 처음 만난 것은 2012년으로 기억한다. 미국 시카고에서 정신과 의사로 근무하던 중 잠시 귀국해 서울 지역의 한 노인병원에서 봉사하는 천 박사는 내가 회원으로 있는 "마르코 글방"의 필진에 합류했다. 원로 언론인 김승웅 선생이 운영하는 독특한 인터넷 매체인 이 글방에는 전 현직 언론인, 고위 공무원, 각계 전문가 등 몇백 명의 회원이 있는데, 이 중에서 지원하는 필진이 각자 자기 전문 분야에 관한 글을 집필하고 있다. 천 박사를 추천한 이 글방의 원로 회원은 그가 치매 전문가라고 했다. 아마도 글방의 고령 회원들을 의식한 듯하다.

천양곡 박사는 이 글방에서 정신과 의사로서 미국과 한국에서의 임상 체험기를 연재했는데 프로이트(Sigmunt Freud)의 무의식과 칼 융(Carl G. Jung)의 페르소나(*persona*) 등 피상적인 수준밖에 없던 나는 곧 그의 글에 매료되었다. 그의 글에는 마음의 병을 앓는 벽안의 환자를 치료하는 한 동양인 의사의 깊은 연민이 녹아 있었다. 그는 환자와의 대화를 이들의 사생활이 침해 안 되게 재구성해 나 같은 문외한들도 이해하기 쉽게 정산의학과 심리용어를 설명했다.

　나는 이 글들을 읽으면서 복잡다단한 인간의 정신세계에 새로운 것을 많이 배우고 내 자신과 주변을 보다 잘 이해하게 되었다고 생각한다. 동시에 이런 지식을 좀 더 일찍 가졌더라면 내 인생살이에 도움이 되지 않았을까 하는 아쉬움도 느꼈다. 그러나 "늦었더라도 하지 않는 것보다 낫다."(Better late than never.)라는 말이 있듯이 이제라도 이런 기회를 가진 것을 행운으로 여기며 감사하게 생각한다.

　이 책은 언어와 문화가 다른 이역만리 미국에서 반세기 동안 정신과 전문의로 근무한 저자의 임상 체험담이자 회고록이다. 『흰머리 남자, 주름진 여자』란 제목은 저자가 장장 35년간 치료한 한 50대 초반 미국 여성 환자와의 대화에서 착상한 것으로 각각 저자와 이 환자를 지칭하는 것이다. 이 제목이 시사하듯이 저자의 말대로 "이 책은 나의 삶이다."

　어떤 사람은 육체노동을 해야 하는 외과 의사에 비해 정신과 의사의 삶은 편안하다고 생각할지 모르나 이는 큰 착각이다. 우울증부터 조현병까지 각종 정신 질환을 앓는 환자의 고충을 공감을 가지고 경청해야 하는 정신과 의사의 삶은 고행의 길이다. 정신과 의사는 매일 매일 정서적, 정신적 상처를 받은 사람들과 대화하다 보면 자신도 모르게 동정 피로가 쌓여 번 아웃 되기 쉽다.

　더구나 환자의 감정과 행동은 수시로 변해 환자에 대한 예측이 불가능하다. 가끔 멀쩡하던 환자가 자살할 때 죄의식과 놀라움은 정신과 의사가 알코올, 약물 남용, 이혼, 자살을 흔하게 만드는 요인이라고 저자는 밝히고 있다.

이 책은 무거운 짐을 지고 살아온 한 정신과 전문의의 오랜 세월에 걸친 임상 체험과 성찰의 기록이자 미지의 미래를 향해 태평양을 건너던 인생 역정의 결정체이다. 이 책을 읽으면 인간은 인종과 피부색에 관계없이 또 어디에 살든지 같은 문제로 고민하고 고통받는다는 사실을 깨닫게 된다.

의학 지식이 대중화되고 정신의학의 중요성이 어느 때보다 강조되는 오늘날이지만 우리말로 된 일반인도 재미있게 읽을 수 있는 정신의학의 안내서는 별로 없는 실정이다. 이 책이 국내외 독자들에게 인간의 내면 세계에 대한 이해를 높이고 'Mindfulness Living'을 통해 행복에 이르는 데 도움을 주리라 믿으며 일독을 강추하는 바이다.

손우현 숙명여대 객원교수
(현 한불협회 회장, 전 주 프랑스 공사 겸 문화원장)

차례

1부 ┃ 붙잡고 싶은 인연

2부 ┃ 떠나보내고 싶은 기억

3부 ┃ 삶의 굴레의 한 가운데서

4부 ∥ 따분한 인생살이

들어가며

내 글쓰기의 사가(saga)는 이렇게 시작했다. 우연인지 필연인지, 35년 전에 다니던 교회주보에 글을 썼다. 반응이 좋고 칭찬도 들었다. 칭찬을 들으니 용기가 나서 대학신문과 지역 동포신문에도 글을 보냈다. 몇 년간 쓴 글로 『골방 속의 미친 여자』라는 책을 1999년 서울에서 펴냈다.

서평이 좋아 어느 교회에서 성경 공부 때 교재로 쓴다는 말도 들었다. "책을 읽고 마음을 바꿨어요." 독자로부터 가장 듣고 싶은 말도 들었다. 다음 책이 언제 출간하느냐는 말을 들으며 계속 글을 썼다. 5~6년 분량의 글을 모으니 서너 권 책 정도의 분량이 되었다.

그런데 일이 터졌다. 20여 년 전 자식들이 다 커서 나가 큰 집이 필요 없어 작은 집으로 이사하던 중 모아둔 글 뭉치를 몽땅 잃어버렸다. 원통하고 화도 났다. 느닷없이 책 뭉치를 다시 찾은 꿈도 꾸었고 자주 눈물이 났다. 생전 처음 우울증 증세를 몸소 체험했다. 우연히 법정 스님의 책, 『무소유』의 참뜻이 마음에 닿은 뒤 속편 책을 내려던 욕심을 버렸다. 그러나 생업을 위한 바쁜 의사 생활에도 틈틈이 글은 써왔다.

지난해 2월 말 환자 보는 일을 완전히 그만두었다. 코로나-19 난리 통에도 아들이 사는 먼 곳으로 거주지를 옮겼다. 사회 활동도 제대로 못 하고 할 일이 없으면 풀어진 긴장 때문에 병이 찾아올까 두려웠다. 점점 무소유 마음은 엷어지고 내려놓았던 욕심이 얼굴을 내밀었다. 조금이라도 내 삶의 흔적을 세상에 남겨두고 싶은 생각이 내 전두엽을 부추겼고 호모 스크리벤스(*homo scribens*) 본능이 무소유 의지를 꺾은 것이다.

나의 첫 책이 나온 뒤 줄곧 남의 글만 읽었다. 종종 미안한 마음이 들었다. 최근에 책 2권을 저자로부터 선물 받았다. 보내준 책을 읽으며 나도 무언가 보답해야지 하는 의무감마저 들었다. 돌이켜보니 하루 평균 8시간 이상씩 거의 반세기 동안 정신과 의사를 했다. 시간 수를 따져 보니 대략 6천 시간쯤 될 것 같다. 이 정도면 책을 펴내도 되겠지 하는 자만심도 들었다. 이런저런 이유로 꼭 22년 만에 이 책이 나온 배경이다.

삶의 짐을 지고 가는 우리네 인생은 모두 이야깃거리다. 특히 정서적, 정신적으로 마음이 편치 못한 사람들의 삶은 더 힘들고 안쓰럽다. 우린 마음이 병들면 불안과 두려움에 휩싸여 삶의 방향을 잃어버리고 방황한다. 도움을 얻으려고 친구, 성직자, 상담사를 거쳐 점쟁이까지 보고 난 뒤에 마지막으로 찾아오는 곳이 정신과 의사의 진료실이다.

그들의 얘기를 들으며 그들의 마음속에 들어가 함께 느끼고 말하다 보면 조그만 감동의 울림을 맛보게 된다. 그런 임상 체험을 책의 주된 내용으로 삼았다. 정신의학과 심리학에 바탕을 둔 정신 질환들을 나열하고 그 위에 환자 사례를 얹어 놓았다. 더불어 책 속에 정신과 의사로서의 인생 경험을 솔직히 덧붙였다.

정신의학과 심리 용어는 대개 딱딱하고 이해하기 어렵다. 전문 용어는 되도록 피하고 쉬운 표현으로 잘 읽히게 힘썼다. 독자들의 마음에 닿는 글을 쓰려고 노력을 다했다. 그러나 모든 게 다 잘 될 수는 없다. 혹시 책의 내용과 다른 의견을 가진 독자분이 계시면 그분들의 생각이 옳을 것이다.

왜, 환자와 내 얘기가 글 속에 매번 나오느냐는 말을 듣는다. 거의 50년 가까이 환자들 만나 이야기 주고받으며 살았으니 환자와 나를 빼면 글감이 없다. 내 삶의 흔적을 단지 글 몇십 개로 남겨보겠다는 욕심은 정신 나간 생각이다. 그럼에도 불구하고 임상 체험을 바탕으로 상상의 나래를 펴서 내 나름대로 써보려고 노력했다.

내 곁을 스쳐간 모든 환자는 나의 스승이자 친구이다. 그들에게 끝없는 감사의 정을 표한다. 분명히 말씀드릴 것은 글 속에 기록된 인물, 사건, 상황 등은 환자의 사생활과 존엄성을 지키려고 조금씩 바꾸어 기술했다.

글 하나 하나 얕잡아 보지 않았다. 글 한 편 한 편도 생명의 탄생인 잉태와 산고의 마음가짐으로 썼다. 글을 통해 누구를 깨우친다거나 감동을 준다는 생각은 없다. 현실적으로 누가 누구의 삶을 코치할 수 없는 일 아닌가? 이 책은 나의 삶이다. 책의 평가에 일희일비하지 않겠지만 무관심은 아니다. 독자의 기대에 맞춰 좋은 평가를 받고 싶다. 세상의 관심도 얻고 싶다. 그렇지 않다면 거짓말이다.

글 쓰고 책 내는 게 쉽지 않았다. 독자들이 그냥 편하게 읽어 주시면 나는 더 힘이 날 거다.

Austin, Texas, 2022년
천양곡

1부

붙잡고 싶은 인연

흰머리 남자, 주름진 여자

"나 말이야, 내 방문 앞에 지도교수 얼굴 그려 놓고 매일 아침 병원에 나가면서 주먹으로 한번 치고, 저녁에 들어올 때 또 한 번 욕하며 수련의 1년차를 마쳤지."

정신과 수련의를 처음 시작할 때 선배 하나가 이렇게 잔뜩 겁을 주었다. 자신이 태어난 나라에서도 어려운 게 인간의 마음을 다루는 정신과 의사 노릇이다. 하물며 언어, 풍습, 문화, 생활양식이 다른 나라에서는 더 말할 나위도 없다.

간신히 몇 년 동안의 수련의를 끝내고 진짜 직업 전선에 나와 보니 이건 수련의 시절에 견줄 바가 아니었다. 정신과 의사들은 환자들 가운데 누가, 언제, 어디서 무슨 사고를 치지 않나, 혹시 자살이라도 하면 어쩌지 하는 긴장 속에서 산다.

미국이나 한국이나 정신병 환자가 무슨 대형 사고를 저지르면 깻묵 덩어리 미끼에 모여드는 송사리 떼 같이 미디어들이 야단법석을 떤다. 휴가를 가도 TV 뉴스에 귀 기울이고, 신문의 사회면과 부고란을 훑어보아야 하는 것이 정신과 의사의 생활 가운데 하나이다.

글 제목이 무슨 영화 이름 같으나 실은 내가 가장 오래 치료했던 환자 이야기이다.

"닥터 C도 이젠 머리가 희끗희끗한 게 늙어 보이네요, 나는 어때요?"

어느 날 환자가 웃으며 던진 말이었다. 그를 힐끗 쳐다보니 눈 밑엔 주름살이 많이 생겼고 피부 색깔도 좋지 않았다. 그러나 미국에 살며 배운 생활법칙이 생각나 말했다.

"줄리(July)는 아주 그대로야, 하나도 늙은 것 같지 않은데."

줄리를 처음 진료실에서 만났을 때는 고등학교를 갓 졸업하고 조그만 회사에 다니던 18세의 예쁜 여자였다. 트럭 운전사 아버지와 간호사 어머니 사이에서 7남매의 막내로 태어났다. 막내는 보통 부모의 사랑을 받고 자라는데 줄리는 그렇지 못했다. 아버지는 항상 다른 주(state)로 운전하고 다녔고 어머니는 병원 일과 자식들 뒷바라지에 바빠 오손도손 이야기할 날도 없었다. 오빠 언니들도 각자 바빠 줄리를 돌볼 틈이 없었다.

줄리 가족들은 하나같이 술이나 환각제인 대마초, 환각제(LSD, PCP) 등을 즐겼다. 그는 다른 사람들도 모두 그렇게 하는 줄 알고 대마초와 PCP를 복용하기 시작했다. 그러던 어느 날 다니던 회사에서 갑자기 고함을 지르고, 기물을 부수고, 옷을 벗어 던지는 난동을 부려 정신병원에 입원했다. PCP에 의한 정신증상이 나타난 것이다.

PCP는 약 65년 전에 일종의 마취제로 소개되었다. PCP 마취 귀에 깨어난 사람들이 매우 흥분 상태를 유지하고 망상과 비현실적 사고방식을 나타내는 것을 발견한 뒤, 1965년 미연방 식품약물국은 사람에게 사용을 금지하고 동물에만 사용을 허가했다. 지금도 시중에서는 몰래 PCP를 불법 제조하여 많은 사람이 환각제와 흥분제로 남용한다. PCP는 1960-1970대 가장 인기가 있었지만 지금은 오피움, 코케인에 밀려 자리를 양보한 지 오래됐다.

줄리는 치료를 마치고 직장을 알선해 주는 직업훈련소에 다녔다. 거기서 한 청년을 만났다. 그 청년은 고아 출신이지만 매우 성실했다. 그들은 외로운 사람끼리 서로 도와 가며 살자고 결혼을 약속한다. 부모님께 결혼 의사를 말씀드리니 고아와 결혼은 안 된다는 것이었다. 만약 네 마음대로 하면 부모 자식 사이의 인연을 끊겠다고 했다. 그는 그 청년이 자기 가족들처럼 술도 마약도 안 하는 착한 남자인데 왜 허락하지 않는지 알 수 없었다.

줄리는 결국 청년과 결혼했다. 가족, 음악, 화환, 웨딩드레스, 리무진도 없이 시청 판사 앞에서의 결혼이었다. 결혼 뒤에 각자 열심히 일하며 아들 하나도 낳았다. 그런데 남편이 직장에서 일하다 심한 부상을 겪고 치료 중에 사망하자 그 여인의 정신줄은 망가졌다. 실성한 채로 히죽히죽 웃고 거리를 방황하며 남편은 죽지 않았다고 소리치고 다녔다.

그는 정신분열증 진단을 받고 입원하여 치료를 받았다. 어린 아들은 부득이 정부 기관이 잠시 보호한 뒤 양육가정에 맡겨졌다. 입원 동안 서너 번 법정에 불려가 그의 정신 상태와 아기의 양육 능력에 대해 증언해야 했다. 아들이 3살이 되자 양부모는 평생 양육권리 요구 신청서를 법원에 냈다.

미국에서 생모의 양육 박탈 결정은 아주 까다롭고 힘든 법 절차의 하나이다. 여러 사람의 의견이 참조되어 결정된다. 줄리 변호사, 줄리 아들 변호사, 정부 기관 변호사, 내 변호사의 질문 공세에 2시

붙잡고 싶은 인연

간 동안 진땀을 흘렸다. 인간적으로는 줄리가 안됐지만 좋은 가정에서 잘 크고 있는 아이를 위해 양육권을 양부모에게 넘겨주어야 한다고 증언했다. 판사가 양부모의 손을 들어주자 줄리는 히스테리 발작으로 병원에 또 실려 갔다.

그가 퇴원하면 다른 의사한테 가겠지 했지만 계속 나한테 찾아왔다. 이젠 줄리는 술을 완전히 끊고 약도 시간 맞춰 잘 복용하며 사회보조금으로 그런대로 살고 있다. 법정 사건을 거친 뒤 거의 10년이 지난 어느 날 아들이 보고 싶으냐고 그에게 물었다. 최근에 아들의 중학교 졸업식 날 먼발치에서 바라보았다며 아들의 장래를 위해 아들 앞에 살아생전 절대로 나타나지 않을 거라 했다.

은퇴하기 몇 달 전 그에게 소원이 무엇이냐고 물었다. 아들이 장가가서 손자 낳으면 한번 안아보고 싶다며 주름진 눈 사이로 눈물을 보였다. 장장 35년의 세월을 나와 함께 보낸 이 50대 초반의 가련한 여인의 소망이 이루어지기를 간절히 바란다.

어려운 만남

올라가면 내려오고, 만나면 헤어지고, 주면 받게 되는 게 우주의 원칙이다. 모든 세상사가 유행가 가사처럼 우연은 아니다. 프로이트 선생도 우연이란 단어는 없다고 했다.

"당신을 죽이고…, 아니 사랑하오."

무심결에 튀어나오는 이런 말도 실은 마음속에 무언가 숨어 있기 때문이다.

자기 뱃속에서 낳은 자식을 무슨 이유든 다른 사람이 키워야 했던 어머니들의 이야기를 많이 들어 왔다. 그 가운데 50세를 갓 넘긴 여자 환자 이야기다. 부모가 일찍 이혼한 뒤 어머니가 재혼한 마음씨 착한 계부 밑에서 환자는 정상적으로 자랐다.

고등학교에 들어가자 친아버지 생각이 자주 나면서 세상이 미워지기 시작했다. 잠도 설치고, 입맛도 떨어지고, 공부하기도, 친구 만나 노닥거리는 모든 게 귀찮았다. 거기에 매월 월경과 함께 따라오는 심한 통증에 미칠 지경이었다. 엄마에게 하소연하면,

"사춘기를 겪고 있구나, 엄마도 그랬지. 지나면 다 좋아지게 돼

있어."

할 뿐이었다.

방학이 되어 외할머니 집에 가서 두어 달 쉬었더니 우울증상이 거의 사라졌다. 그런데 졸업을 몇 달 앞두고 그리 좋은 일도 없는데 이상하게 기분이 들떠 있어 하늘로 날 것 같았다. 기운이 넘쳐나 공부와 운동을 더 열심히 하고, 잠도 3~4시간밖에 자지 않았는데 피곤을 느끼지 못했다. 머릿속에는 온갖 기막힌 생각들로 가득 차 있어 모르는 게 없는 듯싶고, 자신이 학교에서 제일 잘났으며, 세상 모든 게 자기를 위해 존재한다고 믿었다.

누가 자기에게 뭐라고 하면 눈에 불을 켜고 대들었고, 말도 빨라져 어떤 때는 알아듣기가 힘들었다. 잘 하지도 못한 술도 많이 먹고, 여러 남학생과 어울려 다녔다. 하루는 수업 중에 나라 꼴이 이래서는 안 되겠다며 백악관 대통령과 통화를 시도하는 등 소란을 피우다가 정신병원에 입원하게 됐다.

그는 양극성 기분 장애(bipolar mood disorder, 전에는 조울증이라 함) 진단으로 치료 받은 뒤 퇴원했다. 집으로 돌아와 증상이 심하지 않자 약을 끊었다. 얼마 지나지 않아 증상이 재발하여 다시 병원 치료를 받았다.

이런 패턴이 계속되어 병원을 자주 들락거렸다. 가족들이 자신을 짐으로 여긴다는 느낌이 들자 짐을 싸서 집을 나갔다. 우연히 입원 기간에 사귄 남자 환자를 만나 동거하며 딸을 하나 낳았으나 기를 자신이 없었다. 그는 누구에게도 알리지 않고 의사의 권유로 딸을 어느 부부에게 입양시켰다.

그로부터 30년 동안 열 번 이상의 입원 치료와 다섯 번의 자살

기도, 몇 번의 구치소 수감, 몇 년간의 방황 끝에 지금은 허름한 아파트에 살고 있다. 세상 모든 것에 무관심해진 그에게 어느 날 전화가 왔다. 양녀로 보낸 자신의 딸이었다. 엉겁결에 그런 사람 없다고 대답해버렸다. 왜 그랬지 하는 후회와 이제 와서 뭘 어쩌지 하는 고민이 함께 몰려왔다. 그 뒤 그의 편지함에 다음과 같은 쪽지가 적혀 있었다.

"안녕하세요, 제 이름은 질(Jill)이에요. 당신이 나를 낳아 주었습니다. 한 달 전에 친부모 찾기를 통해 당신의 주소를 알았습니다. 저는 결혼해서 5살 난 딸이 있고 딸 이름은 메리 안(Mary Ann)입니다. 제 가족 사진과 주소, 번호입니다. 만나고 싶습니다."

잊히거나 잃어버린 자식과의 만남은 인생 최고의 행복이다. 그런데 그는 딸과의 만남이 두렵고 불안했다. 자기 눈에 흙이 들어가기 전에는 딸을 보지 않기로 마음먹고 있었고 술과 마약으로 망가진 자신의 늙은 얼굴과 추한 모습을 보여주기 싫었다. 그보다 만남으로 인해 딸에게 상처나 짐이 되고 싶지 않아서였다.

"선생님, 어떻게 할까요?"

우리는 이성과 감성으로 세상을 살아간다. 무슨 선택을 할 경우 보통 감성에 속하는 감정이 먼저 판단하고 그 뒤 이성이 합리화시킨다. 환자의 진짜 감정을 알고 싶었다. 그에게 잠시 눈을 감고 깊은 호흡을 한 뒤 자신의 내면의 솔직한 감정에게 물어보라 했다. 명상은 우리의 내면을 잘 보이게 하는 이점이 있다. 외부 정보의 대부분을 담당하는 시각을 막아 주고 뇌로 들어가는 산소량도 올려 주어 뇌의 생명 에너지를 더 활성화해주기 때문이다.

"두렵지만 만나고 싶어요."

붙잡고 싶은 인연

그의 대답이었다.

누가 누구의 삶을 코치할 수 없다. 그러나 정신과 의사는 다르다. 누구를 코치해 주어야 하는 최소한의 의무와 책임을 세상은 원한다. 환자에게 지금 먹는 약 절대 끊지 말고, 먼저 전화 통화부터 몇 번 하고 난 뒤 만나 보라고 했다. 또 딸을 만날 약속 날에는 진정제 한 알 더 추가하라고 조언해 주었다.

주는 마음, 받는 마음

색 바랜 붉은 나뭇가지들이 잿빛 땅과 마주보는 겨울 공원 안에 두 사슴 가족이 옹기종기 모여 아침 식사 중이다. 주택가 가까이 있는 공원이라 사슴들은 사람을 무서워하지 않는다. 이른 아침이면 산책하는 사람들이 먹이를 놓고 간다.

사슴에게 먹이를 주지 말라는 표지문이 있지만 큰 사슴과 아기 사슴이 모두 예뻐 사람들이 그냥 지나칠 수 없는 듯싶다. 인간 또한 추수 감사절과 크리스마스가 다가오면 서로 마음을 열고 주고받는다.

홀리데이가 다가오면 상점을 드나드는 사람들의 발걸음도 분주하다. 라디오에서 종일 캐럴이 흘러나오고 TV에서는 해마다 어김없이 영화 《멋진 인생》(*It's a wonderful life*)을 보여주어 사람들에게 희망을 심어준다. 올해도 지난해처럼 오 헨리의 단편 『매기의 선물』(*Gift of the Magi*)을 다시 읽어 본다.

뉴욕에 어느 젊은 부부가 살았다. 크리스마스가 가까워져 오는데 그들에겐 서로에게 줄 선물을 살 돈이 없었다. 남편은 8달러 주급

제로 아내는 수중에 단돈 1달러 87센트밖에 없었다. 아내는 생각하다 못해 자신의 긴 머리털을 잘라 판 돈 20달러로 남편이 소중하게 여기는 금시계에 달아 줄 시계 줄을 샀다.

한편 남편은 할아버지, 아버지를 거쳐 물려받은 조상의 혼이 담긴 금시계를 팔아 아름다운 아내의 긴 머리를 빗겨 줄 예쁜 빗 한 세트를 샀다. 집에 돌아온 남편은 수건으로 감싼 아내의 머리를 보았고 아내는 남편이 그토록 아끼던 금시계가 없어진 것을 알았다. 순간 두 부부는 서로를 부둥켜안고 세상에서 둘도 없는 선물을 받았다며 울먹였다.

이 이야기는 홀리데이 시즌을 맞아 머릿속에 잠들어 있던 오래전의 환자를 생각나게 한다. 환자는 결혼한 지 12년쯤 심한 우울증을 앓았던 중년 여자분이었다. 정신병원을 몇 차례 드나들게 되자 남편에게 강제 이혼을 겪었다. 두 딸의 양육권마저 빼앗기고 말았다. 그 뒤 어렵게 우울증을 치료하고 난 뒤 세상 밑바닥에서 온갖 궂은일을 다했다.

어느 땐 끼니마저 걸러야 하는 힘든 인생길을 걸어오며 가끔 장성한 딸들에게 연락했지만, 그들은 환자를 만나주지 않았다. 감수성이 강했던 사춘기 시절의 딸들은 어머니란 사람이 밥도 해주지 않고, 화장도 안 한 채 집안에만 처박혀 죽어버리겠다고 소리쳤던 모습이 머리에서 떠나지 않았던 것이다. 그러나 환자는 언젠가 두 딸을 만나리라는 희망을 결코 버리지 않았다.

20여 년의 세월이 흐른 어느 날 환자는 한 통의 전화를 받는다. 이번 크리스마스에 두 딸이 방문한다는 소식이었다. 환자는 자신의 분신처럼 소중히 간직하던 물건을 포장했다. 언젠가는 딸들에게 물려주겠다고 다짐했던 물건들이다. 그것은 자신을 키워준 할머니가 남겨준 중국제 찻잔과 시집올 때 가져온 예쁜 분첩이었다.

그는 방망이처럼 뛰는 가슴을 진정시키며 딸들과 만날 날을 애타게 기다렸다. 드디어 환자와 딸들이 만나는 순간 그만 서로 말문이 막혀버렸다. 잠시 무거운 침묵이 흐르고 난 뒤 딸들은 선물 꾸러미를 풀며 이야기했다.

"어머니가 좋아하실 것 같아 가져 왔어요."

사진첩이었다. 그 속에는 딸들이 어릴 때 재롱부리던 사진, 생일 파티의 함박 웃는 모습, 유치원, 학교졸업식, 결혼식, 그리고 아직까지 보지 못한 손자 손녀의 모습도 들어있었다. 환자는 사진 한 장 한 장을 들여다보며 흐르는 눈물을 주체할 수 없었다. 이혼할 때 가족 사진 한 장 가져오지 못했는데 사진을 보는 순간 잃어버린 자신의 과거가 되살아나는 듯싶었다.

딸들은 어린 시절에 어머니가 미웠고 싫었다. "자식이 부모의 모든 것이다"란 마음을 잘 모른다. 어쩌다 친구들이 찾아올 때는 어머니를 골방 속의 미친 여자로 말해 주었다. 이제 자신들도 성인이 되어 자식을 키워 보니 어머니를 이해할 듯싶었다. 어머니를 용서하지 않으면 자신이 영원히 집을 잃고 세상을 헤매는 아이 신세가 될 것 같았다. 그동안 쉽게 마음을 열기가 어려웠다.

한번 상처 입은 경우에는 다음에도 상처를 입을까 두려워지기 때문이다. 그게 인간의 본능이고 그것은 부모와 자식 사이에도 예외가 될 수 없다. 그러나 어머니의 눈물은 닫혀 있던 두 딸의 마음을 움직였다. 딸들은 환자 앞에 무릎을 꿇고 용서를 빌었다.
"어머니 저희가 잘못했어요, 용서해 주세요."

붙잡고 싶은 인연

환자는 딸들의 머리를 어루만지며,

"아니다, 이 못난 어미를 용서해다오."

세 모녀는 서로를 부둥켜안고 한동안 흐느꼈다.

　인간은 될 수 있으면 속마음을 보여주기 싫어한다. 마음 열기가 두려운 것이다. 그러나 마음을 닫고 있는 게 마음을 여는 것보다 더 힘들다. 일단 마음을 열면 복받쳤던 감정들이 쏟아져 나온다. 그러고 나면 영혼의 평화를 얻는다.

　심리학책에도 사랑하는 게 용서하는 것보다 훨씬 쉽다고 적혀 있다. 이번 홀리데이는 마음의 문을 활짝 열어놓고 껄끄러운 인간관계가 있으면 터놓고 이야기해보자. 그게 우리 자신을 치유하는 길이기도 하니까.

손자와 마지막 낚시를…

어느 날 저녁 식사 뒤 리모컨을 만지작거리다 한 TV 채널에 눈이 멎었다. 화면은 록 뮤직의 킹 엘비스 프레슬리의 지나간 무대 공연을 보여 주고 있다. 그의 음악과 인생을 엮은 프로그램이다. 처녀성이 자랑이기보다 부담스럽다는 디지털세대 십대들의 소곤대는 소리를 들으면 나의 세대를 잃어버린 것 같다. 그런데 엘비스 모습으로 내 정체성을 다시 찾은 느낌이다.

그렇지, 나도 그런 때가 있었지. 광화문 "초원다방"에서 커피 한 잔 시켜 놓고 엘비스 노래를 수없이 듣던 나의 젊은 시절이 생각났다. 과거는 지난날의 고통을 잊어버릴 수 있는 장소지만, 아름다운 추억을 뽑아주어 현재의 삶을 살찌게도 해 준다.

21세기로 넘어오며 정신과 병명들이 하나둘 늘기 시작했다. 잠자기 전에 밤참을 많이 먹으면 야식 증후군, 노름을 너무 좋아하면 병적 도박증, 여자 스커트를 계속 쫓아다니면 성적 충동증, 무분별한 백화점 출입은 쇼핑 중독증, 컴퓨터 앞에 오래 앉아 있으면 인터넷 중독, 알코올, 담배, 커피, 물질 중독 등이다.

붙잡고 싶은 인연

정신 질환을 연구하는 사람들은 이런 나쁜 버릇을 가진 사람의 뇌를 최신 영상 촬영으로 자세히 관찰해 보았다. 뇌 어느 부분에 이상 변화가 생긴 것을 발견한 뒤 나쁜 습관마다 병명을 붙여 증상을 "의술화" 했기 때문에 새로운 병명이 계속 나온다.

지나치게 골프에 흠뻑 빠진 사람도 언젠가는 골프중독 정신병자로 몰릴 위험성도 배제할 수 없다. 특히 디지털 세대는 정신병명이 더 늘어나기에 정신병 환자가 될 확률이 높을 것이다.

얼마 전, 셔츠 앞 포켓에 말보로 담뱃갑이 보이는 중년 남자가 산소통을 끌며 진료실로 들어왔다. 폐기종 말기로 니코틴중독에 우울증까지 겹친 환자였다. 담배는 그의 유일한 낙이요, 벗이다. 그는 간간이 헛기침에 이어 숨을 크게 들여 마신 뒤 손으로 담뱃갑을 가리키며,

"이것 때문에……."

하며 계면쩍은 웃음을 지었다.

"담배 끊을 생각을 해 보았어요?"

"자식들은 그걸 원하죠."

그는 직접적인 대답을 피했다.

"자식들이 아버지를 무척 생각하는 모양이죠?"

"그런가 봐요."

"그럼 끊을 준비가 되었겠네요."

그는 어깨만 으쓱거렸다.

정신 질환을 앓는 사람들의 흡연율은 정상인보다 훨씬 높다. 그 결과 고혈압, 당뇨병, 폐기종 같은 만성 신체 질환의 증세로 악화되어 일반적으로 수명이 짧다. 이 환자처럼 죽어가는 사람에게 유일

한 즐거움인 담배를 끊으라고 하는 게 올바른 권고일까?

생명을 연장해 주는 것이 의사의 소명이다. 술 끊고, 담배 끊으라고 권면하는 게 의료 윤리적으로 맞다. 성직자가 죽어가는 불신자에게 '신을 믿고 가라'는 말과 비슷한 맥락이다.

한 달 뒤 환자를 다시 만났다. 산소통과 담뱃갑도 그대로였다.

"누가 뭐래도 난 담배 피울 겁니다."

그의 표정은 굳어 있었다.

"본인이 결정할 일이죠."

라고 말한 뒤 조용한 소리로 물었다.

"어린 손자가 있나요?"

"일곱 살짜리 손자가 있습니다."

"손자 데리고 낚시 가보셨나요?"

잠시 생각하더니,

"그런 적 없습니다."

"손자하고 낚시 한 번 해보셔야지요."

그는 아무 말이 없었다.

환자의 딸을 잠시 만나 아들이 할아버지에게 낚시를 가자고 졸라 보라고 했다. 죽어가는 환자에게 마지막 즐거움을 줄 만한 것을 찾아내도록 하는 게 때론 죽음의 공포를 덜 느끼는 하나의 방법이 된다. 그는 몇 주 뒤 숨을 거두었다. 가족들이 전하는 바에 따르면 환자는 담배 끊고 손자와 함께 두 번이나 낚시를 다녀왔단다. 보통 환자나 가족들에게 좋은 소리나 칭찬을 받지 못하는 의사가 정신과 의사이다. 어쩌다 대형 매장, 음식점, 극장에서 환자들과 맞부딪칠 때도 그들은 얼굴을 돌린다. 가끔 이 환자 케이스 같이 칭찬을 듣는 때가 있기에 옛날 일은 다 잊어버리고 계속 일을 하는 모양이다.

행복을 찾아서

병원에 올 때마다 배낭을 메고 오는 젊은 환자가 있었다. 궁금하여 어디 가느냐고 물으면 행복을 찾아다니는 중이라 했다. 그는 좋은 환경에서 자랐지만, 대학입학 전에 정신 분열 증세를 보였다. 여자 친구와 헤어진 뒤 딴 사람이 되었다는 어머니의 말이다. 밥 먹고 자는 것 빼고는 종일 허공만 쳐다보며 무언가 중얼거리고, 말리면 행패를 부려 병원 치료 받고 의뢰되어 온 케이스이다.

급성 정신 분열 증세는 정신과 약으로 거의 가라앉았지만 그의 생각은 지금도 비현실적인 게 많다. 자기 병을 고칠 수 있는 방법은 오로지 행복해야 한다는 믿음뿐이다. 행복을 눈에 보이는 실체로 생각하여 행복을 찾으려고 몇 년 동안 돌아다닌다.

행복이 있을 만한 부자 동네, 할리우드 거리, 교회, 성당, 사찰 등을 며칠씩 서성거려도 그곳에서 행복은 볼 수 없었다. 눈에 보이지 않고 마음속에 있는 게 행복이라는 가족들의 말에도 계속 배낭을 메고 이곳저곳 헤매고 있다.

행복의 정체는 무얼까? 유사 이래 여러 분야의 내로라하는 학자들이 오랫동안 고민하고 추구해 온 물음이다. 일반적으로 일상에서 벗어나 편안하고, 자유롭고, 즐거움을 주는 느낌과 무엇을 해냈다는 성취감을 주는 삶의 만족감을 행복이라 일컫는다.

생물학적으로는 몸 안에 행복한 감정을 주는 여러 화학 물질들이 있다. 그 가운데 해방감, 무아지경의 황홀감을 주는 엔도르핀, 애착감과 사랑의 호르몬인 옥시토신, 충동감과 과도한 쾌락을 억제하고 마음의 평온을 유지해주는 세로토닌, 즐거움과 쾌락, 성취감을 안겨주는 도파민이 대표적 행복 물질들이다. 행복은 또한 철학적 · 종교적 의미를 내포한다.

2,500년 전 아리스토텔레스는 선행을 함이 행복으로 가는 지름길이고, 석가는 탐욕의 사슬에서 벗어나 자유의 몸이 되는 거라 가르쳤다. 20세기에 들어와 프로이트는 원초적 쾌감, 융은 쾌감이나 목표지향과 더불어 집단무의식의 원형에 잠겨 있는 자아를 합친 자기개성화를 행복이라 주장했다.

아들러(Alfred Adler)는 과거가 아닌 지금 여기의 삶에서 목표를 이루는 것이 행복이라 지칭하고, 신경과학자들은 최첨단 영상 검사를 통해 이마 바로 뒤에 있는 전두엽이 바로 행복의 장소라고 결론지었다. 행복의 정체가 이렇게 복합적 요인들로 얽혀 있기에 행복의 추구는 아직까지 현재진행형으로 남아 있는 것이다.

모두 다 행복하기를 원한다. 각자의 인생을 걸고 행복을 차지하기 위해 안간힘을 쏟아 붙는다. 단지 아주 소수만이 원하는 것을 성취하여 행복감을 느낀다. 대다수는 행복을 좇다가 경쟁에 밀려 오히려 절망감에 빠진다. 돈, 사랑, 권력, 명예 같은 외형적 행복과 인간애의 성취, 예술 창조, 영성처럼 내면적 행복을 위해 제각기 나름대로 행복을 추구하며 산다. 무엇이 행복을 주는가는 사람마다 다르고 또 내가 바라는 행복은 다른 사람의 행복이 아닐 수도 있다.

현대 사회는 너무 내면의 행복감에 중점을 두는 추세다. 마음의 평안을 얻으려고 명상, 요가에 몰두한다. 그러나 돈을 벌거나, 자기가 계획한 것의 성취를 이루고자 몸으로 뛰어다니는 외적 행복감 또한 중요하다. 명상이나 요가보다 신체 운동이 몸속의 행복 화학 물질의 분비를 더 촉진한다는 실험 결과도 나왔다.

환자가 외형적 행복만을 좇는다고 말려야 할까? 행복을 가지려고 몇 년 동안 배낭 메고, 발로 뛰어 여러 곳을 찾아다니는 목적 추구와 신체 활동 과정 그 자체가 그에게 행복감을 안겨 주는 행복의 여정일 수 있다. 다만 환자가 행복을 찾았다고 가정하면 행복해질 수 있을까가 의문이다. 그는 자신의 주변을 감싸고 있는 사회의 부정적 시선을 극복하기 힘들 것이다.

요즘 일주일 가운데 하루를 자원봉사자로 일하고 있다. 일을 마치고 나면 예전에 느껴보지 못했던 따스한 감정이 마음속에서 우러난다. 그게 행복감인지 자부심인지 알 수 없지만 좋은 느낌임은 확실하다. 행복이란 일상의 작은 일에서 느낄 수 있고, 저절로 오는 게 아니라 노력해야 얻어진다고 환자들한테 말해온 사실을 지금 나는 실천 중이다.

또한 명상을 통해 지나간 일에 대한 후회, 불확실한 미래의 염려에 집착하지 않고 지금, 여기 현재 이 순간에 집중하는 생활 태도를 가지려 한다. 무익한 순간의 삶이야말로 진짜 불행한 삶이기 때문이다.

"아무런 보상도 없이 남모르는 사람을 위해 봉사해보지 않고는 자신의 가치와 생의 의미를 찾을 수 없다."

평생 인간애를 실현한 슈바이처 박사의 말을 되새기며 다음 주를 기다려 본다. 앞에서 말한 환자도 봉사할 기회를 얻으면 행복해질 수 있을까?

우리의 뿌리 고국

"나는 내 운명의 주인이요, 내 영혼의 선장……."

"무엇 때문에 왔느냐?"

나의 물음에 환자는 「인빅투스(*Invictus*)」의 한 구절이 적힌 쪽지를 내보인다. 인빅투스는 병으로 한쪽 다리를 절단당한 신체 불구자인 자신의 처지에 한을 품고 신에게까지 굴복하지 않겠다던 영국의 저항 시인 윌리엄 헨리(William Henley)가 1895년에 쓴 시이다.

몇 백 명의 사상자를 냈던 오클라호마 연방정부 청사의 폭발 주범 티모시 맥베이가 사형 직전에 이 시를 암송한 뒤부터 우리에게 잘 알려져 있다. 나는 이런 반항의 시 구절을 몸에 지녀온 이 환자의 감정 상태를 어느 정도 짐작할 수 있었다.

환자는 태어날 때 입양되었다. 다섯 살 되던 해 양부모들이 교통사고로 갑자기 세상을 떠나 자신을 낳아준 부모에 대한 정보를 얻을 기회가 사라졌다. 그는 또 다른 양부모 밑에서 자라 성인이 되고 좋은 직장도 잡았지만, 자신의 존재에 대한 회의는 항상 떠나지

44

않았다.

결국 직장을 그만두고 자신의 뿌리를 찾기 위해 동분서주했으나 친부모의 소식은 알 길이 없었다. 부모님이 모두 돌아가시고 친척이 없어 나를 고아원에 보냈을까, 부모님이 이혼한 뒤 나를 양자로 보냈을까, 아니면 어머니가 키우다 돈이 없어 나를 버린 걸까, 이런저런 생각에 지쳐버린 심신에 우울증까지 겹쳐 삶을 하직하려는 참에 신부님의 권고로 정신과 의사를 찾은 것이다.

"당신이 부럽군요."

우울 증세가 많이 좋아진 환자가 고국 방문을 떠나는 나에게 한 말이다. 인생에서 가장 소중한 게 뿌리가 있는 자기를 찾아가는 과정이다. 금년에는 고국의 서해안과 남해안을 돌아보고 왔다. 금강 물줄기가 서해로 넘나드는 고향 땅에도 들렀다.

코엘로(Paulo Coelho)의 소설 『연금술사』(Alchemist)에서는 넓은 세상이 보고 싶어 집 떠나는 목동 아들에게 아버지는 말한다.

"네가 세상을 다 돌아본 후에야 네가 자란 산천과 우리네 여인들이 가장 아름답다는 것을 알게 될 거다."

나 또한 고향 떠난 수십 년 뒤 다시 와보니 아무렇지 않게 보였던 고향의 모든 것이 소중히 느껴졌다.

꼬마 시절 짓궂게 올라타던 앞산의 큰 바윗돌이 나를 알아보는지 어서 오라는 듯 손짓도 했다. 땡볕 여름 한낮에 발가벗은 채 엄지 검지 모으고 돌담길 옆 아카시아나무에 앉아 있는 빨간 고추잠자리 잡으러 살금살금 다가가던 나, 강경에서 군산까지 가는 통통배 여객선의 고동 소리가 그리 듣고 싶어 매일 같은 시간 뒷산에 올라 가슴 조이던 나를 회상해 보았다. 눈을 들어 보니 산 중턱에 꽈배

붙잡고 싶은 인연

기처럼 뒤틀어진 소나무들 사이로 계곡 물이 좔좔 흐르고 있었다.

유럽, 아프리카, 러시아, 중국 여행도 좋지만, 우리가 태를 묻고 온 고국 여행은 가끔 찡할 때가 많다. 총총히 박힌 밤하늘의 별처럼 발길 닿는 곳마다 전설에 얽힌 우리네 마을, 강, 산, 들판의 이야기도 들을 수 있다. 유구한 세월 동안 묵묵히 서 있는 고향 땅 산봉우리의 한 모서리에 내 발자취를 남기고 왔다.

불행했던 과거든 아니든 잃어버린 자신의 정체성을 찾은 대부분의 사람은 삶에 대한 의욕이 높아진다고 한다. 인생은 그리 길지 않다. 내 환자가 우울증에서 완전히 회복되면 인빅투스 시인처럼 세상을 원망하며 살기보다 계속 자기 뿌리를 찾는 노력을 했으면 한다. 그렇게 하다 보면 마음이 스스로 편안해질 수 있지 않을까 ?

삶의 크기

선진 용인, 선진 수원, 선진 인천 등 큰 붉은 글씨로 적혀 있는 현수막이 초겨울 눈바람에 펄렁거리고 있다. 고국의 어지간한 도시에 가든 볼 수 있는 모습이다. 이제 선진국 대열에 들어설 준비로 바쁘구나, 하는 인상을 풍긴다. 지난 몇 십 년간 한국은 여러 가지 분야에서 눈부신 발전을 이룬 것은 사실이다. 그러나 아직도 문화적·사회적·정치적 분야에서 선진국으로서 갖추어야 할 자질이 더 필요하다는 느낌이 든다.

그중 하나가 헬스클럽의 매너이다. 내가 거주하는 지역에 있는 헬스클럽은 최고급은 아니지만, 그런대로 시설이 나쁘지 않아 자주 이용하고 있다. 그곳에 가보면 많은 남자가 황토방이나 사우나실에서 홀랑 벗은 채 누워있고 탈의실에서 벌거벗고 활개 치며 걸어 다닌다. 마치 남근 크기 경연대회가 열리는 대회장 같다. 미국의 경우 헬스클럽에서 남자들이 자신의 가릴 곳은 가리고 다닌다. 아마 그게 다른 사람들에 대한 예의로 생각하는 모양이다.

아담이 이브와 함께 선악과를 따 먹은 이래 남성들은 고달픈 일상의 노예가 되어야 했다. 남보다 더 사냥감을 얻고자 경쟁하고, 남이 자신의 먹이를 빼앗아 가지 않나 경계와 투쟁 속에 살아왔다. 그런 유전자가 세월이 흐르며 남자들의 뇌세포 속에 스며들어 항상 경계와 경쟁하는 습관이 생긴 것이다.

"내가 누구예요?"

병실 휠체어에 앉아 있는 한 치매 노인 환자에게 물어 보았다.

"순금이 오빠."

맑고 천진스러운 미소를 지으며 대답한다. 그분에게 여자는 모두 순금이 동생이요, 남자는 순금이 오빠다. 평생 부두 노동자로 살아온 그분은 하루의 고된 일을 마치면 술 몇 잔 마시는 게 큰 즐거움이었다.

그러나 늘그막에 그분이 얻은 것은 알코올성 치매였다. 대부분의 기억은 거의 사라졌지만 총각 시절의 첫사랑인 순금이의 이름은 알고 있다. 죽어버린 뇌세포의 한 구석에 순금이의 영상이 아직도 버티고 있는 것이다.

삶의 크기, 인생의 크기, 남근의 크기에 대해 다시 한 번 생각해 본다. 벗었을 땐 음경의 크고 작음이, 옷을 걸쳤을 때는 주위 환경이 인생의 크기를 말해 준다. 벗었을 땐 그저 가지고 나온 남근의 크고 작음에만 집중하여 남과의 투쟁이 별 필요 없다. 일단 입었을 때는 돈, 명예, 권력을 남보다 더 차지하기 위해 서로 박치기를 해야 한다. 그러나 세상에는 적다고 적은 것은 아니며 많다고 큰 것도 아니다. 적어도 큰 것이 있고 많아도 작은 것이 있다.

두 가지 종류의 나무가 있다. 추워지면 잎이 지는 나무와 계절의 변화에 아랑곳없이 사시사철 푸른 잎만을 고집하는 나무이다. 후자는 매서운 겨울바람과 폭설의 무게에 눌려 쓰러지기 쉽다. 그러나

다가오는 미래를 위해 모든 잎을 희생한 나무는 그런대로 견딜 수 있다.

순금이를 사랑한 치매 환자는 생의 나뭇가지 이파리들을 떼어 버린 채 기억의 벌거숭이가 됐다. 그래서 남들과 싸우지 않아도 된다. 그저 먼 옛날, 첫눈 오는 날 순금이를 만나고 싶어 가슴 졸이던 일만 기억하면 된다.

이제 올해의 끝자락에 서 있다. 한 해를 지나며 인생이란 나뭇가지에 웃음, 울음, 사랑, 미움, 고통, 분노 등 수많은 잎을 달아 놓았다. 새해를 위해 그들을 미련 없이 떨어뜨리자. 다음 해에는 보다 나은 인생의 잎들로 치장해 보자. 나와 남들의 삶의 크기를 높낮이로 재지 말자. 우린 매일 머리 싸매고 살아가야 하지만 자신이 치매인 줄 모르고 순금이만 기억하는 그분의 삶이 우리보다 작다고 할 수는 없을 것이다.

끊어진 젊음

90대 초까지 일했던 미 연방대법관 홈즈(Oliver E. Holmes) 씨의 일화다. 어느 날 점심 먹으러 가던 중 젊은 여성이 지나가는 걸 보았다. 홈즈 씨는 같이 가던 70대 동료 대법관이 부러운 듯,

"아, 지나간 나의 70대여!"

라고 탄식했다. 맞다. 90대는 70대를 동경하고, 70대는 50대, 50대는 30대, 우리는 이렇게 젊음을 아쉬워한다. 화창한 봄날에 만발한 꽃나무들 사이로 재잘거리며 걸어가는 젊은 여자를 보면 당연히 마음이 들떠야 한다. 그래야 70대는 아직도 늙은이가 아니다.

가끔 늙음이 서러워 울적할 땐 공원을 걷거나 영화관에 간다. 2014년 영화 《이미테이션》이 생각난다. 비상한 두뇌를 가졌던 영국의 수학자 겸 물리학자로 후에 컴퓨터 공학의 이론을 전개한 앨런 튜링(Alan Turing)의 삶을 그린 자서전적 영화이다.

대학 교수였던 튜링은 제2차 대전이 터지자 나치 독일군 암호를 해독하는 군 정보 분야 팀에 차출된다. 튜링의 활약으로 누구도 풀지 못할 것으로 알려진 독일군 암호를 해독하여 수많은 연합군 병사를 구했으며 결국 전쟁의 승리를 가져오는 데 일조를 해낸다.

전쟁이 끝난 뒤 민간인으로 활동하던 중 동성애자임이 밝혀져 체포된다. 당시 영국 사회는 종교적 이유로 동성애가 불법이었다. 여성 호르몬 에스트로겐으로 동성애를 치료하라는 판사의 명령으로 호르몬을 복용하다가 심한 절망감, 우울증에 빠져 40세도 안 된 나이에 독물을 삼켜 스스로 목숨을 끊었다.

영화 《이미테이션》은 스무 살도 못 미친 꽃다운 나이에 자살로 세상을 등진 내 환자를 생각나게 했다. 그를 처음 만났을 때 우울증 증세를 보이지 않았다. 아니, 증세를 찾지 못했다는 말이 맞을지도 모르겠다. 명석한 두뇌의 소유자로 이미 우수한 대학의 입학허가서를 받고 미래의 물리학자를 꿈꾸고 있었다.

그러나 그에게는 말 못 할 고민거리가 있었다. 몇 밤을 뒤척거리다 마침내 집 떠나기 전 부모님께 자기가 동성애자임을 알렸다. 벽장 속에 숨어 있다가 뛰쳐나와 당당히 자기의 정체성을 밝히는 커밍아웃이었다. 일정한 여자 친구도 없고 행동이 좀 이상하다고는 느꼈지만, 막상 환자의 말을 듣고 난 부모님과 가족들은 슬픔, 분노, 혼란에 빠졌다. 대학 진학을 6개월 늦추고 그 기간에 정신과 의사를 만나보라는 선에서 타협이 이루어졌다.

그때 나는 수련의를 마치고 나온 병아리 정신과 의사였다. 막냇동생 같은 환자와 많은 이야기를 나누었다. 동성애에 관한 그의 신념은 확고했다. 시간만 보내면 된다는 식의 태도로 나를 만났다. 심한 우울이나 불안은 보이지 않았는데 6개월 기한을 조금 앞두고 목매어 생명줄을 끊었다.

가정과 사회로부터의 압력에 대한 분노의 표출을 죽음이란 극단적 선택을 취한 것이다. 그의 죽음은 자살에 대한 관심을 높였고 정신과 의사의 한계를 뼈저리게 느꼈다. 자살 예방에 과연 정신과 의사가 필요한가?라는 회의는 지금도 내 머릿속을 떠나지 않고 있다.

정신의학에서 성을 이야기할 때 보통 세 가지로 구분한다.

첫째, 성 유전자와 성호르몬의 영향으로 서로 다른 성기의 발달 형성과 신체적 구조를 이루는 성(sex)이다. 즉 외부로부터 신체적·객관적으로 보이는 남녀 모습이다.

둘째, 자신이 남성인지, 여성인지를 인식하는 주관적 성(gender)이다. 이는 성호르몬이 뇌에 영향을 미쳐 사회문화면으로 남성은 적극적, 공격적이고, 여성은 보호적, 수동적 행동 패턴을 보인다. 대부분의 경우 신체적성과 사회 문화적 성은 일치한다.

셋째는 자신이 성적·정서적·사회적으로 이끌림을 당하는 성에 대한 지향적 성향을 보이는 성(sexual orientation)이다. 여기에는 동성애, 이성애, 양성애가 포함된다.

고대 그리스 사회는 출세한 노령의 남자들이 젊고 잘생긴 소년들과 성적 관계를 갖는 것은 사회적으로 용인되었다. 그 뒤 중세를 거치며 서양 문명권은 기독교 영향으로 이성애를 전폭 권장하고 동성애는 철저히 경계하는 전통적 사회규범을 마련했다.

그러다 19세기 말부터 프로이트를 중심으로 불기 시작한 정신분석이론은 잠재의식 속에 묻혀 있던 동성애를 다시 의식 밖으로 끌어냈다. 당시 프로이트는 남자는 여성을 사랑할 뿐 아니라 남성도 사랑할 수 있다는 동성애론을 강력히 주장하여 세인의 눈총을 받았다.

미국 정신의학협회는 1973년에 동성애를 정신 질환 목록에서 제외했다. 그러나 아직도 동성애자를 바라보는 사회의 시선은 곱지 못하다. 일부 보수 종교단체, 정치 단체는 신을 이용하거나 표를 얻기 위해 동성애자들을 기피와 혐오의 대상으로 취급한다.

동성애가 가지고 태어난 선천적인 걸까, 살아가며 학습된 개인의 선택일까? 아직껏 과학적·학술적 해답은 없다. 신이 있느냐, 없느냐의 질문처럼 소모 논쟁이 될 수도 있다. 전적으로 개인의 생각과 가치관의 문제이다.

오래 살았으면 컴퓨터 기술이 더 일찍 나왔을 튜링과 막냇동생 같았던 유망한 청년을 잃는 게 가슴 아프다. 동성애자들을 우리와 다른 성소수자로 인정하고 길지 않은 지구촌 인생 여정을 함께 걸어가는 동료들로 여겨 주었으면 하는 마음이다.

애꾸눈 잭(Jack)

"선생님, 저는 애꾸눈 잭이라 합니다."

왼쪽 눈에 까만 안대를 하고 신부복을 걸친 젊은 남자였다. 언뜻 서부영화의 주인공 말론 브랜드가 생각났다. 이 근처에서 목회를 하고 있느냐고 물었다. 예전엔 신부 후보생이었는데 지금은 편의점에서 근무한다고 했다. 신부 복장을 하고 온 것은 자기 소개에 도움이 될 거라는 설명이었다.

젊은이는 신부가 되려고 신학대학에 입학했다. 열심히 신학 공부를 하다가 불행히 눈 하나를 잃고 학교에서 나왔다. 그 뒤 친구들과 카드놀이를 하다가 우연히 Jack 카드 네 개 가운데 눈이 없는 카드가 보였다. 그 잭 카드가 꼭 자신 같다는 생각이 들어 자신의 이름에 '애꾸눈 잭'이란 별명을 붙였다. 의사는,

"왼쪽 눈에 관해 물어봐도 괜찮을까요?"

하고 조심히 물었다. 그는 약간 고개를 떨구며 자기가 뽑아 버렸다 것이다.

젊은이는 뉴욕시의 이탈리아계 미국인이 많이 사는 지역에서 태어났다. 가톨릭 신자인 부모를 따라 매주 성당에 다녔다. 웅장한 교

회 건물에서 정중한 음악에 맞춰 입장하는 신부님의 옷차림, 성찬식 등 예배 의식이 마음에 들었다. 그때 자기도 커서 신부가 되기로 마음먹었다. 고등학교를 졸업하자 부모님께 자신의 생각을 말씀드렸다. 아버지는 은근히 의대 진학을 원했지만 그는 원하던 신학교에 입학했다.

힘든 수업을 마친 어느 날 오후 학교 뒤뜰에서 맥컬러(Colleen MacCullough)의 소설 『가시나무 새』(*The Thorn Birds*)를 읽었다. 평생 찾아다니던 가시나무를 발견한 뒤 너무 기뻐 가시나무 가지에 앉아 큰 울음 한 번 울고 난 뒤 가시에 찔려 죽고 만다는 북유럽 신화 속의 전설적인 새 이야기다. 젊은 여인과 신부와의 이룰 수 없는 사랑을 가시나무 새에 비유한 소설이다.

여인(매기)은 마을 신부와 사랑에 빠진다. 신부는 추기경이 되려는 야망을 포기하지 않는다. 자기는 신에 바친 사람이라 합리화시키며 여인의 곁을 떠난다. 여인은 다른 남자와 결혼하고, 신부는 소망하던 추기경이 된다.

몇 년 뒤 두 사람은 다시 만나 뜨거운 사랑을 나눈다. 사랑하는 남자를 뺏어간 신에게 여인이 도전한 것이다. 추기경은 다시 신에게 돌아갔지만 둘 사이에 아들도 생겼다. 아들은 커서 존경하는 추기경과 같은 신부가 되기로 결심한다. 불행하게도 아들은 신부 수련을 받는 도중 물속에 빠진 아이를 구출하고 자신은 익사하고 만다.

세월은 흘러 늙고 병들은 추기경은 여인 곁으로 돌아온다. 여인의 죽은 아들이 자신의 아들이라는 사실을 알고 큰 충격을 받는다. 추기경은 자신의 생에 대한 후회와 죄책감으로 고민하다 여인의 품

붙잡고 싶은 인연

속에서 조용히 잠든다.

신에 대한 여인의 도전은 비참한 패배였다. 신과의 사랑싸움에서 피조물인 인간이기에 겪어야 하는 고뇌와 한계를 보여주는 내용이 소설의 핵심이다.

애꾸눈 잭은 그 소설을 읽은 뒤 성모마리아 상을 볼 때마다 매기가 생각났다. 점점 마리아 상에 매기의 얼굴이 합쳐진다. 쓸데없고 어이없는 생각이라며 잊으려 했지만, 소용이 없었다. 가끔 성적 충동도 들기 시작했다. 수업이나 예배 시간에 마리아 상을 여러 번 보아야 할 때는 정말 괴로웠다.

죄책감은 심해지고 우울증도 겹쳤다, 누구에게 자신의 고민을 말할 수 없었다. 해결책은 오직 한 가지, 자신을 못 보게 만드는 것이었다. 자신의 왼쪽 눈을 펜으로 찔렀다. 흘러나오는 피를 보니 더 이상 다른 쪽 눈을 찌를 힘이 없어지고 말았다.

우울증이 동반한 강박장애 치료를 받은 뒤 그는 신학교에 돌아가지 못했다. 복학할 용기가 없었다. 몇 년이 지나간 뒤 다시 성당에 나가 예배드렸다. 지금은 마리아 상을 보아도 불경한 생각이 안 든다. 자신의 소망은 언젠가 신학교에 돌아가는 거라며 쓴 웃음을 지었다.

어느 학회에서 정신과 의사가 발표한 강박장애 환자 케이스이다. 만약 그 환자가 당시 나한테 자문을 구했다면 어떻게 도와주었을까? 이제 신께서 용서를 해주셨을 줄 믿으니 신학교로 돌아가라고 했을까? 생각에 잠겨 본다.

노인과 감옥

　늙고 가난한 어부가 어느 날 조그만 고깃배를 몰고 바다로 나갔다. 요 며칠 빈 배로 돌아온 터라 이번에는 조금 멀리 떨어진 바다에 낚시를 드리웠다. 얼마 뒤 거대한 고기가 무는 것 같았다. 모처럼의 횡재를 놓치지 않으려는 노인과 낚시 갈고리로부터 빠져나가려는 물고기의 싸움은 시작된다.

　노인의 조그만 배는 고기의 억센 힘에 밀려 바다 한가운데까지 끌려가지만, 힘이 빠진 고기는 결국 노인의 손에 잡히고 만다. 물고기가 너무 커서 배 안으로 들여놓지 못하고 배 옆에 동여매고 마을을 향해 뱃머리를 돌렸다. 그런데 어디서 나타났는지 상어 떼가 배 옆에 동여맨 물고기를 뜯어먹기 시작한다. 노인은 다시 상어들과 싸워야 했다. 며칠 동안의 싸움 끝에 겨우 부두로 돌아왔을 때 그 큰 물고기는 뼈만 엉성하게 남아 있었다.

　헤밍웨이의 단편 『노인과 바다』(*The Old Man and The Sea*)의 줄거리이다. 어쩌면 우리 인간들이 일생을 살아가는 동안 사력을 다해 얻은 그 무엇을 결국에는 잃어버리고 만다는 교훈을 말해 주는 듯싶다.

선친께서 한 달 이상 고심하셔서 지은 "양곡"이란 이름 때문에 종종 당황할 때가 있었다. 성도 희귀하고, 이름도 이상한 고유대명사이다. 그 흔한 성의 김양곡, 이양곡, 박양곡은 아직 들어 본 적이 없다. 어느 날 심심해서 양곡이라는 교회가 있는가, 구글로 찾아보았다. 경기도 남부에 양곡교회, 경남 창원 양곡교회, 이렇게 둘뿐이었다.

헤밍웨이 소설 속의 어부노인과 비슷한 모습에 희귀한 이름을 가졌던 환자 이야기다.

노인은 50년이란 긴 세월을 형무소에 있다가 만기 전에 석방되었다. 너무 오래 민간 사회와 격리되어 있었기에 6개월 정도 정신과 의사의 치료를 받으라는 석방 조건이 붙었다. 그는 누구와 이야기할 사람이나 어떤 일도 할 수 없었다.

노인은 자신의 이름 때문에 지금까지 감옥에서 살았다 했다. 그의 성은 남녀 간의 정사를 묘사하는 속어로 어떤 동물의 성기를 지칭할 때 쓰는 글자이다. 노인이 자신의 성을 가지게 된 이유는 다음과 같은 사연이다.

노인의 할머니는 19세기 중엽 미국 남부지역에서 노예 신분으로 태어났다. 미모가 뛰어난 할머니는 주인 남자의 성 노리갯감이었다. 이를 질투한 주인 마나님이 할머니에게 부르기 거북한 이름을 붙여주었다. 노예제도가 법적으로 폐지되면서 할머니의 자식들은 자동으로 할머니의 이름으로 정부 기관에 등록된다.

그의 어머니는 결혼을 안 했는지 할머니 성을 그대로 가지고 있어 노인도 같은 이름으로 불렸다. 이름 때문에 놀림을 당해 학교도 그만두었고, 노동판에서도 웃음거리 대상이 되며 살았다. 어머니가 돌아가시자 노인은 남부를 떠나 대도시로 왔다. 시카고 강의 선창 인부로 일을 시작했으나 놀림 때문에 오래 붙어 있을 수 없었다.

며칠을 굶은 노인은 배가 너무 고파 식품점에서 빵 한 봉지를 훔쳐 달아나다 경비원과 몸싸움을 벌였다. 둘 다 가벼운 찰과상을 입었지만, 노인에게 절도와 폭행죄가 적용되어 2년 감옥 형을 선고받았다. 형무소에 들어간 노인은 처음에는 무서웠지만, 시간이 지나면서 편안한 느낌이 들었다.

형무소에는 따뜻한 세 끼의 밥과 푹신한 침대, 무엇보다도 죄수들을 이름이 아닌 숫자로 불렀기 때문이다. 노인은 감옥이야말로 자신이 있을 곳으로 생각하여 석방일이 가까워 오면 고의로 탈옥을 시도했다. 탈옥하다 붙잡힌 뒤에는 수형 기간이 더해지고, 다시 탈옥하고 잡혀가고를 반복되어 반세기를 감옥에서 보낸 소설 같은 이야기다.

감옥에 있을 동안, 노인의 유일한 취미는 통나무를 깎아 물건을 만드는 일이었다. 배, 사람, 갖가지 동물, 무엇이든 만들었다. 교도관들에게 선물로 주고 또 석방되어 나가는 동료에게도 빠짐없이 주었다. 통나무를 조각한 것 가운데 가장 마음에 든 것은 돌아가신 어머님 흉상으로 아직도 잘 보관하고 있다고 한다. 다른 100개 정도는 하루 15달러의 여인숙에 팽개쳐 두었다 했다.

"잠은 잘 주무십니까?"

"밥맛은 어떻습니까?"

"불안합니까, 우울합니까?"

"죽어버리고 싶습니까?"

"균이 무서워서 하루에도 몇 십 번 손을 씻습니까?"

붙잡고 싶은 인연

"누가 뒤에서 자꾸 쫓아오는 느낌은 안 듭니까?"

"TV나 라디오를 통해 내 속 마음이 세상 밖으로 전파된다고 믿습니까?"

"남들은 안 들린다는데 무슨 이상한 소리가 들리거나 보입니까?"

"말은 안 하지만 속으로는 자기가 세상에서 가장 잘난 사람이라 생각합니까?"

등등은 정신과 의사로서 초진 시에 당연히 물어야 할 사항들이다. 초진 결과는 노인이 당장 치료가 필요한 정신 질환은 없는 것 같았다.

교육도 받지 못하고 붙여진 이름 때문에 평생 놀림을 겪으며 스스로 긴 형무소 생활을 감수한 노인을 어떻게 도와줄까? 그가 만든 조각품들을 칭찬해주고, 조각 취미를 계속하라 권유하고, 가능하다면 그의 작품 전시회를 열어 주는 게 그를 돕는 가장 좋은 방법이란 생각이 들었다.

젊고 예쁜 환자

솔직히 젊고 예쁜 여성 환자를 만나면 기분이 좋다. 그러나 그런 환자가 임신이 되어 찾아오면 겁이 덜컥 난다. 더 이상 오지 않았으면 하는 게 희망 사항이다. 틀림없이 자신이 복용하고 있는 약을 끊어야 할지, 아니면 계속해야 할지를 묻는 뜨거운 감자 환자(곤란한 환자)로 변하기 때문이다. 임신 중의 항우울제 복용과 기형아 출생 위험은 정신과 의사들이 임상 진료에서 빈번히 부딪치지만 피해 갈 수 없는 고민스러운 문제이다.

우울증은 아주 흔한 질병이다. 인생살이 어느 한 선상에서 병을 얻을 확률이 약 10-15% 쯤 된다. 심리적·환경적·신체적 요인이건 성별·인종·나이에 불문하고 누구든 걸릴 기회가 항상 열려 있다.

특히 여성은 남성에 비해 두 배나 걸릴 확률이 많다. 예전부터 여자가 임신을 하면 모성애란 특별한 힘이 우울증을 극복한다는 통속적 관념 때문에 임신 중 우울증은 존재하지 않고, 치료는 불필요했다. 그러나 많은 설문 조사와 연구 결과는 임신 중의 호르몬 불균형, 외부 스트레스로 말미암아 오히려 우울증이 더 생길 수 있고 기존의 우울 증세도 악화된다고 나와 있다.

임신 중의 항우울제 복용이 기형아 출생 위험률을 높여줄까? 최근 보스턴 지역 어느 병원에서 임신 3개월 전에 선택적 세로토닌 재흡수 억제 항우울제(zolof, prozac, paxil, celexa 등)를 복용한 산모 1만 여 명을 조사한 바 있다. 그 가운데 두개골 결함, 상·하지 결손, 심장 결함을 가지고 태어난 신생아들의 수가 세로토닌 재흡수 억제제 약을 복용하지 않은 산모의 기형아 출산 수와 별 차이가 없음을 보여 주었다.

결론은 임신 초기의 항우울제 복용으로 말미암은 기형아 출산 위험은 존재하되 아주 작은 수치였다. 비슷한 시기에 캐나다 밴쿠버의 브리티쉬 컬럼비아대학(British Columbia University) 연구팀도 임신 초기(임신 한 달 전부터 임신 뒤 3개월) 여성의 세로토닌 재흡수 억제 항우울제 복용과 신생기형아 수치를 관찰했다. 두뇌 결함은 115명 가운데 2명, 손발 결손은 127명 가운데 3명, 심장 결함도 아주 적은 수로 나왔다.

임신부의 세로토닌 재흡수 억제제 복용으로 말미암은 기형아 분만 위험에 대해 수많은 연구 논문이 있지만, 아직 그 어느 것도 확실한 대답을 주지 못하고 있다. 지금의 정신의학 경향은 앞의 두 연구 발표에서 보듯 기형아 분만 확률이 적을 것이라는 조심스러운 발표를 믿는 추세다.

단 세로토닌 재흡수 억제 항우울제 가운데 유일하게 paxil이란 약은 임신 중에 복용이 금지되었다. 미국 식품 약물 협회는 paxil이 기형아 출산 위험이 있으니 조심하라는 경고를 한 바 있다.

임신 중의 우울증상과 항우울제 사용은 모두 태아와 신생아, 임신부 모두에게 부정적 영향을 준다. 임신 중의 우울증을 치료하지 않는 여성은 매사가 귀찮아 임신 관리에 소홀하여 오심, 구토, 염증 등 신체적 합병증을 유발한다. 또 술, 담배, 마약 사용, 정신 질환 악화 때문에 태아발육의 변화와 임신기간의 단축과 관계가 있다.

이런 여성이 분만한 아이는 보통 과민반응, 주의력결핍, 체중 저하, 정서적 무표정을 보여준다. 또한 우울증 초기의 세로토닌 재흡수 억제제 복용은 드물게 기형아 분만 위험이 따르고, 임신 후반기 복용은 일시적인 신생아의 정서적·환경적 과민반응을 보이며 아주 드물게는 신생아의 폐 압력을 높여 주는 경향 때문에 세심한 관찰을 필요로 한다.

몇 년 전 미 산부인과 협회와 정신과 협회는 공동으로 다음과 같은 권장안을 마련했다. 곧, 6개월 이상 항우울제를 복용하고 있는 여성이 임신을 계획하면 의사 지침 아래 복용 약을 점차 줄이다가 최소 한 달 전에 약을 끊는 게 좋다. 임신 중 우울 증세가 그리 심하지 않으면 약을 천천히 중단하고 심리요법과 대체요법을 사용한다.

임신 증세가 심하거나, 반복적으로 나타나거나, 정신증세(현실 파악 능력 결핍), 자살 위험, 양극성 장애(조울증)로 말미암은 우울증을 수반하는 경우는 약을 중단하지 말고 산부인과 의사와 정신과 의사의 긴밀한 협조하에 환자 치료를 요한다.

임신은 자신만의 문제가 아닌 앞으로 태어날 한 인간과의 공동체 관계이다. 우울증으로 항우울제를 먹고 있는 여성이 임신을 준비 중이거나 임신 중이면 혼자 결정하지 말고 전문가에게 반드시 의논해야 한다.

휠체어 이야기

어느 해 늦은 가을, 따스한 남쪽으로 날아가는 철새들을 보려고 미시간 호수 모래사장으로 갔다 셀 수조차 없이 많은 철새가 호숫가에 머물며 뱃속에 먹이를 채우고 힘을 비축하며 쉬고 있었다. 그들 가운데 일부는 다시 V자 형태를 지어 질서정연하게 날아가고 있다.

먼 길을 날다 무리 중 하나가 힘이 부치거나 상처를 입으면 옆쪽의 새들이 서로 교대로 부축해서 같이 나른다. 휠체어 역할을 해주는 것이다. 너무 상처가 심해지면 그를 조용히 땅 위에 내려놓고 슬프게 떠나간다. 해가 바뀌는 시절에 철새들의 동료애를 생각하며 손아귀에 꽉 붙잡고 있는 많은 것들을 훌훌 털고 가난한 마음으로 돌아가고 싶다.

지난 70세 중반까지의 삶은 너무 앞만 보고 살았다. 눈가리개의 경주 말처럼 달려만 왔다. 이제 반쯤 은퇴했으니 봉사 한 번 해보고 싶었다. 언젠가는 병원의 휠체어 끄는 자원봉사자가 되어 보리라 마음먹고 있었다. 그래서 내 근무처에서 아주 먼 곳에 있는 큰 병원의 봉사자로 등록했다. 의사계급장을 뗀 채 병원을 찾아오는 사람들을 휠체어에 태우고 병원 곳곳으로 인도해주는 일이다. 거의

64

8개월을 그렇게 일했다.

병원 자원봉사자들의 대부분은 은퇴자들이다. 20대 전후의 젊은 이들도 꽤 있다. 젊은이들은 의과대학이나 간호대학에 진학하기 위한 스펙 쌓기 목적이고, 중년층은 미래의 병원취직을 위해 미리 봉사자로 일을 한다. 목적이 어떻든 남을 위해 봉사하러 나온 선량한 사람들이다.

우리 사회의 공감력이 점점 사라지고 있다. 현실은 공감력이 결핍되어야 경쟁에서 살아남는다. 남의 처지에 신경 안 쓰고 자기 일에만 열중해야 목표를 달성하고 성공한다. 자원봉사를 해보니 세상의 셈법으로는 잘 헤아릴 수 없는 행복감을 느꼈다. 봉급 받고 일할 때는 행복보다 보수와 성공을 중요하게 여겼다. 하루의 봉사를 마치고 집에 오면 왠지 기분이 좋고, 사람들과의 관계도 좋아졌다.

자원봉사자로 일하면서 휠체어에 대하여 많은 것을 알게 되었다. 먼저 휠체어 사용과 조작법을 배웠다. 휠체어도 가격, 형태, 크기에 따라 여러 가지 종류가 있어 환자의 상태에 맞는 휠체어를 골라야 한다. 다음에 환자를 안전하게 앉히고 내리는 순서, 승강기에 타고 내릴 때의 주의 사항 등을 익혔다.

예를 들면 환자가 수액병과 오줌줄을 지니고 가야 할 때, 다리, 목, 허리에 깁스를 한 환자를 태워야 할 때, 산소통이나, 변기통이 필요한 환자를 데리고 갈 때, 지팡이에 의지한 체중 400파운드 (181kg) 환자의 운반 등 여러 상황에 맞게 휠체어를 사용해야 한다. 휠체어가 필요할 것으로 보이는 사람이 병원으로 들어오면 자원봉사자는 재빨리 걸어가 도움의 유무를 물어보아야 한다. 자원봉사자로 근무하다보면 별의별 사람들을 다 만난다.

붙잡고 싶은 인연

어느 날 70대 후반쯤 보이는 남자가 지팡이를 짚고 거의 쓰러질 듯 아슬아슬하게 병원 현관문을 들어오고 있었다. 얼른 그에게 다가가 휠체어에 타시라고 했다. 물어볼 필요도 없이 당연히 휠체어가 필요한 환자로 여겼기 때문이다. 그런데 노인이 째려보며 소리쳤다.

"Goddamn it, I am not invalid yet!(빌어먹을, 난 아직 병자가 아니라니까.)"

알고 보니 그분은 환자가 아니라 혼수상태로 입원하고 있는 부인을 보러온 것이었다. 병원, 환자, 죽음에 대한 두려움에 휩싸인 그분에게 휠체어는 아마 죽음의 또 다른 상징물이었던 같다.

인간은 자기가 아는 것만큼, 그리고 보는 것만큼 살아간다는 게 맞는 말임을 다시금 깨달았다. 패닉에 빠진 그분의 심리 상태를 모르는 내가 내 식대로 행동했던 것이다. 먼저 그분에게 정중히 휠체어의 사용 여부를 물어보았어야 했다.

60대 후반의 남자 환자였다. 심장내과 의사 진료실로 데려다 달라고 요청했다. 심장 환자 진료 장소는 병원 현관에서 꽤 거리가 있고 그분의 숨소리가 좀 고르지 않아 휠체어 사용의 여부를 물어봤다. 의사가 될 수 있으면 운동하라 했으니 걸어가겠단다. 한 5분 걷더니 숨이 가빠지고 얼굴색도 좋지 않았다.

힘들게 천천히 걸어가며 이제 의사 진료실에 다 왔냐고 자주 물었다. 심장마비 위험이 있어 급히 전화로 휠체어를 요청해 그분을 태우고 무사히 진료 의사에게 인계했다. 끝까지 걸어가겠다는 요구를 들어주지 않았지만 미안한 마음은 들지 않았다. 늙어서 고집부리지 말고 현실을 잘 살펴보아야 사람들한테 고집 센 구세대니 혹

66

은 꼰대란 소리를 듣지 않을 것이다.

머리는 거의 흰색이지만 건강하게 보이는 80대 남자였다. 병원복도를 두어 번 왔다 갔다 하길래 도움이 필요하냐고 물었다. 귀가 잘 안 들리는지 멈칫하더니,

"이곳이 내 아내가 입원한 병동 맞아요? 주차장 바로 옆인데."

하며 중얼거렸다. 혹시 치매기가 있어 길을 잃어버린 게 아닌가 의심이 들었다. 정신신경과 의사의 경력이 발동한 것이었다. 어느 곳에 주차했냐고 물으니 그것도 잘 모르겠단다. 할 수 없이 그분 지갑을 열어 인적 사항을 알고 난 뒤 아내가 있는 병실로 인도해 주었다.

지금은 노령화 시대라 많은 노인이 운전을 한다. 그 가운데는 치매 초기의 노인들도 있어 예측할 수 없는 위험한 상황이 생길 가능성이 많다. 이분의 경우 치매 초기 증상은 넘은 듯싶었다. 집에 연세 드신 분이 계시면 건강하게 보일지라도 해마다 치매 검진을 받아볼 수 있게 하는 게 매우 중요하다.

비가 주룩주룩 내리는 아침에 50대 여인이 허리가 몹시 아픈 시늉을 보이며 응급실이 어디냐고 물었다. 병원 본관에서 응급실까지는 한참 가야 하기 때문에 여인을 휠체어에 태우고 급히 응급실로 향했다. 휠체어에서 내린 여인은 응급실 접수대에서 환자로 등록하는 척하더니 곧바로 길 건너 주차장으로 유유히 걸어가는 모습이 보였다.

"속았구나."

땀이 나서 축축이 젖은 목덜미를 수건으로 닦으며 쓴웃음을 지었다. 그 여자는 얌체족 아니면 반사회적 성격자일 수 있다. 상대방을

이용하여 피해를 줌으로써 쾌감을 느끼는 일종의 새디스트(sadist)이다. 흰머리 가득한 노인 자원봉사자가 머리 까만 200파운드 중년 여성에게 이용당한 사례였다.

이런 일도 있었다. 어느 날 한 초등학생이 조용히 내 귀에 대고,

"휠체어 한번 태워주세요."

라고 부탁을 했다. 학생 부모의 허락 없이 태워줄 수 없고, 더구나 휠체어는 아픈 환자를 위해 있는 것이라 말해 주었다. 소년은 잠시 멈칫하더니 편도선이 부어 열이 나서 의사를 보러 온 환자라 휠체어 탈 자격이 있다는 것이었다.

뒤따라온 어머니 말로는 아들이 병원에 오기 전부터 휠체어를 타 보고 싶다고 졸랐고, 아들에게 경미한 발달장애인 자폐증세(예전의 아스퍼거 증후군)를 가졌다고 했다. 만약 그의 요구를 들어주지 않으면 심한 흥분 상태가 되어 자제력을 잃어버리는 경우가 생긴다고 알려줬다. 할 수 없이 휠체어를 태우고 소아과로 가는 동안 소년은 휠체어에 대해 여러 가지를 물어보았다.

경미한 자폐증이나 뇌 손상, 환자들 가운데에 사회적 지능은 낮으나 계산, 암기, 음악, 예술 등 특수 분야에서 일반인보다 훨씬 뛰어난 재질을 보이는 아이들이 있다. 이를 서번트 증후군(savant syndrome)이라 부른다.

낡고 오래되어 덜컥거리는 병원 휠체어를 타고 가던 이 소년에게 서번트 증세가 나타나 언제인가 보다 가볍고, 싸고, 성능이 우수한 휠체어를 발명했으면 좋겠다. 사람 환자뿐 아니라 상처받은 철새 환자를 무사히 목적지까지 데리고 갈 수 있는 바퀴 달린 날개 휠체어도 발명할 수 있기를 마음속으로 기대해 본다.

검은 옷만 입었던 환자

"감정과 색깔의 관계는 심리적 상징성을 품고 있다."

겨울도 다 가기 전에 꽃망울이 맺었던 옆집 처마 밑의 수선화도 이제 만발했다. 그 춥고 무서웠던 시간도 어찌할 수 없는지 다음 계절은 사라지지 않고 어김없이 찾아온다. 수줍은 처녀마냥 살며시 찾아온 봄의 향기에 젖어보는 것도 즐겁다.

이런 좋은 때 더 서글퍼지는 사람들이 있다. 우울증 환자들이다. 모두 즐거워하는데 왜 자기만 그렇게 느끼지 못하는지 실의에 빠지게 하는 잔인한 계절이다. 보통 봄과 이른 여름철에 우울 증세가 악화되고 자살 위험이 높다. 정신과 의사들이 눈을 바로 뜨고 우울증과 싸우고 있는 환자들을 지켜봐야 하는 계절이기도 하다.

30여 년 전, 오늘처럼 봄비 내리는 밤이었다. 검은 옷을 입고 검은 운동화 신고 검은 개를 데리고 밖을 산책하다 자동차에 치어 죽은 환자가 있었다. 그는 우울증 환자로 유달리 검은색을 좋아해 진료실에 올 때마다 모자로부터 상의, 하의, 운동화까지 온통 검정이었다. 왜 검정색이냐고 물으면 자기 마음속 색깔과 같다고 히죽이 웃곤 했다. 죽기 몇 달 앞서 여자 친구의 절교 전화 때문에 우울 증세가 심했으나 치료를 받은 뒤 서서히 좋아져 마음 놓고 있었는데 변을 당한 것이었다.

우리의 감정과 색깔은 하나의 쌍(pairings)을 이루고 있다. 감정과 색은 독특하게 우리의 언어와 문화 속에 심리적 상징성을 품고 있다. 어느 민족, 어느 문화권을 막론하고 빨강은 사랑과 분노, 검정은 두려움, 회색은 슬픔, 노랑은 즐거움이다. 그러나 그리스 사람은 보라색을 슬픔, 이집트인은 노랑을 즐거움으로 표현하지 않는다. 타이거 우즈가 즐겨 입는 빨간 셔츠는 도전적·정열적인 격한 감정의 표시며 또한 혁명의 깃발이기도 하다.

파랑은 남자와 여자 모두 좋아하는 색으로 신뢰와 우정을 표현한다. 심리적으로 불안을 잠재우고 깨끗한 마음가짐을 도와주는 색깔이다. 노랑은 황금같이 빛나는 물체를 상징하여 역대 제왕들이 많이 사용했으며 또 주의를 상기시키는 색깔로 도로 표지판에 자주 나온다. 노랑은 심리적으로 자신감과 새로운 아이디어를 얻도록 도와준다. 대표적인 후기인상파 화가 반 고흐(Vincent van Gogh)가 자신의 화실을 온통 노란색으로 칠한 색이다.

검정은 죽음, 밤, 공포, 악마 같은 부정적 표현도 있지만 장엄함이나 고행처럼 긍정적인 면도 보이는 마법의 색이다. 성직자, 수도사, 장례식 예복, 사형집행인의 복장들은 대개 검은색이다. 임상적으로 스트레스가 심하거나 화난 상태의 사람들이 검정을 선호했다.

노인들은 죽음의 공포 때문인지 검정을 피하려는 경향도 있다. 심리적으로는 폐쇄되고 억제된 욕구불만에 따른 자기 방어와 자의식이 강한 성격의 소유자를 상징하기도 한다. 유행이 바뀌어 요즘은 검정 옷을 좋아하는 젊은이들을 흔히 볼 수 있다.

시카고미술관(Chicago Art Institute)에 인상주의 화가 작품이 많이 전시되어 있어 세계 각지의 사람들이 방문한다. 신, 종교, 왕의 기록을 그림의 내용으로 하는 고전주의에 비해 인상주의는 내용보다 색체와 윤곽에 공을 들인다.

초기 인상주의 화가들이 검정은 색이 아니라며 될 수 있는 한 사용하지 않으려는 경향이 있었다. 그러나 후기 인상파의 거두인 반 고흐는 자신의 작품 속에 억압된 정서 상태를 검정색으로 강조함으로써 추상주의 현대 사양화의 토대를 마련하는 계기를 마련해 주었다.

인간은 색을 통해 자신의 감정을 간접적으로 자연스럽게 표현하고 있다. 남녀가 처음 대면 시 어떤 색깔의 옷을 입었느냐에 따라 첫인상이 달라진다. 어느 정신분석학자는 검은색을 어머니의 어두운 자궁 속의 상징으로 설명한다. 삶이 고달플 때 무의식적으로 편안하고 안전한 그곳으로 다시 돌아가고 싶어 한다는 것이다.

검은색을 강하게 사용했던 반 고흐가 자살로 생을 마감한 이유도 거기에 있었을지도 모른다. 검은색이 좋아 검은 옷만 입고 다녔던 환자도 고달픈 삶을 피해 어둡지만 따뜻한 어머니 자궁 속을 택한 모양이었다. 내 환자는 운전수의 눈에 띄지 않아 차에 치어 죽었다. 경찰은 운전수의 눈에 띄지 않아 죽었다고 처리했지만, 한밤중에 검은 옷으로 산책을 나간 게 자살 소망(death wish)일 수도 있다.

아직도 환자의 죽음은 나의 마음속에 의문표로 남아 있다. 잊어야 할 것은 빨리 잊어버려야 하는데 그게 잘 안 된다. 부디 좋아했던 색깔의 어두움 속에서 편히 잠들기를 빈다.

팩랫(pack rat)

크리스마스와 연말이 다가오면 병원은 제약회사로부터 여러 가지 풍성한 물건들을 기증받는다. 진료실 입구에 "원하면 가져가라"는 푯말과 함께 외투, 신발, 양말, 손가방, 모자 등을 놓아둔다. 가난한 환자들은 감사한 마음으로 물건을 한두 개씩 가져가는데 유독 어느 물건에도 손을 대지 않는 환자가 있다. 그분은 항상 다 해어진 신발에 낡은 손가방을 들고 병원에 온다.

환자의 손가방 속에는 자동차 면허증, 손자 손녀의 사진, 신분증, 투표 등록증을 넣은 지갑을 제외하곤 온통 오래된 영수증과 상품권으로 가득 차 있다. 환자의 구두가 하도 더러워 담당 의사인 내가, 입구에 있는 새 신발 하나 가져가라 해도 소귀에 경 읽는 꼴이다. 이유는 놓여있는 신발에 균이 많아 자기가 신으면 병에 걸릴 위험 때문이란다. 실은 자신의 신발에 더 많은 균이 있을 수 있다는 사실을 모른다.

어느 날 보건소 직원이 환자와 함께 우리 병원에 들렀다. 건물 주인이 우연히 아파트에 들렀을 때 거실, 부엌, 변소 빼고는 온 공간이 헌 신문, 헌옷, 헌 잡지들로 가득 차 있어 불이 나지 않을까

72

하는 염려 때문에 보건소에 보고했던 것이다.

우리는 특별한 의미나 정이 붙은 물건은 오래 보존하고 그렇지 않은 것은 버리며 산다. 그런데 기념될 게 없고 쓸모도 없는 물건들을 계속 모아두는 습관을 가진 사람들을 만난다. 시쳇말로 팩랫(pack rat, 무엇이든 주위 모아두는 쥐)이며, 정신과 용어로는 저장자(hoarder)라 부르며 보통 신문, 잡지, 옷, 편지, 플라스틱 쇼핑 가방 등을 끌어다 모은다. 왜 그러느냐고 물으면 언젠가는 유용하게 쓰일 수 있다거나, 없애 버리면 무슨 재앙이 일어날 거란 두려움 때문이라 대답한다.

정신분석학자들은 "모아두는 행위"는 소유에 대한 개념과 정보처리 과정에 문제가 있는 행동 양상이라 설명한다. 즉 소용없는 물건 하나하나가 정이 붙어있는 자신의 일부로서 어느 것 하나라도 버리면 제 살을 도려내는 슬픔에 젖는다. 또 잘못 버리는 판단으로 생기는 두려움과 심적 고통을 피하려고 쉬운 방법인 저장을 택한다는 것이다.

호딩(hoarding)은 무의식 속에서 일어나는 의심의 병이고, 결정 결핍증이다. 그와는 달리 생물학자들은 결정을 주도하는 뇌 부위를 영상 촬영한 결과 포도당의 신진대사 활동이 현저히 떨어지는 동시에 신경전달 물질인 세로토닌의 양이 낮아짐을 보았다. 그래서 호딩을 세로토닌 병으로 간주하고 있다.

호딩은 대개 어린 시절에 시작되나 발병 증상은 어른이 됐을 때 나타난다. 유전 경향이 강해 부모 중의 하나가 호딩이면 자식의 절반이 병에 걸릴 확률이 높다. 치료는 정신 상담과 세로토닌을 올려주는 항우울약을 사용하지만, 효과는 별로 없다.

호딩은 일반 사람과 정신병 환자에게 모두 일어날 수 있다. 다만 증상의 정도가 다를 뿐이다. 보건소 직원이 위생법을 어긴 죄로 환자에게 아파트를 나가라고 하자 환자는 나한테 매달렸다. 환자가 방을 서서히 정리하고 낡은 신발도 진료실에 놓여 있는 새 신으로 갈아 신는 조건으로 아파트에 그대로 머물도록 해 주었다.

잠시 찬바람을 쏘이고 머리도 식힐 겸 병원 복도를 거닐다 한 장남은 금년 달력이 눈에 꽂힌다. 올해도 예년과 같이 많은 환자를 만났다. 그들과의 대화는 대부분 불만, 고통, 한숨의 이야기이다. 새해를 맞이하며 보지 않는 의학 잡지와 책들은 버리려고 한다. 버리는 즐거움, 곧 텅 빈속의 충만을 깨우친 법정 스님처럼.

금문교까지

    샌프란시스코 하면 시가지의 케이블카, 악명 높았던 알까뜨래쓰 감옥(Alcatraz Island)도 있지만 아무래도 금문교 다리가 첫 번으로 떠오른다. 길이 1.7마일, 넓이 90피트, 매일 10만 대의 차량이 지나가는 지구촌에서 가장 아름다운 다리 가운데 하나이다. 1937년에 완성된 이래 만민의 사랑을 받아오고 있다.

    특히 정신 영역에 종사하는 사람들에게는 사랑, 미움, 두려움, 그리고 신비에 둘러싸인 다리이다. 다리 위에서 바닷속으로 떨어져 죽는 사람들의 숫자가 세계 1등인 장소가 금문교이기 때문이다. 그전까지는 파리의 에펠탑, 뉴욕 엠파이어스테이트 건물이 1·2등이었다.

    그런데 자살자의 처리에 골머리를 앓고 있던 파리와 뉴욕시 당국이 전문가들의 자문을 받아드려 다리와 건물 사이에 뛰어내리기 힘든 난간 같은 장벽을 설취한 뒤부터 자살 충동자가 많이 줄어들었다고 한다.

    출렁이는 바다에 미끄러지듯 으슥한 밤안개 속에 보일 듯 말 듯 한 금문교는 너무나 신비스럽고 로맨틱하다. 세상일로 마음이 아파

이곳을 찾아오는 인생들을 소리 없이 끌어들이는 마력 같은 게 있다.

샌프란시스코시 당국의 집계에 따르면 2008년까지 시신을 확인한 자살자가 모두 1,300여 명, 뛰어내린 사람을 보긴 보았는데 시신을 찾지 못했거나, 아무도 모르게 뛰어내린 뒤 바닷물에 떠내려간 수를 합하면 2,000명이 넘을 거라고 추산한다. 버스정류장, 주차장이 가까워 걷거나 자전거로 쉽게 접근할 수 있고, 요염한 자태까지 곁들여 자살 충동을 부추기므로 "자살자 다리"란 별명도 붙었다.

몇 년 전에 어느 짓궂은 할리우드 영화제작자가 금문교 근처에 숙소를 정해놓고 정밀 카메라로 금문교에 초점을 맞춘 뒤 1년 동안 다리에서 낙하하는 사람들의 사진을 찍은 일이 있었다. 당시 25명의 점퍼(jumper)들이 있었다.

그 가운데 18명의 시신은 건졌지만, 나머지 7명은 바닷물에 흘러가 실종되었고 살아남은 사람은 없었다. 더구나 날씨가 나쁜 날에 뛰어내린 사람들의 숫자는 알 길이 없어 샌프란시스코 시청은 아예 자살자 통계를 포기할 정도라 한다.

바다 표면에서 다리 위까지의 높이는 대략 220피트, 평균치 몸무게 남자가 시속 75마일로 떨어진다면 물속에 첨벙 하는 시간이 약 4초가 걸린다. 영화에서 보듯 비행기가 바닷물 위에 추락하면 여지없이 부서지는 것처럼 금문교에서 떨어지는 점퍼들은 두개골 손상, 골절상, 내장 파열 등으로 대부분 사망한다.

요행으로 머리보다 다리가 먼저 일직선으로 떨어지면 바다 속 50피트까지 내려갔다가 다시 물 위에 떠오른다. 떠오르는 순간 생존자들이 하는 첫 마디가,

"Oh my God, I am alive(맙소사 내가 살아 있구나)."

라는 신음 섞인 탄성이다. 100명 가운데 2명꼴도 안 되는 생존자들은 팔, 다리, 가슴, 어깨, 목, 머리의 부상 때문에 한평생 고생을 하지만, 살아 있다는 게 너무나 감격스러워 새 인생을 걸어간다.

심리학자 사이든 박사는 골든게이트에서 뛰어내렸으나 죽지 않고 살아난 515명을 30년 뒤에 찾아내 조사해 보았다. 이들 가운데 95%는 다시 뛰어내리는 일은 물론 다른 방법으로도 자살을 다시 기도하지 않았다고 발표했다. 투신자들은 단지 잘못된 시간에 잘못된 장소에서 저항할 수 없는 자살 충동 때문에 뛰어내렸을 것이란 결론을 얻었다.

이런 이유를 바탕으로 충동적 자살 충동을 막기 위하여 인권 옹호 시민 단체, 종교 단체, 정신의학협회는 금문교 다리 양쪽에 난간 설치를 시 당국에 호소한 적이 있다. 그러나 다리 수리 비용에 들어가는 예산이 엄청 많다며 거절당하고 말았다.

그러다가 2004년에 샌프란시스코의 어느 병리의사가 금문교에서 자살한 사건이 생겼다. 죽은 의사의 친구였던 한 정신과 의사가 친구의 죽음을 헛되지 않게 하고자 언론을 움직여 시의회에 강력한 로비를 벌였다.

난간의 존재는 자살 충동자들에게 일단 제동을 걸 시간적 여유를 주는 한편 누군가 자기를 생각해 주는 사람이 있구나, 하는 위로감도 받을 수 있다. 결국 시청은 사회여론의 압력에 못 이겨 금문교에 난간을 만들기로 결정했던 것이다.

최근에 북캘리포니아 쪽으로 여행 떠나는 환자를 만났다. 그는 술을 좋아하는 중년 남자로 평생 우울증을 친구삼아 살아오고 있다. 자살 기도 경력이 있어 자살 가능성의 일등 프로파일인 알코올 중독에 중년의 이혼 남자라 경계심을 일으켰다.

그에게 다음과 같은 주의를 주었다. 금문교는 될 수 있는 한 낮에 가서 구경하고, 부득이 밤에 갈 사정이 생기면 반드시 누구하고 같이 갈 것, 금문교 지역에 안개가 많이 낄 거라는 일기 예보가 있으면 구경을 다음 날로 미룰 것. 물론 술은 절대 금물이다.

모든 병이 다 그렇듯 정신 질환도 치료만큼 예방도 중요하다. 정신과 의사는 시카고에서 2,000마일이나 떨어진 금문교까지 신경을 써야 한다. 언젠가 금문교 다리 양쪽에 난간이 놓이는 날이 오면 나의 조바심도 조금은 줄어들겠지….

거수경례의 힘

"내가 누군 줄 알아? 이것 풀어줘!"

침대에 묶인 어느 환자가 병실이 떠나갈 듯 고래고래 소리를 지르고 있다.

"나를 버리고 가시는 님은……."

진도아리랑 노랫가락도 간간이 들린다. 병실 밖에서 서성거리고 있는 아들 말에 따르면 아버지는 젊었을 때부터 성질이 불같았다. 한국전쟁에 참가하여 대대장까지 지냈다. 대령으로 제대한 뒤 사업에 손을 댔으나 뜻대로 되지 않았지만, 군인 연금 혜택이 좋아 가족을 부양하는 것은 문제가 없었다. 지금도 자식들의 수입보다 아버지의 연금 액수가 많아 집안에서 그의 말을 거역하지 못한다.

세월이 지나며 노인의 기억력은 점점 떨어지기 시작했다. 가끔 가족들도 알아보지 못하고 항상 다니던 길도 자주 잊었다. 그러나 노인은 계속 운전을 고집하다가 요 몇 달 동안 여러 번 사고를 냈다. 할 수 없이 가족들이 자동차 열쇠를 감추자 노인은 집안 물건을 던지는 등 행동이 거칠어졌다. 어느 날 소화제 타러 병원에 가자는 부인의 말에 따라온 곳이 노인병원이었다.

남자 간병인 셋이 달라붙고 몇 번의 진정제 주사와 높은 용량의 항정신제 투약도 노인의 행동을 억제할 수 없었다. 밤새도록 고함치는 노인 때문에 딴 환자들이 잠을 못 자 불평이 대단했다. 정신과 의사가 무슨 마술사도 아닌데 사람들은 모두 내 얼굴을 쳐다보고 있었다.

어떻게 하면 죽어가고 있는 노인의 뇌세포를 잠시 깨워 붙잡아 둘 수 있을까? 어린애처럼 자기중심적, 충동적인 성숙하지 않은 노인의 행동을 어떻게 막아 볼 수 있을까? 곰곰이 생각에 잠겼다.

다음 날 아침 환자를 회진하는데 나는 노인 앞에서,

"군의관 육군 대위 천양곡, 연대장님께 전입을 신고합니다."

라고 크게 외치며 거수경례를 붙였다. 순간 노인 눈의 초점이 잡히고 입가에 가느다란 미소마저 일며 묶인 손목을 비틀어 답례하려고 했다. 그때부터 노인의 행동은 조금씩 수그러지고 정신과 약이 효과를 나타내기 시작했다.

무슨 약이든 두 가지 약물 효과를 가지고 있다. 하나는 약물의 화학적 성분에 의한 진짜 효과와 다른 하나는 그와 전혀 상관이 없는 가짜 효과이다. 후자를 플라시보(placebo, 僞藥) 효과라 부른다.

약물 치료의 효과는 복용자의 심리 상태에 크게 영향을 받기 때문에 약물 자체의 치료 성분과 무관하게 약물이나 치료자에 대한 믿음에 따라 가짜 약도 듣게 된다. 그리스, 로마 시대에도 위약을 사용한 기록이 있지만, 본격적으로 쓰기 시작한 것은 제2차 세계대전 때였다.

당시 부상자를 치료할 약품이 부족하여 할 수 없이 가짜 약을 주면서 병사들에게는 진짜라고 속였다. 문제는 가짜 약이 실제 치료와 구별할 수 없을 정도로 좋은 효과를 발휘한 것을 목격했다.

전쟁 뒤 민간 병원에서도 임상 치료에 플라시보를 예전보다 더 사용하는 경향이 생겼다. 지금까지 연구한 논문을 봐도 어느 약이든 30-40%의 위약 효과가 있다고 한다. 특히 중추신경계에 영향을 주는 진통제와 정신과 약물들은 이 수치가 훨씬 높다.

최근 《뉴욕타임즈》에 항우울제의 효과는 단지 위약 효과에 불과하다는 기사가 실려 언론계와 의학계의 힘겨루기가 한창이다. 내 임상 경험으로는 경미하거나 중간 정도의 우울 증세는 되도록 비약물치료를 하고 병이 계속 진전되거나, 반복되거나, 또는 증세가 심한 경우에만 약을 쓰는 방법이 가장 이상적이다.

위약 효과는 이제 약물뿐 아니라 다른 치료 방법에도 광범하게 적용되고 있다. 일상생활에서도 흔히 볼 수 있다. 성직자의 기도나 안수, 스님들의 염불, 운명철학자의 점괘, 장터의 엉터리 약장사, TV와 인터넷의 엉터리 광고 등이다. 정신치료의 하나인 최면술도 플라시보 효과를 이용하여 환자 자신의 마음이 자신의 육체를 지배하도록 유도하는 것이다.

의사는 환자를 속이는 위약 치료를 해도 괜찮은가? 이는 근본적으로 히포크라테스(Hippocrates)의 의학 윤리를 어기는 일이다. 그러나 이가 없으면 잇몸이라도 사용해야 할 경우가 생기면 어쩔 수 없다.

군의관 시절에 나도 많이 해 보았다. 매달 한 번 보급부대에 가서 약품을 수령하는데, 약을 하나라도 더 가져오려면 보급부대 담당자에게 수령한 약 일부를 떼어 주어야 했다. 일단 약을 부대로 가져오면 좋은 약은 대대장, 부대대장이 가져간다. 가정을 가진 중대장과 하사관들에도 조금씩 나눠 줘야 한다.

그러다 보면 실제 사병들을 치료할 약은 많이 부족했다. 위생병들이 건빵을 잘게 다져 타고 남은 나무 재와 쑥을 뜯어와 물로 반죽하여 사병들에게 만병통치약으로 주었다. 지금은 어림도 없는 얘기지만 그 시대엔 그게 통했다.

"정신과 의사의 첫 번째 덕목은 환자에게 정직하라."

미국에 건너와 정신과 수련을 받을 때 지도교수가 한 말이다. 나는 군의관 시절 사병들한테 한 일도 있고, 지도교수 말이 생각나 오랜 의사 생활을 하는 동안 가능하면 플라시보는 쓰지 않는다.

한국 사람은 약을 많이 주는 의사를 좋아한다. 특히 노인병원의 환자들은 대부분 만성 신체 질환과 불안, 우울 증세를 지니고 있다.

"골이 너무 아파요, 허리가 아파요, 배가 아파요, 외로워요, 약 좀 주세요."

이런 호소를 매일 하고 있다. 그때마다 약을 매번 줄 수 없어 위약을 쓰고 있다는 간호사의 귀띔이다. 소화제를 주며,

"이것 자시면 안 아파요."

라고 하면 환자들이 믿는다고 한다.

앞서 말한 노인 연대장 환자에게 거수경례를 붙여 그분의 행동을 조절할 수 있었던 것도 어찌 보면 위약 치료 효과가 아니겠는가. 그러니 위약을 절대로 쓰지 말라는 것은 실질성(practical)이 떨어진 경직된 사고방식일지 모른다.

내 돈 훔쳤지?

나이 들면 새벽잠이 없어진다. 오늘 아침에도 일찍 눈이 떠졌다. 멀리서 닭이 홰치는 소리, 개 짖는 소리가 들린다. 조금 뒤척이다 밖으로 나왔다. 새벽 공기가 차다. 동네 자갈길 옆에 피어 있는 들국화와 코스모스들이 다소곳이 고개를 숙이고 있다. 가만히 꽃잎들을 만져 본다. 함초롬히 이슬에 젖은 산뜻한 감촉이 말초신경을 통해 대뇌로 올라온다. 북한산 자락에도 가을은 깊어만 간다.

병원에 출근해 보니 소란스럽다.

"저 뙤놈이(조선족 간병사를 칭함) 내 돈 훔쳐 갔어."

환자 한 분이 얼굴이 벌개서 고래고래 소리를 지르며 야단법석이다. 간병사는 말없이 짐을 싸고 있다. 환자는 병실을 떠나려는 간병사의 손을 놓지 않는다. 경찰서에 가서 짐 검사를 해야 한다며 막무가내이다. 잃어버렸다는 돈이 얼마냐고 물으니 처음에는 5만 원, 다음에는 7만 원, 9만 원으로 횡설수설이다.

환자가 계속 고함을 지르는 통에 약물로 진정시킨 뒤 보호자한테 전화로 문의해 보았다. 며칠 전에 용돈을 준 것은 확실했다. 환자가 잠든 사이에 병원 직원이 환자의 소유물을 뒤져보았다. 침대 밑 깊숙한 곳 양말 속에 뭉쳐 놓은 현금 9만 원을 찾았다. 80세가 넘은 이 환자는 이북에서 지주 출신 가정에서 태어나, 일제시대, 태평양 전쟁, 8·15해방, 공산 치하, 6·25전쟁, 1·4후퇴, 월남 전쟁을 두루 경험한 인생의 베테랑이다.

이북에서 공산당에게 모든 재산을 뺏기고 생명까지 위협을 받자 환자의 가족은 월남을 선택했다. 남하하다가 가족들은 뿔뿔이 헤어지게 된다. 환자는 국군에 입대하여 월남전을 끝으로 군인 생활을 마쳤다. 퇴직금으로 시골에 땅을 사서 농사꾼이 되었다.

10여 년 전에 오랫동안 앓고 있던 고혈압 치료를 등한시했는지 중풍으로 쓰러졌다. 신체 한쪽이 마비가 와서 보행이 불편하고 말도 어눌해졌다. 몇 년 전부터 뇌경색으로 인한 치매 증상을 보이기 시작했다. 그의 부인은 환자의 치매 증상이 심해지자 더 이상 돌볼 수 없어 요양병원에 모셔온 것이었다.

치매는 뇌 질환이다. 무슨 이유이든 뇌 신경 세포들이 퇴화하여 인지 기능이 점진적으로 떨어지는 퇴행성 신경질환이다. 기억력, 집중력, 판단력 감소, 방향 감각 장애, 언어 장애 등은 모든 치매 환자들에게서 일어나는 필수적 증상이다.

좀 지나면 대변을 가지고 장난하거나, 공격성 행위를 보이거나, 치매 환자에 따라 망상, 환각 등의 비필수적 증상이 다양하게 나타난다. 물론 비필수적 증상들이 없는 치매 환자도 많다. 이런 2차적 증상들이 가족과 간병인을 괴롭히기 때문에 정신과 의사들이 치매 치료에 적극적으로 관여하게 된다.

인간은 늙어가며 사랑하는 사람들과의 이별, 주거지 변화, 신체적 노화 같은 새로운 상황에 적응하는 능력이 적어진다. 치매 환자들은 이러한 적응 능력이 현저히 떨어져 있다. 특히 자신의 물건을 타인이 훔쳤다는 망상은 치매 환자를 간호하는 사람들과의 인간관계에 부정적 결과를 초래한다.

일반적으로 도둑 망상을 보이는 환자들의 발병 이전의 성격을 살펴보면 어떤 패턴을 알게 된다. 그들은 맨주먹으로 자신의 인생을 헤쳐 온 사람들이다. 남에게 의지하지 않고 열심히 일했지만 여러 번 사람들에게 속은 경험도 있다.

도둑 망상을 가진 치매 환자의 정신 세계는 상실감과 공격성으로 가득 차 있다. 무표정한 얼굴, 몇 가닥만 남은 흰머리, 휠체어를 굴리고 다니는 힘없는 팔다리, 이빨도 몇 개 안 남은 입, 가끔 허공을 바라보며 고함을 치는 행동 등, 정말 보기에도 안타까운 환자들이 많다. 항정신성 약으로 도둑 망상을 조금은 줄여 주지만 효과는 그리 크지 않다.

지금도 천형의 질환인 치매를 확실히 치료할 수 있는 약물은 아직 없다. 그러니 예방이 최선이다. 상식적인 이야기지만 규칙적 운동, 균형 잡힌 음식 섭취, 뇌 기능을 항진시키는 활동, 특히 손놀림을 많이 하는 활동이 좋다.

손으로 하는 활동이 차지하는 대뇌의 영역이 다른 신체 부분이 차지하는 영역보다 훨씬 넓다. 긍정적인 사고와 창조주에게 의지하는 신앙심을 갖는 것도 많은 도움을 준다. 치매의 확실한 치료법과 약물의 발견이 내 생전에 이루어질지 기대를 걸고 지켜볼 뿐이다.

2부
떠나보내고 싶은 기억

먹어야 살지

"나는 먹는다. 고로 나는 존재한다."

데카르트(René Descartes)가 이런 말을 남겼다면 대대손손 뭇 사람들의 입에 오르내리는 명구가 되었을 것이다. 평범한 정신과 의사의 말이라 별볼일 없다. 현실적으로 사람이 먹어야 힘도 생기고 생각도 할 수 있어 존재하는 것이지 철학자처럼 생각만 가지고는 존재하지 못한다.

"이 수프(soup) 좀 먹어봐라, 맛있게 보인다."

중년 부인이 딸애의 눈치를 살피며 말한다.

"싫어, 배 안 고파."

몸매는 나무젓가락처럼 말랐고, 얼굴은 창백한 10대 소녀가 퉁명스럽게 대꾸한다.

"아침부터 아무것도 먹은 게 없잖아, 조금이라도 마셔보렴."

부인은 간청한다.

"괜찮다는데 왜 자꾸 그래. 그래서 애들이 네 엄마는 과잉보호자라 놀리잖아."

소녀는 거의 신경질적이다.

"너, 그러다 쓰러지면 어쩌려고 그래."

"잘 됐네, 그럼 쿠쿠 병원(정신병원의 속어)에도 갈 필요가 없으니."

오래 전 비행기 속에서 들었던 어느 모녀의 대화였다. 딸과 어머니의 음성은 점점 높아져 승객들 모두가 들을 수 있었다. 음식을 먹지 않아 삐쩍 마른 딸을 샌프란시스코의 어느 유명한 정신병원으로 입원시키러 가는 모양이었다.

신경성 식욕부전증(anorexia nervosa)은 잘못 붙여진 이름이다. 상당 수의 사람들이 이 병은 마음이 괴롭고 신경이 예민해져 입맛이 없어지는 병으로 안다. 실제로 환자들은 병의 마지막 단계에 이르기까지 식욕은 떨어지지 않고 정상적 상태를 유지하고 있다. 창조주께서 먹으라고 주신 음식들을 멀리하여 생기는 지독한 배고픔과도 싸워야 하는 고통스러운 정신병이다.

이 병을 가진 환자들은 뼈를 깎는 의지로 자신에게 굶주림을 강요한다. 음식을 적으로 알고 자신의 몸이 몰라보게 말라가는데도 머릿속에는 단지 체중을 줄일 생각만으로 가득 차 있다.

혹시 음식을 과식한 게 아닌가 하는 느낌이 들면 앞으로 불어날 몸무게에 대한 두려움과 심한 죄책감으로 시달린다. 그래서 몰래 토하거나 이뇨제나 설사약을 사용하여 음식물을 몸 밖으로 내보내기 일쑤다.

최근 신경성 식욕부전증이 급격히 늘고 있다. 젊은이들, 특히 대부분의 청소년 사이에 유행병처럼 번졌다. 날씬함이 사회 표준이고 아름다움의 잣대인 현대 사회에서 해마다 몇 만 명의 젊은이들이 희생된다. 한 가지 다행한 것은 병을 일찍 발견해서 치료하면 완전 치유가 가능한 정신 질환 중의 하나이다.

누가 이 병에 잘 걸릴까?

겉으로 보기에 품행이 단정하고, 공부도 잘하고, 부모님 말씀 잘 순종하고, 다른 학생들과 잘 어울리는 모범 소녀들이다. 그러나 속으론 감정이 불안정하고, 타인의 비난에 예민하게 반응하고 매사에 자신이 없다. 누구에게 칭찬을 받아도 만족을 느끼지 못하는 자존감이 떨어진 자아 비판적인 완벽한 성격의 소유자들이 대부분이다.

원인은?

확실히 모르지만 심리적·정신적 요인과 사회적 문제 때문이라 생각한다. 심리적으로 부모와 주위 사람들이 세워 놓은 표준과 규범에 대한 압박감과 반항감, 항상 1등이 되어야 한다는 내적 갈등을 원인으로 지적한다. 청소년 시기의 빠른 신체 성장으로 말미암은 여러 호르몬의 비정상적 균형이라 말하는 사람도 있지만 이는 원인이기보다 병의 결과로 보아야 될 듯싶다.

아울러 홀쭉함이 아름다움과 섹스의 상징으로 고착된 지금의 사회 환경도 발병 원인의 하나이다. 이런 심리적·사회적 갈등이 음식이란 매개체를 통해 일어날 수 있는 정신 질환이 신경성 식욕부전증인 것이다.

증상은?

음식 섭취의 감소로 체중이 몇 달 만에 1/4 정도가 줄고 몸 안의 지방질 층이 얇아져 여성호르몬 분비 부족 때문에 월경도 그치고, 피부는 까칠까칠해지고, 머리털이 가늘어진다. 나중에는 겨드랑이와 치모(pubic hair)도 없어진다. 환자들은 대개 음식을 조금씩 시간을 들여 새 새끼처럼 쪼아 먹는다. 가끔 짧은 시간에 게걸스럽게 먹은 뒤 변소에서 토해내고 마는 때도 있다.

저체중인데도 열량을 더 소모시키려고 뛰거나, 자전거와 수영 등으로 몸이 지칠 때까지 운동을 계속한다. 오직 체중을 줄이는 데만 신경을 써 가족과 친지와 친구들에게서 멀어지고 소외된다. 점점 자신감과 자존심의 결핍으로 불안과 우울이 쌓이고 나중엔 평균치보다 훨씬 낮은 체중인데도 사실을 믿지 않고 자신이 뚱뚱하다는 신체 망상 증세와 자살 충동도 생겨난다.

치료는?

증상을 알아차릴 때면 이미 병이 상당히 진전된 뒤라 가능한 입원 치료가 필요하다. 만약 체중이 1/3로 줄어든 경우면 강제입원도 필요하다. 상담을 통해 환자로 하여금 '음식이 적이 아니다'라는 사실과 실제로 자신이 괴로움을 당하는 이유가 가슴속 깊이 따로 있는데 음식에 덮어 씌워 화풀이하고 있음을 서서히 인식 시켜 주어야 된다.

남들이 자기를 어떻게 생각하는가보다 자신을 위해 무엇을 할까에 관심을 두어 자신감과 자존감도 높여 준다. 약물 치료는 선택적 세로토닌 수용체 억제제를 사용한다. 어떤 경우에는 신경성 식욕부전증이 가족들, 특히 어머니와의 관계에 많은 갈등이 문제가 되므로 환자의 치료에 가족을 포함하는 게 바람직하다.

예후는?

일찍 발견하면 완치가 가능하다. 조기 발견과 조기 치료가 매우 중요한 이유이다.

병적 웃음

아프리카의 조그만 나라 탄자니아는 독립한 지 오래되지 않아 국민 정서가 불안했다. 1960년 초에 그 나라 어느 초등학교에서 일어난 일이다.

두 학생이 농담을 주고받다가 큰 소리고 웃었다. 그러자 옆, 앞, 뒤 학생들이 따라 웃고 나중엔 교실에 있는 온 학생들이 덩달아 웃기 시작했다. 웃음은 딴 교실로 퍼져나갔고, 아이를 데려오려고 온 학부모들도 웃으며 집에 돌아오자 옆집 사람들도 영문도 모르게 따라 웃었다. 처음엔 유쾌한 웃음이었는데 점점 허탈한 웃음으로 변했고 결국 마을 전체가 웃음바다가 되어 학교는 물론 모든 관공서도 문을 닫는 소동이 벌어졌다.

세상에 몇 만 가지 말과 몇 백 가지 언어가 있으나 웃음은 공통적으로 이해할 수 있는 표현의 한 방법이다. 이민 1세들은 말이 잘 안 통하면 웃음으로 대신하고 유아들은 말하기 전에 먼저 웃는 연습부터 한다. 언어학자는 웃음이 진화되어 언어가 되었다고 주장하며, 프로이트 선생은 웃음이란 잘못된 기대 때문에 생긴 정신 에너지를 방출시키는 편리한 현상이라 설명했다.

웃음은 여러 가지 형태가 있다. 웃는 건지 우는 건지 잘 구별이
안 되는 허탈 웃음, 대장부의 너털웃음, 수줍은 처녀의 살짝 웃음,
아이들의 순진한 방긋 웃음, 하하하 유쾌한 웃음, 옆 사람 옆구리
찌르며 낄낄거리며 남 흉보는 얄미운 웃음, 배를 움켜쥐고 숨넘어
가는 박장대소, 재미있지만 웃지 않으려는 큭큭 도둑 웃음, 상관이
웃으니 따라 웃는 억지 웃음 등이다.

웃음이 인간만이 가진 보물이며 다른 동물들은 웃을 줄 모른다지
만 그건 사실이 아니다. 겨드랑이나 발바닥을 간질이면 사람은 웃
고, 원숭이는 헐레벌떡거리는 게 웃는 것이다.

어느 심리학자는 섹스 다음으로 즐거운 게 웃음이라 한다. 유쾌
한 웃음은 스트레스 호르몬 분비를 억제하여 면역성을 높여주고 혈
액 양도 증가시켜 염증이나 심장병 발생 요인을 줄여 준다. 또한
혈당량도 줄여 주어 당뇨병에도 좋다. 코미디나 해피엔딩 영화를
보고 나온 사람들의 혈액 양을 재보았더니 슬프고 무서운 영화를
본 사람들보다 훨씬 늘었다는 검사 보고도 있다.

백번 크게 웃으면 안면, 흉부, 복부, 횡격막 등 여러 근육들의 상
호작용으로 15분간 자전거 탄 후의 운동량과 맞먹는다고 한다. 단
천식 환자가 크게 웃는 것은 금물이다. 웃다가 천식 증상이 나타나
응급실로 실려 오는 일이 종종 생긴다.

참으려고 해도 참지 못하는 병적인 웃음도 있다. 영화 《조커》에
서 남자 주인공의 정신 증세의 하나다. 언젠가 40대 여자 분이 찾아
왔다. 장례식에서 갑자기 큰 소리로 웃어 식장을 엉망으로 만들어
놓았다는 것이다. 전에도 몇 번 비슷한 일로 주위 사람들한테 눈총

을 받았는데 이번에 또 일어나 혹시 히스테리 증상이 아닌가 하여 정신과 의사의 조언이 필요했다. 이야기해보니 정신과적으로 별 이상이 없어 신경내과에 의뢰한 결과 환자는 다발성 경화증(multiple sclerosis)을 앓고 있었다.

적절치 못한 때와 장소에서 한두 번 웃는 행동은 병이라 할 수 없지만 자주 그런 행동을 계속 보이면 전문가의 도움이 필요하다. 십대 청소년이 이유 없이 히쭉히쭉 웃으면 먼저 약물복용 특히 마리화나 흡연을 의심한다.

젊은 여성이 실없는 웃음을 계속 터트리면 히스테리성 불안 증세나 월경 전에 일어나는 비정상적 호르몬 변화를 의심한다. 중년 나이의 경우는 뇌종양, 다발성경화증 같은 신경 뇌 조직 질환을 자세히 검사할 필요가 있다. 노인들이 그러면 치매증이나 파킨슨병의 초기 증세일지도 모른다.

탄자니아 마을 사람들의 집단 웃음은 사회문화적 문제이고, 조커의 병적웃음은 어렸을 때 받았던 신체적·심리적 학대의 결과이다. 유년 시절에 계속 얻어맞아 뇌 발달에 이상이 생겼거나, 학대를 겪으며 살고 있어도 잘 웃어야 뒤에 덜 맞았던 경험이 습관화되었을 것이다. 앞 환자의 경우는 기질적 신체 질환 때문에 발생한 경우이다.

병적 웃음을 가진 사람은 창피하고 황당하여 장례식이나 결혼식의 불참석 등 사회적 활동이 제한된 생활 때문에 우울증이 생길 가능성이 크다. 정신과 의사는 병적 웃음 환자에게 대화 치료와 항우울제 사용으로 비정상 웃음의 횟수를 상당히 줄여 줄 수 있다.

참고로 이제 항우울제는 한방약의 감초처럼 끼지 않는 데가 없다. 불안증, 우울증, 강박증, 편두통, 섬유근육통을 비롯한 각종 통증과 신경성 식욕부진증, 신경성대식증, 소태증, 성과다증, 병적웃음증 등이다. 이런 이유로 프로작(Prozac)을 'vitamin E'라 부를 정도로 보편화되었다.

그렇다고 사회적 문제로 야기된 탄자니아 마을의 웃음소동은 프로작이 듣지 않을 것이다.

어느 날의 후회

우리 모두 인생살이 동안 후회 없는 삶을 바라지만 현실은 매일 매일 후회하면서 살고 있다. 다음 얘기는 최근에 나에게 우연히 일어난 사건이다.

요즘 기회가 되면 메트로(지하철과 비슷)를 타고 중심가 쪽으로 나온다. 몇 년 전까지 일리노이 주도 65세가 넘으면 메트로가 공짜였다. 그러나 부패한 역대 주지사들 때문에 일리노이 주가 재정 적자로 허덕이게 되자 지금은 절대적 빈곤자를 제외하면 65세라 해도 일반 요금의 반값은 내야 한다. 반값이 어디냐며 메트로를 자주 이용한다.

"선생님, 저 좀 도와주세요."

시카고 유니온 정거장 대합실 앞 벤치에서 기차를 기다리며 책을 읽고 있는 내 귀에 들려오는 소리였다. 고개를 들어보니 내 앞에 젊은 여인이 서 있었다.

"남편한테 매 맞고 쫓겨났는데 친정으로 돌아갈 차비가 없습니다. 뱃속에 아이도 있고요."

여러 사람 가운데 왜 하필 나지, 속으로 중얼거리며 힐끔 젊은 여자를 훔쳐보았다. 그의 금발 머리털은 바람에 휘날리고 아랫배가 불룩한 여인은 마치 "군중 속의 고독"을 느끼게 하는 그런 모습이었다.

"얼마나 필요한데요."

나는 바지 주머니의 지갑 속에 있는 돈 계산을 하며 여인에게 물었다.

"한 00달러이면 되겠습니다."

여인은 미안한 듯 내 시선을 피하며 답했다. 여자가 요구한 액수를 주려고 지갑을 꺼내 보니 큰 지폐만 남아 있었다. 박물관과 수족관 입장료, 그리고 점심, 아이스크림 사 먹으며 20달러짜리를 다 쓴 것이었다. 큰돈은 줄 수 없어 주머니를 뒤져 잔돈 몇 장을 그의 손에 쥐어 주었다.

달리는 메트로 창문 밖으로 고층 건물의 불빛이 휙휙 지나간다. 나는 돌아갈 집이 있는데 그 여자는 어떻게 되었을까, 위험스런 시카고 도심지를 헤매고나 있을까, 혹시 배가 고파 아이가 유산되지나 않을까 걱정되었다. 그냥 큰돈이라도 주고 올 걸 그랬나, 그 돈 없이도 살 수 있고 밥 굶지 않는데 그렇게 하지 못한 나 자신이 부끄러웠다.

법정 스님의 무소유, 착한 사마리아인의 이야기도 잊어버린 채 여인이 보여준 행동이 아마 거짓일지 모른다는 현대인의 고정관념을 보여준 나의 닫힌 마음을 나무랐다.

반백의 동양 남자에게 구걸하던 젊은 여자의 얼굴이 눈앞에 맴돌아 그날 밤 잠을 설쳤다. 꿈도 꾸었다. 꿈속에서 괴물이나 귀신같은 무엇에 쫓기다 막다른 골목에 밀려 어쩔 줄 모르다가 잠을 깼다. 미국에 살며 나는 이렇게 불안을 상징하는 꿈을 자주 꾼다.

이역만리에서 내게 무슨 일이라도 생기면 가족들은 어찌 될까 하는 불안이 내 의식 저변에 숨어 있다가 꿈이라는 무의식 세상을 통해 나타나는 듯싶다. 이제 자식들도 독립해서 나갔는데 계속 불안의 꿈을 꾸는 이유는 아마 칼 융의 집단 무의식에 대한 설명처럼 오랜 세월을 거쳐 오며 생존의 위협을 경험한 인간의 DNA가 나한테도 전수됐을 거다.

젊었을 땐 이런 사소한 일은 스스럼없이 지나쳤는데 이제 쉽게 잊어버리지 못하고, 뜻밖의 반응을 나타내는 게 왜 그럴까? 외부 자극과 싸워야 하는 면역력이 나이가 들면서 줄어든 걸까? 아니면 개인의 소유욕보다 공동체 인간관계에 더 관심을 같도록 성숙했을까?

항상 창조주께 도움을 간청하고 사는 나 자신의 동영상이 꿈속에서 번화가의 구걸하던 여자로 변해 나타난 게 아닐까? 창조주가 젊은 여자로 변장하여 나를 시험해본 게 아닐까? 하는 허황한 생각도 들었다.

망각은 정상적인 것이고 우리 삶에 꼭 필요하다. 망각이 없으면 우리가 살아가며 체험한 모든 기억과 경험이 의식 속에 빽빽이 박혀 주체할 수 없는 혼란에 빠진다. 옛날에 일부 정신과 의사들은 '잊을 수 없음'이 모든 정신병의 원인으로 보았다.

최근 발표된 연구 논문에도 신경세포의 가지들이 무성하게 번지는 청소년 시절에 가지 치기가 잘 안 되면 오만가지 잡생각들이 서로 얽혀서 사고, 감정, 행동에 차질을 주는 정신병을 일으킨다는 주장이 나왔다.

떠나보내고 싶은 기억

후회는 지난날에 내린 결정이 잘못된 것을 깨닫는 느낌이다. 다분히 정서적인 죄책감은 느끼지만, 법적 의무를 위반한 것은 아니다. 후회는 또한 최선을 다하려 했는데 못 했기에 다음에는 되도록 실천해 보겠다고 유도하는 하나의 마음 과정이다. 후회는 유익한 감정이기는 하나 지나치게 집착하면 부정적 감정과 사고를 나타낸다.

우리는 매일매일 물질, 사랑, 마음 등 여러 가지를 주고받으며 생활한다. 예외도 있지만, 대부분의 경우 크고 작든, 약하고 강하든 상대방에게 베푼 만큼 메아리처럼 되돌려 받는다. 진심은 진심으로 거짓은 거짓으로 돌아온다.

"아빠, 나는 그런 사람들을 거의 매일 봐요. 신경 쓰지 마세요." 메트로로 출근하는 딸이 위로하는 말이다. 어쨌든 그 젊은 여자의 요구를 들어주지 않았던 날은 사람끼리 주고받는 일상의 뒤뜰을 잘못 거닐었던 날이었다.

"나그네 대접하기를 소홀히 하지 말라. 부지중 천사를 대접한 이들이 있었느니라."

『히브리서』13장 1절 말씀을 되새기며 이다음 비슷한 기회가 오면 그때 못한 것까지 갚아 주려고 한다.

있음의 흔적

"죽음은 다른 생명의 허가에 지나지 않는다."

앙드레 지드(André P. Gide)의 말이다.

입춘이 2주나 지났는데도 봄이 올 기미는 느낄 수 없다. 낮 기온이 영하로 맴돌아 아직도 춥다. 밖을 내다보니 햇빛이 쏟아지고 있어 옷을 껴입고 나왔다.

숙소에서 15분 남짓 걸으면 강화도 고인돌이 서 있는 곳에 이른다. 고인돌은 가장자리에 긴 돌을 세우고 그 위에 큰 돌로 덮어서 만든 신석기와 청동기시대 무덤의 형태이다. 우리나라를 비롯하여 유럽, 아프리카, 중국, 인도, 동남아시아 등에서 흔히 볼 수 있다.

역사 이전인 청동기시대는 금속을 제련하는 기술을 터득하여 편리한 농기구를 만들 수 있었다. 그 결과 농업 생산량을 높이고 식량을 저장할 능력을 가지게 되었다. 그러나 저장된 양식을 서로 뺏으려는 부족들의 싸움은 힘센 지도자의 출현을 요구했다.

그때부터 인류의 역사를 이끌어 온 지배자와 피지배자란 문명의 부산물인 사회 계급이 형성된 것이다. 거대한 돌을 세우려면 많은 인원이 필요했는데 계급 사회에서 그게 가능했기에 고인돌은 추장이나 지도 계급의 무덤으로 추측된다. 강화도 하도리에 서 있는 거대한 고인돌은 2000년에 세계 문화 유산으로 지정된 귀중한 역사물이다.

어느 날 동료 의사로부터 영어 편지 한 장 적어 달라는 부탁이 왔다. 사연인즉 미국 회사에 근무하고 있는 환자의 아들이 휴가를 얻어 한국에 오려면 환자의 상태를 자세히 기록한 의사의 편지가 필요하다는 것이었다. 어려운 일도 아니라서 그렇게 해주었더니 아예 환자를 나에게 떠맡겨 버렸다.

멀리 있는 자식이 더 보고 싶다는 말처럼 환자는 아드님을 무척 기다렸다. 억지로라도 음식을 넘기고, 넘기지 못해 토할 때는 자진해서 수액주사를 맞았다. 그 아드님은 결국 오지 못했다. 부모가 위독하다는 편지 내용을 보고 그냥 지나칠 미국회사는 없을 것 같은데 아마 편지가 중간에서 잘못 전달된 모양이다. 환자는 기다리다 지쳤는지 음식도 거르고 수액도 싫다고 하여 할 수 없이 코에 고무줄을 통해 영양분을 주입할 수밖에 없었다.

환자의 상태는 나날이 나빠져 갔다. 며칠 전 밤 그분의 죽음을 지켜보고 있었다. 늦은 가을 저녁 노을의 텅 빈 판을 바라보듯 내 시선은 똑바로 심전도(EKG) 모니터와 산소 호흡기에 멈춰 있었다. 심전도 모니터의 높고 낮음이 점점 느려지고 작아졌다. 환자는 깊은 숨을 몇 번 천천히 마시더니 조금 뒤 헉헉 가쁜 숨을 몰아쉬고 있었다.

꺼질 듯 푸르게 흐느적거리는 등잔불이 찬란한 마지막 화염을 터트리며 꺼져가는 모습 바로 그것이었다. 교대성 무호흡(cheyne

102

stoke)이란 임종 직전의 호흡 형태다. 벌려진 입에 눈은 뜬 채 얼굴은 핏기가 가시고 손발이 차가워졌다. 지난 2주 동안 네 번째의 죽음이었다. 세상에 무엇 하나도 그냥 있는 게 없다. 다 없어지는 것이다.

이제 환자는 지구촌에서의 삶이 끝나는 선상에서 미래의 세계로 흘러가 버렸다. 시간 안에 있던 존재가 영원 속에 들어가듯 검은 띠를 두 갈래로 묶은 사진틀의 주인공이 되어 상여 행렬을 따라 갈 거다. 죽음 앞에 서면 다시 존재와 무를 생각나게 한다.

환자의 모습은 가고 없지만 지나간 흔적은 기억이란 존재를 통해 남아 있다. 어쩌면 없어지는 것(無)이 아니라 부재중이 아닐까? 죽음은 또한 다른 생명의 허가에 지나지 않는다. 바닷속으로 떨어지는 태양이 있으면 내일 다시 떠오르는 태양이 있듯이 무수한 생명이 묻히고 태어난다.

누구나 어김없이 찾아오는 죽음의 공포를 느낀다. 그것은 예기하지 못한 먼 훗날이기에 죽음의 두려움을 망각하고 살아가고 있다. 세상에서 가장 가혹한 형벌은 죽음이 한정된 시간에 있다는 사실을 아는 것이다. 삶이 고달프다고, 고통이 참을 수 없다고 죽음을 앞당기는 것은 창조주에 대한 예의가 아니다. 죽은 정승이 살아있는 개만도 못하다는 속담이 있듯 삶은 마지막 순간까지 귀중하다. 종말이 내일이라도 한 그루 나무를 심는 마음가짐으로 살아야 한다.

예수님은,
"이제 다 이루었다."
하시고 부처님은
"모든 게 허무로다."

테레사 수녀는,

"이제 숨을 쉴 수 없다."

라는 마지막 말을 남기고 가셨다. 내 환자는 말이 없었다. 아마 소리 없는 마음으로 말해서 우리가 못 들었는지도 모른다. 사람은 죽을 때 보통 착한 말을 하듯 환자도 오지 않는 아들을 탓하지 않고 '몸 건강히 잘 살아라'고 했을 것 같다.

죽음이란 엄숙한 것이다. 때로는 장엄하다. 임금이나 군주의 죽음이 그렇다. 노인병원에서 죽어가는 어르신네들의 죽음은 엄숙하고 장엄하지 않다. 가족들의 울음소리도 대개 들을 수 없다. 오직 무거운 적막과 안도의 한숨이 엉켜져 있을 뿐이다.

사람의 눈길 한번 받아보지 못한 무명초도 자기가 있던 자리에 씨를 떨어뜨리고 썩어간다. 하물며 만물의 영장인 우리 또한 싫거나 좋거나, 있음의 흔적을 남기고 가야 한다. 사형수도 자신이 이 세상에 있었다는 자국을 남기려고 감옥 안에서 무언가를 만든다.

지금 나는 고인돌 앞에 서 있다. 고인돌 깊숙이 묻혀 있는 어느 추장의 흔적, 그리고 가족과 주위 사람들도 꺼리던 고통스러운 병을 안고 떠난 환자의 흔적이 나의 뇌리에 어른거린다.

표절과 거울 세포

덥기만 하던 여름이 지났다. 공원 오솔길에도 띄엄띄엄 우중충한 낙엽들이 흩어져 있다. 여름철 동안 정신과 의사는 졸면 안 된다. 조울증 환자의 재발이 많고, 우울증 환자의 자살 위험이 크고, 성도착증 환자도 흔해지기 때문이다.

추운 겨울보다 화창한 봄이나 생기발랄한 여름에 자살이 많은 이유는 지구의 회전 운동으로 생체시계와 호르몬의 변화인 듯싶다. 조울증 환자 재발, 성도착증 환자의 발생 빈도가 많은 것은 남성호르몬인 테스토스테론 양이 비교적 높아져서 그렇다.

몇 달 전 한국 중견작가의 표절 시비는 어느 환자를 생각나게 했다.

"글을 더 이상 쓸 수가 없어요."

조울증과 강박증을 앓고 있었던 40대 중반 남자의 말이다. 그는 조증 시기에는 잠도 자지 않고 열심히 글을 썼으나 우울증이 오면 글자 한 자도 못썼다. 의사를 찾았을 때의 증세는 조증 상태였는데 글을 쓸 수 없다니 이상한 생각이 들었다.

떠나보내고 싶은 기억

"지금은 잘 쓰실 것 같은 생각인데 무슨 일인지⋯⋯."

"두렵고 무서워서 그럽니다."

그는 6개월 전, 표절에 대한 신문 기사를 읽었다. 당시에는 그냥 지나쳤는데 시간이 갈수록 그 신문 기사가 머리에서 지워지지 않고 수시로 떠올라 글 쓰는 데 지장을 주었다. 1주일 전부터는 손이 떨려 도저히 글을 쓸 수가 없었다. 혹시 자기가 쓴 문장들이 어느 누가 예전에 썼던 글이 아닌가 하는 두려움 때문이었다.

감정적으론 조증 상태라 글을 계속 쓰고 싶은 열정은 불같은데 강박증세가 이를 가로막은 케이스이다. 강박증은 상식적으로 어긋나는 생각이나 행동을 자신의 의지대로 통제하지 못해 계속 반복되어 일상생활에 큰 지장을 주는 정신 질환이다.

지식을 품에 안고 태어난 사람은 없다. 세상에는 새로운 것 또한 거의 없다. 어느 누군가가 이미 사용했던 것들이다. 20세기 초 프로이트 선생은 오래전부터 학자들 사이에 돌아다니는 무의식에 대한 추측들을 체계적으로 종합하고 그것에 이름을 붙여 무의식의 개념, 더 나아가 정신분석이론을 발표하게 된다.

아인슈타인의 상대성 이론도 실은 새로운 게 아니었다. 예전부터 지식인들은 "나"라는 개체와 주위환경과의 관계가 시간과 공간을 의식하는 차이를 나타낼 거라 생각했는데 아인슈타인이 이를 수학적·물리적·생리적 실증으로 증명하여 집대성한 것뿐이다.

글쓰기도 매한가지다. 좋은 글을 쓰려면 다른 사람들이 쓴 글을 많이 읽어야 한다. 남들이 쓴 문장을 읽고, 분석하여 아이디어를 얻은 다음, 거기에 자신의 상상력을 덧붙여 자기만의 생각과 감정을 표현할 수 있는 능력을 키우기 위해서이다.

1920년대 이탈리아 의사 리촐라티(Giacomo Rizzolatti)는 우연한 기회에 한 원숭이가 다른 원숭이의 행동을 따라 하는 것을 관찰했다. 그 원숭이 뇌에 전극을 넣어 실험했더니 뇌의 일정한 영역의 활동이 증가해 있음을 발견하고 후에 이를 "거울신경세포"(mirror neuron)라 이름 지었다.

그는 인간의 뇌를 직접 실험할 수 없어 100% 자신할 수는 없지만, 원숭이와 같은 영장류인 인간도 아마 타인을 모방하는 신경 세포가 존재할 거라 믿었다.

마지막 선택

아침 일찍 공원으로 나갔다. 공원 주위를 둘러보니 모든 게 죽어가는 겨울이 한창이다. 밑둥치 부근이 움푹 파인 늙은 떡갈나무들은 벌써 라목으로 옷을 갈아입고 월동 준비에 바쁘다. 길 위에는 눈비에 젖은 낙엽 시신들이 여기저기 늘어져 있다. 노인의 계절인 겨울을 응시하며 늙어가는 자신을 또 한 번 상기시킨다.

가까이 지내던 지인 한 분이 오랫동안 암으로 고생했다. 지인이 세상 뜨기 전 자식들이 와서 아버지를 뵙고 각자 집으로 돌아가기 바로 전날 밤에 지인은 세상을 떠났다. 먼 곳에 살고 있는 자식들이 장례식에 다시 와야 하는 번거로움을 덜어 주려고 일부러 2~3일 동안 음식을 먹지 않았을 가능성이 있다. 그분은 또한 마지막 순간을 자신이 선택했다는 만족감으로 미소 지으며 삶을 마무리 했을지도 모른다.

"VSED가 뭐죠?

며칠 전 어느 환자가 물어본 말이다. 90이 넘은 자기 아버지가 요즘 자식들에게 자주 하는 말이란다. "자발적 금식 자살"(Voluntarily

Stopping Eating and Drinking), 말 그대로 의도적으로 먹고 마시는 식사를 중단하는 방법이다. 10여 년 전 자살 옹호 단체에서 처음으로 언급한 이래 최근 의학계에서도 관심을 가지게 됐다.

치료 방법이 전혀 없는 말기 만성질환 환자나 암 말기 환자들은 매일매일 견딜 수 없는 심한 고통 속에서 신음한다. 그들의 일부는 삶의 존엄을 지키려고 입으로 먹을 수 있고, 의식이 말짱할 때 자신의 최후를 자신의 의지대로 결정하기를 원한다.

어떤 음식이나 액체를 거부하면서 자신의 죽음을 앞당기는 방법을 선택하는 것이다. 물론 이런 삶의 마지막 과정은 가족, 보호자, 호스피스 간병인과 충분한 대화를 나눈 뒤 결정해야 한다.

자발적 식사 중단 뒤 삶의 마지막이 언제 올 것인가를 예측하기는 어렵다. 각 개인의 신체적·정신적·환경적 요인들이 서로 다르게 작용하기 때문이다. 보통 며칠 안에 사망하지만, 어떤 이들은 2주 이상 견디는 경우도 있다. 음식만 섭취하지 않으면 몇 주간 버틸 수 있다. 수분이 부족한 탈수상태 때문에 일찍 죽게 된다.

VSED는 죽음의 자연스러운 과정이지만 극심한 신체적·정신적 고통이 따르므로 의사의 도움 또한 필요하다. 세상에 굶어 죽는 것만큼 큰 고통은 없다. 나치가 말을 잘 안 듣는 유대인들을 굶겨 죽였다는 기록도 있다. 고통이 극도에 이르면 먹는 욕망조차 잊어버리고 오히려 황홀감을 느끼게 되므로 죽지 않을 정도로 물을 조금씩 먹여주며 죽였다고 한다.

문제는 말기 암이나 질병이 없는데도 자의적으로 먹고 마시지 않는 죽음의 방식을 선택하는 사람들이 있다. 그들은 이제 살 만큼 살았다는 생각이 들어 한 번뿐인 죽음을 자신의 뜻대로 끝내고자 한다. 또한 말기 환자가 6개월 이상 살 수 있는데도 자발적으로 식사 중단을 선택하는 경우이다. 최소 2명의 의사가 자기 결정 능력이 있다고 판단하면 미국 연방대법원은 그런 사람들의 죽을 권리를 인정해 준다.

자발적 식사 중단은 일종의 안락사인가? 그렇지 않다. 죽음이 다가올수록 심한 고통이 따르므로 안락사와는 거리가 멀다. 안락사는 환자를 위한 의사의 선의의 타살이며 법적으로 문제가 된다. 자발적 식사 중단은 대부분의 경우 의사가 진통제와 진정제를 처방해 준다.

일종의 자의적 자살이며 의사는 자살을 좀 편안하게 도와주는 사람으로 자살방조죄로 처벌되지 않는다. 물과 함께 약물을 복용하거나 링거 주사에 타서 맞으면 삶이 연장되므로 혀 밑이나 항문 속에 넣어 준다. 이렇게 의사의 도움을 받기 때문에 어떤 사람들은 전정한 자살이 아닌 자살과 타살이 겹친 과정이라 주장한다.

세상 일을 미리 알 수 없지만 우리는 어제도, 오늘도, 내일도 삶의 여정에서 무언가를 선택하며 살아간다. 좋든, 싫든, 잘했던, 못했던 선택이 쌓여 가는 여정이 인생이다. 아주 중요한 몇몇의 선택을 제외하고는 선택의 두려움 때문인지 대다수는 별 큰 생각 없이 감성적으로 결정해 버린다.

이제 얼마 안 있으면 새해가 온다. 시작과 끝처럼, 탄생과 죽음 또한 양 끝을 연결하는 하나의 선상에 놓여 있다.

우리는 우연히 세상에 나왔지만 떠날 때는 한 번도 가보지 않은 길, 하나밖에 없는 죽음에 대한 마지막 선택을 자신의 몫으로 남겨 두고 싶다. 그게 인지상정이 아닐까?

110

삶의 앙코르

좋은 사람이 되는 방법 가운데 하나는 매일 스스로를 칭찬하는 습관이다. 자신을 소중히 여기지 않고는 남을 칭찬하거나 배려하기가 힘들다. 속담에 고래도 칭찬을 들으면 덩실덩실 춤춘다고 한다. 문제 많은 자식도 가뭄에 콩 나듯 가끔 잘한 일을 하면 그 일에 대해 자주 칭찬을 해주어야 그의 태도가 좋아진다.

칭찬은 자신을 향한 일종의 앙코르이다. 정신과 의사도 환자 치료에 앙코르를 사용해야 할 경우도 있다. 자기 칭찬에 너무 도가 지나쳐도 안 된다. 항상 자신을 중심에 세우고 타인을 관심 밖에 두면 자기애성 성격의 소유자란 비아냥을 듣기 쉽다. 그러니 자기 자랑도 적당한 게 좋다.

아침에 일어나 고전 음악을 듣고 간단히 스트레칭을 한 다음 웃음 짓게 만드는 유머책의 한 구절을 읽으면 마음이 유쾌하고 여유가 생긴다. 그런 마음을 지니고 아침을 먹으면 입맛도 돋고 소화도 잘 된다. 이메일을 읽은 뒤 헬스 센터에 들려 느린 뜀박질 달리기로 트랙 10바퀴 돌면 1마일 정도가 된다. 나는 꼭 한 번 더 뛴다. 곧 이어 빠른 걸음으로 10바퀴 돌고 한 번 더 걸을 땐 지친 게 아니라 힘이 더 난다. 즐겁고 자부심도 느낀다. 한 번 더 하는 나 자신에게 속으로 앙코르를 외치기 때문이다.

달리기를 하며 며칠 전 어느 벗으로부터 날아온 이메일을 되새겨 본다. 태평양을 건너오기 전과 후를 합쳐 거의 반세기 동안 알고 지내는 오랜 벗 중의 하나이다. 지금 몸에 여러 개의 줄과 관을 달 아매고 병원의 침상에 누워 쓴 유서 비슷한 냄새가 풍기는 글 이었 다.

암이란 중병이 삶과 죽음에 대해 관조하는 계기를 만들어 주었 고, 죽음이란 순환의 큰 섭리를 몸소 체험한 뒤에는 마음이 담담하 고 평정한 상태임을 알려 왔다. 숨쉬기 힘든 증상은 암흑의 터널 속에 갇힌 야수의 부르짖음과 같은 절망적이고 공포스러운 경험이 었고 잠시만이라도 터널에서 빠져 나와 심신의 자유로운 상태에서 살고 싶다고도 했다.

그리고 죽기 전에, 너무 늦기 전에 인연의 끈을 맺은 가까운 사람 들과 화해와 용서를 나누기를 기원하고 가능하면 장례식은 기독교 예식보다는 한국 전통 관습에 따랐으면 하는 바람으로 글은 끝을 맺었다. 이메일을 읽으며 벗의 동안(boyish face)과 천진스러운 웃음 소리가 병상에 누워있는 모습에 포개어져 내 눈에 아른거린다.

앙코르(encore)는 프랑스 말로 "한 번 더"란 표현이다. 원래 음악 연주자가 잘했다는 관중의 박수와 환호 소리에 대한 예의로 짧고 간단한 곡 하나 더 연주하는 관례이다. 또한 연극이 끝나고 커튼이 내려진 뒤에 같은 이유로 배우들이 무대에 다시 나와 관중들에게 인사를 한다. 요즘에는 유명인들에게 자주 앙코르를 외쳐 댄다.

어느 한 날을 잡아 진료실로 찾아오는 환자들에게 일일이 물어본 적이 있다.

"당신에게 한 번 더 인생이 주어진다면 지금과 같은 삶을 살고 싶으냐?"

전부 "아니오."를 기대했는데 한두 명이 "예."라 해서 놀랐다. 물론 정신과 환자라 자신을 잘 몰라서 그렇게 대답했겠지 여겼지만 어쩌면 싸움과 비극이 그치지 않는 세상을 피해 환자로 살아가는 게 그들에겐 편할지도 모른다는 생각도 들었다.

우리는 이렇게 내 잣대로 타인의 인생을 평가하는 경향이 많다. 이메일 보낸 벗도 남들과 같이 좋은 일, 궂은일 모두 거치며 살았다. 보통 사람들에 비하면 그리 순탄한 삶은 아니다. 그러나 그의 삶은 온전히 그의 삶이다. 섣불리 왈가왈부 따지는 것은 예의에 어긋난다.

정신분석 심리학자 에릭 에릭슨(Erik H. Erikson)의 말처럼 이젠 우리 모두 지나간 삶을 결산하는 끝내기 작업을 해야 할 듯싶다. 다가오는 삶의 종착역을 현실로 받아들이고 지나간 세월의 부분적 실패와 불운에 집착하기보다 전체적으로는 이만하면 괜찮았다는 만족감에 비중을 두어야 편하다.

어느 대학 심리학과에서 설문 조사를 했다. 고령자들에게 만약 저세상이 존재하고 다시 삶의 기회가 주어진다면 당신의 선택은 무엇인가? 대부분은 지난 인생을 반복하는 대신 다른 삶을 살아보고 싶다고 한다. 현재의 삶에 불만을 품은 사람들이 많은 걸까, 아니면 다른 삶을 동경하는 호기심의 발로일까? 아마 둘이 합쳐진 결과일지도 모른다.

지금 고통 속에서 헤매며 고생하는 벗도 그런 생각을 하는 사람들 가운데 하나라면 벗을 위해 삶의 앙코르를 외쳐보고 싶다. 어제와 똑같이 살면서 다른 미래를 기대하는 것은 미련한 사람의 소치라고 아인슈타인이 말했다. 다음 세상에는 벗이 진정으로 원하고 추구하던 삶을 위해 앙코르를 외치며 뛰어가라고 벗의 등을 밀어주고 싶다.

동해물과 백두산

어렸을 적에 동네의 노인 한 분이 가끔 옷을 벗어젖히고 성기를 내보이거나 자신의 대변을 손으로 장난하는 모습을 보았다. 사람들은 그 노인을 노망든 미친 늙은이라고 불렀다. 지금은 의학용어인 치매로 통한다. 문헌에는 없지만 고려장이 생긴 이유도 아마 이런 노인들을 감추려는 하나의 수단이었을 수도 있다.

어느 날 갑자기 보건복지부 조사단이 노인 병원을 방문했다. 그들이 제일 먼저 검사하는 게 환자들의 머리 숫자이다. 혹시 병원에 가짜 환자가 있나 찾아내기 위해서이다. 간호사가 병실 복도를 서성거리고 있는 한 치매 환자에게 높은 데서 사람이 왔으니 방에 들어가 있으라고 일렀다. 환자는,

"으음, 백두산에서 왔구먼."

하더니 큰 소리로,

"동해물과 백두산이 마르고 닳도록~,"

하는 노래로 사람들을 웃겼다. 높은 것은 백두산이고 백두산이 생각나자 애국가를 불렀던 것이다. 이분의 뇌세포 속에 아직도 높은

것은 백두산, 애국가의 연결고리가 끊어지지 않고 남아 있었다.

치매(dementia)는 라틴어의 "정신이 나간 상태"(dementis)란 뜻에서 나왔다. 별다른 문제 없이 살아가던 사람이 무슨 영문인지 점점 뇌의 인지기능이 떨어져 일상생활에 지장을 주기 시작하면 치매를 의심한다. 인지기능은 기억력, 집중력, 판단분석력, 언어의 이해와 표현력, 시공간 파악력을 포함한 두뇌의 고급 능력으로 사람이 사람답게 사는 데 꼭 필요한 기능이다. 옛날에는 치매를 정상적인 노화현상으로 생각하여 방치했지만, 현대 의학은 뇌 질환의 하나로 인정해 치료하고 있다.

사람들이 정신 지체와 섬망(譫妄)이 치매와 어떻게 다르냐고 묻는다. 정신 지체는 태어나면서부터 선천적으로 지적·사회적 뇌 기능이 떨어진 상태이며, 섬망은 보통 큰 수술을 받은 직후나, 심한 고열이 있을 경우에 의식이 몽롱하여 헛소리나 헛것이 보이는 현상이다. 치매는 아주 말기를 제외하곤 의식은 어느 정도 남아 있다.

치매는 편도선염이나 맹장염 같은 단일 질환이 아니라 특별한 여러 증상들이 한데 모여 있는 증후군에 속한다. 치매는 후천적이다. 치매 가운데 가장 흔한 게 알츠하이머 노인성 치매이다. 그다음이 혈관성 치매로 이 둘을 합하면 모든 치매의 70~80%를 차지하고 있다.

알츠하이머 치매는 확실한 원인을 모르며 주로 기억력의 저하가 초기에 나타난 뒤 다른 인지 기능이 서서히 떨어진다. 더 진전되면 불안, 초조, 우울, 무감정, 신경과민, 성격 변화와 공격적 행위, 망상, 환각 같은 신경 정신 행동 증세를 보인다. 이때 정신과 의사가 치료 팀에 합류하게 된다.

116

치매는 평균 8~9년이 지나면 보행 장애, 대소변 실금, 사지 경직 등 신체적 증상이 심해져 결국 폐렴이나 패혈증으로 삶을 마친다. 혈관성 치매는 뇌졸중 같은 뇌혈관 질환이 주요 원인으로 초기에 기억력 감소는 물론 언어 장애나 보행 장애 같은 신경학적 증상으로 나타난다.

해부학적으로 뇌의 손상 위치에 따라 다소간 치매 증상의 차이도 보인다. 이마 바로 뒤에 있는 앞뇌 전두엽의 손상은 일찍부터 무관심, 무감동, 충동성, 그리고 더티 올드맨(dirty old man)처럼 부적절한 성적 행동을 보이기도 한다. 귀 뒤의 측두엽 손상은 언어 장애가 심하고 성격이 공격적이고 과격하여 주위 사람들이 "그 사람, 예전 같지 않고 많이 변했군." 하며 접근을 피한다.

치매의 확진은 사망 후에나 발견되나, 생존 시에 다른 질환들과 마찬가지로 향후 환자의 치료를 위해 철저한 진단 과정이 이루어져야 한다. 먼저 환자를 잘 아는 가족으로부터 병력 청취를 한다. 다음 간이 정신 상태 검사와 일상 수행 능력 검사를 한다. 이 두 검사는 치매 증상을 일단 체로 걸러내는 방법으로 의심이 가면 세밀한 신체검사, 혈액검사, 신경 심리 검사, MRI, CT를 포함한 영상 검사를 통해 진단을 붙인다.

알츠하이머 치매 발생의 가장 위험한 요인은 노쇠 현상이다. 65-70세에 8% 정도지만 매 5년마다 나이 먹을수록 2배씩 빨리 증가하여 80세 이상이 되면 거의 30%를 넘고 있다. 원인을 모르니 치료는 아직 특별한 게 없다. 치매의 진행을 늦추어 주는 약물을 쓰고 있지만, 효과는 미지수로 21세기의 큰 숙제 거리로 남아 있다.

혈관성 치매의 경우에는 뇌혈관 질환을 일으키는 고혈압, 당뇨병, 고지혈증을 제때 적절히 치료하는 게 중요하다. 비약물치료는 저하된 인지 기능을 도와주고자 기억력 훈련, 인지 재활 치료, 작업(work) 치료, 최근에는 운동, 음악, 미술, 원예, 글짓기 치료도 시도하고 있다.

치매 또한 다른 질환처럼 예방이 매우 중요하다. 동물성 포화지방질이 높은 음식을 피하고 채소, 과일을 되도록 많이 섭취하고 위험 요인으로 지적되는 불안증, 우울증 같은 정신 질환에 대한 현명한 대처가 필요하다.

환경과 생활 방식을 급격하게 바꿔서 일어날 수 있는 혼란을 방지하며, 각자의 체력에 맞춰 주3회 하루 40분 이상 규칙적 운동이 필요하다. 자신의 흥미를 돋우는 일이나 취미 생활도 예방에 큰 도움을 준다. 대부분 상식적인 얘기지만 그 효과는 매우 크다. 치매는 환자뿐 아니라 가족과 주위 사람들에게 고통과 희생을 안겨주며 경제적·사회적·의학적 문제점을 남겨주고 있다.

광복 70년 이상이 지난 오늘 한국인의 뇌와 가슴속에는 애국가의 음률이 뿌리 깊게 자리 잡고 있다. 치매를 앓고 있는 노인의 뇌세포까지도 민족의 뿌리인 백두산과 가슴 뿌듯한 애국가를 기억한다. 그러니 애국가의 곡과 가사가 표절과 친일이란 논쟁은 일단 접어두도록 하자.

어디에 속하는가?

첫 번째 얘기는 어디서 읽은 것이다.

1960년도 어느 마을에서 실제로 있던 이야기다.

할머니 1 : (손자를 업고 있음) 둥기둥기 하며 벽에 걸린 예수 사진을 한참 들여다보더니 돌아서면서 말했다.

"예수도 차암 인물은 웂서."

할머니 2 : 완두콩을 까면서 말했다.

"마저, 내가 봐도 인물은 참 웂서, 좀 지저분하고."

할머니 3 : 완두콩 까는 할머니를 거들면서 말했다.

"그런디 예비당 다니는 사람이 그러던디 예수가 죽었다는디."

할머니 1, 2 : 합창하듯 말했다.

"이이? 증말이여? 아니 그 젊은 사람이 어더카다 죽었디?

할머니 3 : 느슨하게 등을 벽에 기대며 말했다.

"못에 찔려 죽었다는디?"

할머니 1 : 가장 똑똑한 척 큰 소리로 말한다.

"이이, 그 사람 맨발 벗고 댕길 때부터 내 그럴 줄 알았어, 차암 안됐네."

할머니 3 : "그런데 문상은 갔었남?"

할머니 4 : "아녀. 사흘만에 되살아났다기에 안 갔지."

다음은 환자 이야기. 아마 4월 중순 이때쯤이었을 거다. 환자 서너 명이 병원 뒤뜰의 벤치에 앉아 맛있게 담배를 빨고 있다.

환자 A : 옆에 있는 환자 B에게 갑자기 물었다,

"너 교회 나가?"

환자 B : 말하기 귀찮은 듯,

"가끔, 한 일주일에 한번."

환자 A : "매주 나가야지. 너 예수님과 하나님이 같다는 것은 믿어?"

환자 B : 한참 망설이다가 말했다.

"잘 몰라, 아닌 것도 같고."

환자 B : 눈 동그랗게 뜨고 말했다.

"큰일 났구나 너, 그러면 천당에 못 간다. 지옥에 빠져."

환자 B : "네 눈으로 천당과 지옥 봤어? 말해봐."

환자 A : "우리 목사님이 그러는데 천당과 지옥은 확실히 있는데."

그들은 다투다가 목사보다는 자기 담당 의사가 더 잘 알 것 같아 의사한테 물으러 가자며 병실로 다시 들어왔다.

기독교는 사람을 3부류로 나눈다. 예수를 모르는 사람, 예수를 무조건 믿는 사람, 믿긴 믿는데 의심을 가진 사람이다. 할머니들은 맨 처음에 속하고, 환자 A는 두 번째, 환자 B는 세 번째에 해당한다.

환자 A는 교육을 잘 받지 못하고 직업도 별 볼일 없지만, 성경 구절은 절대적으로 믿고 있다, 환자 B는 대학 교육을 받은 자로 항상 성경 구절에 의심을 품고 산다. 특히 삼위일체는 믿기가 힘들었다. 예수 부활을 처음에 믿지 않았던 제자와 비슷하여 눈으로 보고 손으로 만져본 뒤 사실로 나타나야 믿는 유형이었다.

종교는 비합리적인 사고나 사건을 종교적 믿음으로 합리화 한다. 이는 먹물 든 지식인들의 의심을 부추긴다. 특히 성부·성자·성령 세 위상이 하나의 본체를 가진 하나님이란 삼위일체 원리는 성서에 확실하게 나와 있지 않아 이성적으로 이해하기 쉽지 않다. 신학자 터툴리안(Tertulian)에 의해 잘 정리된 삼위일체론은 AD 325년 니케아 공회에서 가장 중요한 기독교 교리로 공인된 것이다.

터툴리언은 기원 3세기 로마의 변호사로 문란한 성생활과 로마 경기장의 검투사 경기를 즐기는 로마의 상류층 삶을 살고 있었다. 어느 날 그가 경기장에서 기독교 신자들의 숭고한 순교 모습을 보고 기독교로 귀화한 뒤 유명한 신학자가 된다. 그는,

"I believe it because it is absurd"(기독교 신념이 불합리하고 부조리하기 때문에 나는 믿는다.)"

라는 유명한 문구를 남겼다.

로마로 통하는 길, 서울로 가는 길이 꼭 하나만은 아니다. 여러 길이 뚫려있다. 믿음과 신념도 여러 길이라고 본다. 3세기의 터툴리안처럼 무조건 믿든지, 21세기 사람처럼 의심을 품고 믿든지, 저

마다 장점과 단점이 존재한다. 프란치스코 교황도 최근에 천당과 지옥에 대해 전통적 예수교 신앙에 의문을 던지는 언급을 하지 않았는가? 어디에 소속하는가 보다 믿는다는 사실이 훨씬 중요하다는 생각이 든다.

4월이 오고 가면

봄은 꽃과 생명의 계절이다. 4월 중순부터 5월 초가 봄의 정점이다. 온 만물의 생명이 요동치고 자신의 용모와 자태를 가장 호화스럽게 뽐내는 시기이다. 로마인은 새해를 여는 첫 달을 에이프릴(April)로 정했다. 사랑과 아름다움을 상징하는 고대 그리스여신 Aphrodite에서 따왔다. 메이(May)는 생명 탄생의 잉태를 상징하는 고대 그리스여신 Maia에서 유래한다.

정신과 의사는 4월이 다가오면 정신을 바짝 차려야 한다. 자살이 흔한 우울증 환자들에게 더 신경을 써야 한다. 4월은 또 나에게 고민거리 하나를 더 만들어 준다. 환자의 자살 염려와 더불어 철새와의 다툼이다.

뒤뜰의 출입 유리문 밖에 붙여놓은 오닝(awning : 창문을 통해 들어오는 햇볕을 가리기 위한 헝겊 포장)을 받쳐주는 철 막대기 위에 집을 지으려는 철새들의 시도를 봉쇄하는 일이다.

철새들은 봄이 오면 먼 곳에서 날아와 알 낳고 새끼 키우려고 보금자리를 만든다. 우리 출입문 위에 열심히 지푸라기와 진흙 덩이를 날라다 놓는다. 새집이 조금 지어지면 나는 빗자루로 무참히 쓸어내야 한다.

그냥 두면 오닝이 잘 작동이 안 되고, 데크(deck) 밑에 온통 새똥과 지푸라기로 더럽게 되어 위생상 좋지 않다. 그럴 때마다 나는 자신이 너무 밉다. 이기심으로 뭉쳐진 내 의식의 어두운 그림자가 자연을 사랑하는 내 좋은 쪽을 억누르고 있는 현상이다.

거의 모든 정신병은 어느 면으로 보면 자기 자신과의 불화나 갈등 때문에 생긴다. 의식 쪽에서는 자기의 가치관과 도덕적 표준에 따르려 하는데 무의식 편에서 자신의 비도덕적 표준과 타인의 가치관을 따라 행동하라 한다. 그래서 어느 면으론 무의식이야말로 정신병을 키우는 논과 밭이라 말할 수 있다.

최근에 사회적 물의를 일으킨 성완종 씨의 자살 행동도 인간의 양면성 싸움의 부산물로 볼 수 있다. 뇌물이야말로 인생의 성공과 명예를 추구하는 인맥 형성의 지름길이란 비도덕적인 측면과, 자신의 어려웠던 과거를 되돌아보고 검소하게 살면서 여러 자선 행동을 실천한 도덕적 방향 사이에서 고민을 많이 했을 거라고 짐작이 간다.

프로이트는 인간의 본성을 연결과 사랑을 추구하는 에로스(eros)와, 파괴와 해체를 추구하는 공격성인 타나토스(Thanatos)로 불렀다. 같은 시대의 칼 융도 인간은 두 가지 면으로 포장되어 있다고 설명했다.

하나는 의식적 표면에 나타난 선행의 가면을 쓴 페르소나(persona)이며, 다른 하나는 표면에 드러나지 않고 무의식에 잠재된 파괴성 같은 인격의 어두운 그림자로 비유하는 개념이다.

시작과 끝이 계속되는 인생 여정에서 우리는 나쁨을 알면서도 자기에게 유리하면 태연히 나쁜 짓을 자행하고 있다. 어떻게 하면 인간의 좋은 점을 높이고 나쁜 점을 낮추어야 할까? 고금동서를 막론하고 긴 세월 동안, 특히 지난 150년 동안 철학자, 사회학자, 신학자, 신경뇌과학자들의 숙제가 되어 왔다.

프로이트는 인간의 모든 정신 현상은 인생의 갈등과 긴장에서 유래하는 성적 에너지와 연결되어 있고, 이 성적 에너지를 잘 다스려야만 성숙한 인간이 되는 것이라 했다.

그와는 달리 칼 융은 인간의 모든 근본 충동은 프로이트가 말한 성적 에너지 개념을 넘어 정신적 에너지로 승화시켜 예술이나 선행 등을 추구해야 본형의 인간인 선이 나타난다고 했다. 니체(Friedrich W. Nietzsche)는 인간은 자기의 충동에 복종하면서도 그 뒤에 숨어 있는 자기 자신을 초월할 수 있는 초인이 되어야만 선과 악을 구분할 줄 안다고 소리를 높였다.

어느 한 가지 이론만으론 일반화시킬 수 없기에 아직 해답을 찾지 못하고 있다. 양면성을 가진 인간이 존재하는 한 악행은 이 세상에서 사라질 것 같지 않다고 철새의 집을 부숴버리는 내 행동을 합리화해 본다.

태어난 우울증

30대 중반 남자였다. 후리후리한 키, 서글서글한 눈은 《로마의 휴일》의 그레고리 팩과 같으나 무언가 우수에 젖은 표정은 《카사블랑카》의 험프리 보가트를 생각나게 한다.

"어떻게 오셨습니까?"

처음 만나는 환자한테 흔히 던지는 열린 물음이다.

"아내가 쉬링크(shrink-정신과 의사의 속칭)를 만나보고 오라 소리쳐서……."

표정 하나 변하지 않고 착 가라앉은 음성이다.

"부인과 의견 차이가 있으신 모양이죠."

자연스런 미소로 그의 눈을 응시하며 되물었다.

"그렇지는 않은데 글쎄 그 사람 마음을 잘 모르겠습니다."

항상 아내 의견에 따르며 살고 있는 자기에게 문제가 없다는 어조였다.

"열 길 물속은 알아도 한 치 사람 마음 모른다 하지 않습니까? 어느 부부간에도 그런 문제는 있기 마련이죠."

대화를 매끄럽게 굴려 가려고 위로하는 척 한마디 던진다.

"그래요? 저만 그런지 알았습니다."

그의 얼굴 표정이 바뀌며 긴장을 푸는 모습이다.

그는 컴퓨터 전문가로 딸 하나를 둔 가장이다. 어린 나이에 어머니를 잃었으나 다행히 착한 새어머니 밑에서 별 탈 없이 자랐다. 그러나 그는 항상 불안했다. 자기 때문에 아버지와 새엄마가 싸우지나 않을까 하는 두려움 때문이었다.

그러다 보니 점점 자기 의견과 감정을 잘 나타내지 않는 내성적이고 소심한 성격의 소년으로 변해갔다. 학교 친구도 별로 없었다. 자기와 자라온 처지가 비슷한 친구가 딱 하나 있었는데 어느 날 갑자기 물에 빠져 죽었다. 자살했다는 소문도 떠돌았다. 친구가 죽은 뒤 더 말이 적고 우울한 외톨이가 되었다.

술과 섹스가 넘쳐나는 대학 생활도 아무런 즐거움 없이 무덤덤하게 보냈다. 그런데 이상하게도 그의 주위에는 항상 여대생들이 모여들었다. 쓸쓸하고 조용한, 고독이 서린 사나이의 매력에 끌리는 여성들의 모성애 발동이다. 자신의 약점이 타인의 눈에는 장점으로 보이는 한 실례이다. 그런 여대생 중의 하나였던 지금의 아내와 결혼했다.

"부인이 선생께 무어라 말하는데요?"

그는 잠시 생각에 잠기다가 고개를 들었다.

"말이 적고 무뚝뚝하고 우울한 기분에 젖어 있는 내 얼굴 보는 게 이젠 지겹대요."

"선생은 자신이 우울하다고 생각하시나요?"

그가 손을 저으며 대답했다.

"전혀 우울하지 않아요. 그런데 회사에서도 내가 우울하데요, 참."

"살아오시며 기분이 아주 좋은 때는 있으셨나요?"

"별로요. 취직이 되었을 때 조금은 기뻤지만."

"죄송합니다만, 선생은 자신을 어떤 사람으로 보는지요?"

그의 눈치를 살피며 물었다.

그는 의외로 가느다란 미소를 띠며 말했다.

"아내 말대로 우울증을 붙잡고 세상에 나온 사람인지도 모르겠습니다."

숨찬 숨소리를 내뿜으며 힘들게 살아가는 현대인들이다. 스트레스란 이름의 무거운 짐을 지고 가는 그들이 어찌 우울하지 않을 수 있을까. 그렇지만 대부분의 사람은 어려운 인생 고비마다 한동안 인생 열병을 앓다가 허리띠 졸라매고 다시 일어선다.

바쁜 삶은 우울한 감정조차도 잊어버리게 만들어 버린다. 그런가 하면 우울증은 우울감이란 마음의 감기 같은 게 아니라 삶에 대한 흥미를 잃어버리고, 깊은 무기력의 수렁에 빠져 헤어나지 못하는 정신병이다.

우울증도 여러 가지로 분류한다. 앞서 소개한 남자는 기분부전증 (dysthymic disorder)에 속한다. 기분부전증이란 진단명은 내가 정신과 수련을 받고 있던 1970년 초에는 들어 보지 못했다. 그땐 비슷한 진단명으로 우울성 성격자는 있었다. 1990년대에 와서야 기분부전증의 진단명이 공식적으로 채택됐다.

극심한 우울증인 주요 우울증에 비해 증상은 좀 가벼우나 최소 2년 이상 지속되는 일종의 만성우울증을 지칭한다. 증상이 심하지 않아 그런대로 가정 생활과 직장 생활은 유지할 수 있다. 다만 지속되는 우울 증세로 말미암아 늘 우울감에 빠져 있고 자신감과 자존감이 낮아 도전적 적극성을 결여한 사회 구성원으로서 자신이 가진 능력을 최대한으로 발휘하지 못한다.

기분부전증 환자는 우울감이 자신이 가지고 태어난 성격의 일부라 생각하여 삶의 여정 가운데 큰 스트레스를 만나지 않으면 평생을 그대로 안고 살아간다. 자신의 기분이 지속적으로 좋았을 때가 없었기 때문에 좋은 기분이 어떤 것인지도 잘 모른다. 그저 자신의 기분에 익숙해져 우울하고 쓸쓸한 기분 상태를 이상하게 여기지 않고 지낸다.

어떤 사람은 유전적, 생물학적으로 우울증에 걸릴 취약성을 가지고 태어날 수는 있다. 그러나 엄마 뱃속에서 우울증을 붙잡고 세상에 나오지는 않는다. 대부분의 사람은 인생살이에서 어떤 심한 환경적 요인들을 잘 헤쳐내지 못해 우울증에 걸린다. 아무런 이유 없이도 우울증이 생기는 경우인 내 인성 우울증도 있지만 아주 드물다.

기분부전증의 원인에 대해서는 잘 알려지지 않았다. 어릴 적 경험한 심한 정서적 손상이나 부적절한 부모의 양육과 교육 방법이 원인이라는 심리적 설명도 있다. 대부분의 기분부전증 환자는 조용하고, 온순하고, 착한 양심적인 성격의 소유자이다. 나의 임상 경험에서 기분부전증 환자가 악인이 된 경우는 한 사람도 못 보았다.

지금은 정신과 의사들이 전형적인 기분부전증 환자들을 볼 기회가 드물다. 삶의 길목에서 심한 스트레스를 받아 기분부전증세가 악화하여 주요 우울증으로 갔을 때야 정신과 의사를 찾아오기 때문이다. 이런 환자들은 아무리 정성 들여 치료해도 우울증상이 쉽게 좋아지지 않는다.

  그러나 치료가 어렵다고 손을 놓을 수는 없다. 암도 치유할 수 있는 시대가 아닌가? 일단 기분부전증이란 진단이 확실하면 여러 가지 항우울제 투여와 인지행동 요법, 대인관계 갈등 요법 등을 곁들여 장기간 치료하면 증상이 많이 좋아질 수 있다.

진정한 용서와 화해는 가능한 것인가?

"감옥은 나의 가장 좋은 직장이었다."

어느 환자의 독백이었다.

2006년, 아미쉬(Amish) 학당에서 어린 학생 5명이 외부인에게 살해된 일이 있었다. 그 때 아미쉬 지역 사회 지도층은 살인자의 용서를 요청했다. 많은 사람은 종교심이 깊은 아미쉬의 관대함과 동정심은 이해하지만 과연 진정한 용서와 화해에 대해 의문을 제기한 바 있다.

용서와 화해에 관하여 유대교 성직자인 랍비만큼 오랜 기간 연구·검토한 집단은 없다. 600만 유대인이 사라진 역사적 비극은 그들이 언제, 누가, 어떻게 가해자를 용서해 줄 수 있을까 하는 문제를 깊이 토론하게 했다. 결론은 오직 살인을 당한 사람만이 살인자를 용서할 수 있다는 유대교 교리를 따랐다.

곧 죽은 자만이 용서할 수 있는데 살아 있는 누구도 희생자 대신 살인자의 용서를 거론할 수 없다는 것이다. 지금의 유대인 자손이

나 홀로코스트 생존자들이 자신의 관대함을 보이거나 마음의 고통을 덜고자 나치 만행을 용서해 준다는 것은 사라져간 600만 명예에 대한 도리가 아니라고 항변한다.

싸우고, 상처받고, 용서해 주고, 용서를 빌며 살아가는 게 인생살이다. 사거리 정지 신호에 멈춰 있는데 갑자기 뒤차가 조금 박치기를 한다. 나이 지긋하신 분이 차에서 내려와,

"눈이 나빠 잘못 봤다."

"어디 다친데 없냐."

라고 정중히 사과하면 상대가 오히려 미안한 마음이다. 그런데 노인이 말하기를,

"좀 천천히 다녀야지. 갑자기 서니까 내 차를 박은 게 아니오." 하면 오히려 화가 난다. 이제는 범퍼 페인트가 벗겨진 게 문제가 아니라 자기 자존심을 상하게 해서 용서가 힘든 것이다.

용서는 이렇게 물질적 피해보다 대부분의 경우, 심리적 문제가 따르기 때문에 자신의 마음을 먼저 조절하는 일이 우선이다. 용서를 한 뒤 꼭 화해를 해야 하는가? 화해는 자신에게 상처를 준 사람과의 인간관계를 회복하는 과정으로 서로 마음이 편해진다. 때때로 화해는 하되 용서를 안 하고, 용서는 하되 화해가 필요 없는 경우도 있다.

같은 치료 기관에서 일하는 어느 동료가 자기를 속이고 뒤에서 욕을 하더라도 조직이 깨져서는 안 되기 때문에 화해는 하고 용서는 안 한다. 한편 항상 자기 돈을 떼먹는 사람을 용서해 줄 수는 있어도 좋은 관계를 맺도록 화해할 마음은 없는 것이다.

용서란 화두를 접할 때마다 내 곁을 스쳐 간 남자 환자 한 분이

생각난다. 그가 남기고 간 말에서 용서란 진정 무슨 의미인가를 음미해 볼 기회가 있었다. 그는 법적 성인 나이 18세 이전에 강간살인 혐의로 체포되어 무기 징역을 선고 받았다. 범행 용의자들을 세워 놓고 확인하는 과정(line-up)에서 어느 젊은 여성이 그가 살인을 저지른 남자와 "비슷하다"고 증언했다.

거기에 검사의 과장된 쇼맨십 웅변이 배심원들로 하여금 환자에게 유죄를 선고하게 만들었다. 배운 것 없고, 집안이 가난하여 국선변호사를 쓸 수밖에 없는 재판과정에서 환자가 아무리 부정해도 소용이 없었다.

무기징역수가 된 그는 너무나 억울하고 화가 치밀어 감옥에서 난동을 부리기 시작했다. 그 결과 자연스럽게 정신분열증이란 진단이 붙어 그때부터 항정신제를 20년 넘게 복용해 왔다. 거의 30년 동안 감옥살이를 하다 다행히 DNA 검사 방법 덕분에 무죄로 풀려 나왔다.

국가가 잘못을 저지른 대가로 몇 십만 달러의 보상금도 받았다. 거대한 국가와 사회조직이 한 인간을 흉악한 범죄자, 심한 정신병자로 만든 케이스이다. 신의 법정이 아닌 인간의 법정이기에 실수는 항상 있게 마련이다. 그러나 사회를 보호하기 위하려면 법 조직은 절대 필요하다는 강자와 가진 사람의 주장에는 쉽게 수긍이 되지 않는다.

그를 처음 만났을 때 석방 소감을 물으니 얼떨떨하다고 했다. 자기를 지목한 여자를 비롯해 세상 모두에 화가 나 있느냐 물음에 감옥 생활 처음 10년은 그랬으나 종교를 가진 뒤부터 마음이 편해졌단다. 그게 용서한 거냐고 물었더니 한참 생각 뒤 잘 모르겠단다.

그러면서 그는 3가지 감사함을 털어 놓았다.

첫째, 강간 살인 사건이 몇 달 후에 일어났다면 자기는 성인 나이 범죄 재판으로 사형 선고를 받아 이미 이 세상 사람이 아니었을 것이고, 둘째, 자기를 믿고 DNA 검사 방법을 받도록 주선한 성직자의 만남이고, 셋째, 감옥에 있었으니 자기가 몇 십만 달러의 소유자가 되었지 감옥 밖에서는 어찌 꿈도 꿀 수 있겠냐고.

세상의 모든 종교는 용서와 화해의 가치를 강조한다. 종교와 사이가 좋지 않은 정신과도 이 점에서는 보조를 같이 맞춘다. 정신과 의사는 인간의 가치와 자존감에 상처를 주는 학대와 희생을 겪은 환자들을 많이 만난다. 용서를 당연한 것으로 여기는 주위의 눈총 때문에, 특히 근친상간의 피해자의 경우에는 죄책감에 시달리는 환자들도 흔하다.

그들의 처지가 제각기 다르므로 치료자는 환자의 "마음의 뜰"로 들어가 고통의 해결자라기보다 고통을 함께 풀어가는 동반자 위치에 있어야 한다. 절대로 용서를 강요해서는 안 되며 죄책감, 허무감, 분노 등을 보다 높은 차원의 감정 상태로 변화시킬 수 있도록 도와주어야 한다.

용서는 더 높은 곳을 향해 가고자 원하는 인간을 승화시킨다. 진정한 용서와 화해는 가능할까? 아직도 "모른다"가 정답일지 모른다. 억울하게 30년 감옥살이를 한 뒤 자칭 부자가 된 환자의 독백처럼.

은퇴 선물

해 돋고 달 뜨고 별 돋는 많은 날이 지나갔다. 밤과 낮이 거의 25,000번이나 바뀐 셈이다. 어떻게 하다 보니 미국에서 눌러 살게 되었고 햇수로 48년간 정신과 의사 노릇을 했다. 문화, 언어, 풍습이 다른 남의 나라에서 인간의 마음을 다루고 치료하는 일을 하면서 나 또한 마음 고생을 많이 겪었다.

정신 질환을 앓는 환자들의 낮은 경제적·사회적 지위, 진단과 치료에 필요한 의학적 검사의 불충분, 환자나 가족의 감사 표시 부족 등은 매일 정신과 의사들이 경험하는 스트레스이다.

이 때문에 대부분의 정신과 의사는 자존감의 손상과 직업에 대한 좌절감, 만족감이 떨어져 있는 듯싶다. 은퇴를 준비한다는 소리에 다른 과 동료 의사들로부터 "편한 정신과 의사를 왜 그만두려고 하느냐"란 말을 자주 듣는다.

육체적 노동이 별로 필요 없고 응급환자가 그리 많지 않지만 정신과 의사는 매일매일 정서적으로나 정신적으로 상처를 받은 사람들과 대화하다 보면 자신도 모르게 동정 피로가 쌓여 소진(burn-out)

되기 쉽다. 더구나 환자의 감정과 행동은 수시로 변해 환자에 대한 예측이 불가능하다. 가끔 멀쩡하던 환자가 자살할 경우에 죄의식과 놀라움은 정신과 의사들로 하여금 알코올, 약물남용, 이혼, 자살을 흔하게 만드는 요인이다.

요즘 몇 년 사이 한 동네에서 가까이 지내던 대학 선배 세 분이 세상을 떠났다. 삶의 종말이 있다는 절실함을 또 한 번 느꼈다. 스티브 잡스의 말도 기억났다.

"언젠가는 죽는다는 사실을 기억하면 우리는 잃을 게 하나도 없다."

꼭 이런 이유만은 아니지만 나는 은퇴를 조금 앞당기기로 아내와 결정했다. 좀 이르다, 좀 아쉽다 할 때 그만두는 게 옛 어른들의 "계영배"(戒盈杯)의 가르침에도 맞는 듯싶었다. 계영배란 술을 많이 마시는 것을 경계하려고 특별하게 만든 잔인데, 술잔을 가득 채워서 마시지 못하도록, 술이 어느 정도까지 차면 술잔 옆의 구멍으로 새게 되어 있다.

한 달 후에 가게 문을 닫으려 하는데 어쩔 수 없이 환자 한 분을 보게 되었다. 가게 문을 닫는다는 것은 의사들끼리 통하는 은퇴를 가리키는 말이다. 60세쯤의 여자로 오랫동안 양로원에 있다가 가족에게 보내진 환자였다.

양로원 환자들은 보통 다섯 가지 이상의 약물들을 복용하고 있다. 이 환자도 여러 가지 정신과 약을 먹고 있었다. 양로원 기록도 엉망이고 환자가 무슨 약을 먹는지도 잘 몰라 보호자한테 전화로 환자의 약병에 적혀 있는 약 이름을 알려달라고 하여 한 달치 처방을 해 주었다.

136

그런데 2주 뒤에 왜 반 달치 약만 주었냐는 보호자의 화난 전화를 받았다. 알고 보니 보호자가 나에게 약의 용량을 잘못 알려준 것이었다. 알아 듣게 설명했으나 보호자는 자기가 정확한 정보를 주었지만 내가 잘못 알아들었다고 항의했다. 은연중에 내 영어의 악센트를 문제 삼는다는 느낌이 들었다.

정부가 주관하는 건강복지보험은 일단 1개월 약을 주면 그달은 그것으로 끝이다. 약이 더 필요한 경우에는 환자 자신이 부담해야 한다. 환자 가족은 그게 싫어 자기의 잘못을 인정하지 않고 의사의 실수를 고집한 것이다. 어처구니가 없고 화도 났지만 가난한 환자를 위해 반달 분의 약값을 내가 대신 지불했다.

나는 선친께서 차고 계시던 손목시계, 목사 환자가 만들어 준 조그만 항아리를 아직도 간직하고 있다. 물건의 값어치 보다 그 속에 간직한 정이 선물의 진짜 의미이기 때문이다. 이런 선물은 메마른 삶을 매끄럽게 해주는 윤활제이다. 받는 사람의 마음으로부터 나오는 메아리가 주는 사람의 마음을 기쁘게 만들어 준다.

의사 생활을 하며 환자의 약값 치르기는 이번이 처음이다. 이것을 환자한테 주는 은퇴 선물이라고 할 수 있을까? 환자로부터 감사의 메아리도 없고 나 또한 애초에 약값을 선물로 줄 계획도 없었다. 그러나 지불한 약들이 환자가 재발하여 다시 양로원으로 돌아가는 경우를 막아줄지도 모른다고 생각하니 마음이 한결 가벼웠다.

갑자기 진짜 은퇴 선물을 보내보고 싶은 충동이 생겼다. 몬타나주 애쉬랜드에 성(聖) 라브르 인디언학교(St. Labre Indian School)가 있다. 이곳은 먹을 것, 입을 것, 신을 것, 잘 곳이 없는 불쌍한 청소년 인디언들을 수용하여 숙식과 교육까지 시키는 장소이다. 그들이 부모에게 버림받고 고아가 된 것은 그들의 죄가 아니다. 불행한 역사와 역대 미 정부의 불합리한 정책의 부산물일 뿐이다.

나는 인디언 수용소를 계속해서 도와주고 있다. 내가 태평양을 건너와 원래 인디언 땅인 미국에 와서 의식주에 불편 없이 살아온 염치 때문일까. 은퇴를 맞아 조금 일찍, 조금 많이 도와주려고 수표를 끊었다.

협잡꾼 증후군

"거짓말이야, 거짓말이야, 거짓말이야~, 출세도 거짓말, 명예도 거짓말…"

언니와 동생은 20분 간격으로 태어난 쌍둥이 자매이다. 둘은 어렸을 때부터 품위가 단정하고 공부도 잘해 언니는 아이비 리그인 브라운대학을 졸업한 뒤 신시내티 의과대학에 입학하고, 동생은 하버드 의대에 진학했다.

불행하게도 의대 재학 중의 언니는 정신분열증에 걸려 병원을 전전하다 학업도 마치지 못하고 집으로 돌아왔다. 언니의 불행을 지켜보던 동생은 언니와 같은 정신병 환자의 치료와 정신의학 연구에 일생을 바치려고 정신과 의사의 길을 택했다.

유전인자는 거의 같은데 왜 언니만 정신병에 걸렸을까? 지금은 아무렇지도 않지만 언젠가는 나도 정신병에 걸리지 않을까? 언니에 대한 죄스러움, 정신병에 대한 의문과 두려움이 환자들을 돌보면서도 동생의 머리에 항상 맴돌고 있다.

그러던 어느 날 동생은 문득 자신이 정신과 의사로 성공한 사실은 행운이며, 무언가 잘못되어 생긴 부적절한 결과란 생각이 덜컥 들기 시작했다. 주위 사람과 환자로부터 가슴 따뜻한 정신과 의사란 칭찬을 받을 때마다 쥐구멍에라도 들어가고 싶었다. 마치 자기가 진실을 숨긴 사기꾼이 아닐까라는 이유 때문이었다.

언젠가는 사람들이 자기가 거짓말쟁이임을 알아차릴 수 있다는 불안과 공포에 싸여 안절부절 못하며 일이 손에 잡히지 않았다. 결국 동료 정신과 의사를 찾아가 상담을 받고 난 뒤 다시 환자들을 보고 있다. 몇 년 전, 정신의학 세미나에 참석했을 때 들은 어느 정신과 의사의 고백이다.

다음은 환자 이야기이다. 아버지가 중학교 교장선생인 젊은 청년이 있었다. 그는 어렸을 때 음악에 소질이 있고 피아노를 잘 쳐 어느 해 중학교 음악 경연 대회에 나가 일등 상을 탔다. 기분이 들떠 있던 그에게 교장 아들이라 1등을 했다는 수군거림이 들려왔다.

그 뒤부터 그는 매사에 자신감을 잃었다. 시험을 잘 봐 수석을 했어도 시험문제가 쉬웠거나 딴 학생들이 공부를 안 한 탓으로 돌렸다. 고등학교를 마치고 일류 대학에 합격한 일도 자신의 실력이 아닌 운으로 여겼다. 항상 자신이 사기를 쳤나 하는 불안과 공포에 싸여 있었다. 지금까지 자기가 걸어온 길이 모두 사기의 연속처럼 느껴졌다.

사기극의 주인공이란 생각으로 잠 못 이루고 여자가 데이트 신청을 해도 혹시 사기꾼 행색이 들통날까봐 안절부절 못 했다. 공부도 안 하고 사람도 안 만나고 술만 마시다 취중 운전으로 유치장에 갇히자 자살을 기도해 정신과 치료를 받게 된다.

인간은 태생적으로 자신의 능력과 지위를 불리고 허풍을 떨며 항상 타인으로부터 인정을 받으려 한다. 일종의 나르시스이며 자기중심적 사고의 존재이다. 그러다 뜬금없이 삶의 어느 순간에 자신이 힘들게 성취한 일들이 자신의 능력이 아닌 무언가 잘못되어 일어난 행운이란 생각이 들어 깜짝 놀란다.

보통 그런 생각은 잠깐 있다 지나가고 마는데 어떤 이들은 딴 사람들이 그렇지 않다고 계속 말해도 자신의 성공, 명성, 부귀, 영예, 인기 모두가 사기며 자기는 사기꾼이란 생각으로 고민에 빠져 있다. 앞에 말한 두 사람은 협잡꾼 증후군(impostor syndrome)을 가지고 있는 케이스이다.

이 증후군은 지적이고, 자신감이 강한 전문직 여성들에게 많이 나타난다. 실은 그들의 내면에 불안과 의심으로 가득 찬 자존심이 낮은 사람이다. 그들은 스스로 매우 높은, 현실에 맞지 않는 목표를 정해 놓고 이를 실천하려고 온 정성을 기울인다. 자신의 능력을 보여주려는 의도이다. 대부분의 경우에 실패로 그치지만, 성공했다 해도 운이 좋았다는 것으로 믿고 만다.

협잡꾼 증후군은 정신병의 공식 진단은 아니지만, 본인들의 마음 고생이 심해 치유가 필요하다. 불안을 줄여 주는 약물과 더불어 두 가지 사항을 항상 상기시켜 준다. 하나는 세상에 완전한 것은 없다는 것이고, 다른 하나는 되도록 남과 비교하지 말라는 것이다.

정신과 의사를 하며 심한 협잡꾼 증후군을 가진 환자를 많이 만나지는 못했다. 내 경우엔 그런 환자들은 대부분 병적 자애증 성격 특성을 가지고 있는 소유자들이었다.

소록도로 가는 길

이제 시간 여유가 있어 지난 몇 년 동안 가보고 싶은 곳을 찾아 다니고 있다. 작년 여름에는 멤피스에 있는 그레이스 랜드(Grace Land)에 들렀다. 젊은 시절 나의 우상이었던 엘비스 프레슬리(Elvis A. Presley)가 살던 집, 그가 묻혀 있는 정원을 거닐며 다시 한번 세월의 무상함을 음미해 보았다.

거의 45년에 걸친 미국 생활의 세월이 어쩌면 엘비스 프레슬리가 불렀던 《마이 웨이》(*My Way*)처럼 삶에 대한 자만, 과오, 후회, 변명의 연속처럼 느껴진다.

최근엔 한국의 남도 끝 부분에 위치한 소록도를 다녀왔다. 어렸을 때 본, 눈썹 빠지고 손발 얼굴이 문드러져 괴물 같던 사람들이 살던 곳을 가보고 싶었다. 나병 환자들의 애환과 고통, 소외되고, 어두웠던 그들을 자신의 몸처럼 보살피고 간 사람들의 박애 정신이 깃들어 있는 섬의 체취도 맡아보고 싶었다.

소록도로 내려가며 아내의 태가 묻혀 있는 공주, 나의 태가 묻힌 익산을 지나칠 때 어릴 적 기억이 되살아났다. 찌는 듯한 1950년 여름 우리 집 식구들은 달구지에 세간 살림을 싣고 고향으로 피난길을 떠났다. 마침 후퇴하던 국군장병들이 북쪽으로 올라가는 우리를 빨갱이 동조자로 몰아 길 한쪽에 세워 놓고 총살형에 처하려고 했다. 그때 선친께서 혁대에 숨긴 현금, 시계, 귀중품 등을 주고 간신히 죽음을 면했다.

반나절 뒤 따발총을 둘러맨 인민군을 처음 만났다. 20세 미만의 앳된 그들은 우리한테 뭐 도와줄 게 없느냐 하며 아주 친절히 대해 주었다. 싸움터에서 흔히 볼 수 있는 승자와 패자의 태도였다.

그 뒤 석 달이 지나 전황이 뒤바뀌어 패자 신세가 된 인민군은 동족을 무참히 살해하는 만행을 저질렀다. 이렇게 인간의 일상적 행동은 태어난 유전자보다 살아가며 경험한 주위 환경에 더 영향을 받는다는 정신의학적 설명이 들어맞는 말이다.

계속 남쪽으로 내려오며 정읍의 내장사와 백양사도 둘러보았다. 푸르던 잎들이 연분홍색으로 변해 바람에 나불거리며 마지막 타오를 단풍의 찬란한 멋을 준비하고 있었다. 그것은 정녕 기쁜 이별을 말해 주는 걸까?

아니면 자신을 썩히기까지 희생하는 애절한 모습을 보여주는 걸까? 사뿐사뿐 걸으면서 이미 땅에 떨어진 낙엽들을 밟지 않으려고 신경을 썼다. 점심은 담양에서 4대째 내려오는 원조 떡갈비 집에서 떡 모양 같은 갈비를 푸짐하게 먹고 2시간 뒤 소록도에 닿았다.

웨딩 마치에 맞춰 손잡고 걸어가는 신랑 신부의 행복한 길이 있는가 하면 사형장으로 향하는 죄수의 비참한 길도 있다. 누구나 행운과 영광의 길을 가고 싶지만 그렇지 않은 듯 너나 나나 우리 모두 끝이 어딘 줄 모르는 인생길을 가야 한다. 먼저 걸어간 사람도,

뒤따라올 사람도 긴 세월을 하나의 잣대 위에 올려놓고 보면 그리
움과 외로움이 교차되는 길일뿐이다.

　나병환자가 소록도로 걸어갔던 길은 죽기보다 싫은 길이었다. 핏
방울 같은 땀이 땅을 적셔도 뒤돌아보지 않고 묵묵히 걸었던 고통
과 애환의 길이었다.

　가도 가도 붉은 황토길
　숨 막히는 더위 속으로 절름거리며 걷는 길
　신을 벗으면 발가락이 또 한 개 없다
　가도 가도 천리 먼 전라도길
　(중략)
　손가락 한 마디 머리를 긁다가 땅 위에 떨어진다.
　이 뼈 한 마디 살 한 점
　하얀 붕대로 싸서 주머니에 넣어둔다.
　날이 따뜻해지면서
　남산 어느 양지바른 터를 잡아서
　깊이깊이 땅 파고 묻어야겠다.

　한(恨)과 자포가지가 가득한 문둥병 시인 한하운(韓何雲)의 시에
잘 나타나 있다. 섬 모양이 어린 사슴 같다는 소록도, 아름다운 이
름에 걸맞지 않게 나병 환자들을 수용했던 천형의 땅이다.

　육지에서 1km도 못 미치지만 한번 들어가면 쉽게 나올 수 없는
샌프란시스코의 알 카트레츠 같았다. 슬픔과 절망의 바다 건너 저
쪽 뭍으로 가고 싶다는 환자들의 절규에 젖은 인간의 존엄성이 사

라진, 저주받은 섬이었다.

나병은 말초신경과 피부조직이 썩어 문드러져 변형되는 외부 모습 때문에 옛날부터 하늘이 내려주는 형벌로 생각하여 환자들을 가족과 사회로부터 멀리 떼어 놓았다. 우리나라에서도 세종대왕 때 처음으로 나병환자를 격리하기 시작했고 일제 때는 강제로 끌어다 소록도에 감금하여 죄인처럼 다루었다.

소록도병원은 1916년 조선총독부에 의해 설립되어 해방된 뒤에 국립소록도병원으로 이름이 바뀌어 지금까지 남아 있다. 해안을 끼고 도는 기기묘묘한 바위에 부딪혀 하얗게 출렁거리는 파도로 절경을 이루는 소록도, 지금은 나병환자는 별로 없고 이제 관광명소의 하나로 떠오르고 있다고 들었다.

나병은 1875년 세균학자였던 한센(Gerhard H. Hansen)이 나균(癩菌)을 발견한 이래 한센병이라 알려졌고, 코, 눈, 얼굴이 비틀어지고 문드러졌다 하여 문둥병으로도 불린다.

나병은 『구약성서』에서 인용되듯 인류 역사 만큼이나 오래 되었고 종교적·문화적·사회적 영향을 많이 받아온 병이다. 인류에게 질병은 삶의 한 부분인데 세상에서 나병만큼 잔인하게 다루어진 질병도 없었다.

Bacillus Leprae라는 균에 의해 말초신경이 파괴되어 지각 마비, 피진(rash), 손발 등 체형의 변화가 오는 병이다. 한센에 의해 나병이 유전이나 죄를 지어 벌 받은 병이 아닌 만성 전염병으로 확인되었지만, 예전부터 내려오는 "무서운 병"이란 고정 관념 때문에 지금도 나병 환자를 멸시하며 피하려고 한다.

《추모비》

국립 소록도병원 쪽으로 가는 길목에 한 추모비가 서 있었다. 해
방을 맞자 소록도의 나병환자들은 자치권을 요구했는데 이를 반대
하는 사람들에 의해 84명의 환자가 처형된 사건이 있었다. 그들이
죽임을 당했던 장소에 그들의 넋을 위로하고자 2002년 늦게나마 비
를 새운 것이다.

"수탄장(愁嘆場)"

환자와 환자가 아닌 사람들의 왕래를 금지하고자 쳐놓은 철조망
이 있었다. 치료 약이 없었을 때 나병환자들은 말초신경의 손상 때
문에 눈이 푹 패이고 콧날은 간데없고 입은 삐뚤어져 얼굴은 사자
형상이 되고 손발은 진물이 나서 오래되면 뼈, 피부, 근육이 썩어
떨어진다. 보통 환자의 고름, 콧물, 침 같은 체액으로 감염되며 오
랫동안 함께 생활해 온 가족 내에서 많이 볼 수 있다.

환자들이 사용하는 물건이나 기구들로부터의 간접 감염은 거의
없고 DDS나 리팜마신 같은 치료약이 나와 감염의 위험은 거의 사
라졌는데도 소록도에서는 1970년까지 환자들과 환자의 자식들을
격리하여 살게 했다.

한 달에 한 번씩 환자와 가족이 만나는 날에는 철조망을 사이에
두고 눈인사만 주고받아야 했던 탄식의 장소, 눈물 떨구는 이별의
장을 그들은 수탄장이라 불렀다.

"소록도 공원"

1936년 일제 강점기에 환자들이 산책하던 곳을 공원으로 만들었

다. 당시 환자들을 동원하여 3년 이상 걸려 여러 가지 나무, 화초를 심고 잔디 깔고 바윗돌을 날라 와 조명이 빼어나게 꾸몄다. 공원을 걸으며 구석구석 마다 환자들의 피와 땀, 애환, 분노의 발자취로 젖어 있는 것처럼 느꼈다.

어느 일본 원장은 공원 안에 자신의 동상을 세워 놓고 환자들이 강제로 감사 참배하도록 했다 한다. 정신과적으로 보면 그 원장은 자기애성 성격장애나 과대망상 혹은 조증 증세를 가진 사람이었을지도 모르겠다. 결국 그는 분개한 환자의 손에 살해되고 동상은 태평양전쟁의 물자로 수거해 갔다.

공원 안에는 성모 마리아상, 예수님 상, 한하운의 "보리피리" 그리고 "나병은 낫는다"라는 글귀가 새긴 구라 탑이 높게 서 있었다. 구라 탑은 나병환자들을 구한다는 의미로 탑 벽에는 지금까지 소록도 환자를 보살펴주는 박애 정신을 실천한 사람들의 이름이 새겨져 있었다.

"감금실과 검시실"

공원 입구에 감금실과 검시실이 눈에 띄었다. 고분고분하지 않은 환자들을 가두어 벌을 주고 사망할 때는 시체를 해부했던 곳이었다. 또한 나병환자의 수를 줄이려고 거세를 단행했던 단종대(斷種臺)의 서글픈 이야기도 적혀 있었다.

수술대 위에서 장래 손자를 보겠다는 어머님 모습이 가물거려 자신의 청춘을 통곡한다는 젊은 남자 환자의 시 구절은 너무나 애절했다. 환자들은 자신들이 세 번 죽는데 첫 번째는 나병에 걸렸을 때, 두 번째는 해부를 당할 때, 세 번째는 화장을 할 때라 생각했다.

21세기의 정신과 화두는 단연 심리학 용어인 empathy(감정이입)이라 말할 수 있다. empathy는 타인의 문제나 감정을 자신의 입장에서 공감하고 이해하려는 도덕적 정서로서 이제 정신영역뿐 아니라 정치, 종교, 과학, 문화, 예술 분야에도 깊이 관여하고 있다.

박애, 봉사, 희생, 기부 같은 인간애적 행동의 근간인 empathy 없이는 선한 일을 이루기가 힘든 것이다. 그 empathy는 가톨릭 교황도, 한국 총리도 이곳을 다녀가게 했고 필자 또한 비슷한 마음가짐으로 소록도에 조그만 발자취를 남기고 왔다.

우리는 타인의 불행을 자기 자신의 행복의 잣대로 삼으려는 인간 속성 때문에 나병환자를 멸시하고 멀리했다. 그런 역사의 한 페이지를 장식한 소록도를 떠나 서울로 올라오는 길에 순천만의 생체환경 연구 지역에 들려 갯벌로 둘러싸인 갈대밭을 걸었다.

소록도에서 하룻밤 자고 싶었지만 아직까지 숙박이 허용되지 않아 옛 모습이 그대로 남아 있는 순천의 낙안민속촌에서 하룻밤을 묵었다. 초가집에서 자본 지가 60년이 넘어 감개무량했다.

아침을 순 한국식으로 들고 김의 특산지 이자 PGA골퍼로 활약 중인 최경주 씨 고향인 완도를 휘휘 둘러보고 진도로 향했다. 임진 왜란 당시 이순신(李舜臣) 장군께서 12척의 배를 가지고 몇 백 척의 왜선을 격파한 명량대첩의 울돌목도 찾아보았다.

울돌목은 바다의 폭이 좁아져 바다 물살이 개울물같이 빨리 지나가는 곳인데 장군께서 이를 이용하여 왜선을 이곳으로 유인한 뒤 몰살시킨 것이다. 전라 우수영 본과 앞에,

"죽기를 각오하고 싸우면 살 것이요, 살려고 하면 죽을 것이다."

(死則生 生則死)

148

"호남이 없었더라면 조선도 없었을 것이다."

(若無湖南 是無國家)

라는 이순신 장군의 글이 세워져 있었다.

우리 조국은 지난 40년 동안 눈부신 경제 발전을 이루어냈다. 세계 역사상 그 어느 누구도 하지 못했던 유례 없는 일로 기네스북에 남을 만하다. 이번 여행은 그 경제 성장의 일익을 담당했던 현대중공업사장을 역임한 벗과 동행했다. 손수 차까지 내주고 길동무 해준 벗에게 감사를 표하며 글을 마친다.

두 나무

교회 창문에는 그 흔한 스테인 글라스도 없다. 훤히 내다보이는 교회 유리 창문 밖으로 일곱 그루의 떡갈나무가 옹기종기 서있다. 예배 시작 전 오르간에서 흘러나오는 성가곡이 시각과 청각의 어울림을 이루어 마음을 축 가라앉혀 준다. 부교감 신경계의 활동이 높아지고 교감신경계의 활동이 위축되어 긴장에서 이완의 명상 상태로 되어 간다. 명상은 주의를 집중하여 지금 여기 현재의 주위 환경을 보다 잘 알아차리게 만든다. 곧 마음 챙김이다.

일곱 그루의 나무 가운데 세 번째, 다섯 번째 나무가 내 시선을 끈다. 세 번째는 둥치 밑에서부터 가지가 너무 많이 삐쳐 나와 키도 작고 좀 빈약하다. 늘어진 가지들 때문에 피곤하게도 보인다. 나무를 꽃으로 치면 걱정, 불안, 인내와 함께 살아온 서정주(徐廷柱) 시인의 《국화 옆에서》를 연상시킨다. 가지가 많아 고달프지만 한편 잎들이 풍성하여 새들의 쉴 곳을 마련해준다. 나무에 꽃이 필 때는 벌과 나비들까지 날아오게 한다. 비록 삶이 피곤하고 귀찮지만 남을 배려해 주는 나무이다.

150

다섯번째는 나무들 가운데 몸통이 가장 두텁고 키도 제일 크다. 가지도 둥치 꼭대기 근처에 몇 개뿐이라 힘과 자신이 넘치는 외모를 보인다. 하늘로 곱게 뻗어 새와 벌들도 자주 들락거리지 않는다. 오직 외모만 뽐낼 뿐 행복감을 외부로부터 찾는 듯싶다. 남으로부터 칭찬받으려고 판단의 기준이 자신이 아닌 남의 손에 달려 있는 사람 모습처럼 보인다. 인지 왜곡으로 자존심이 낮아 결국 남의 삶을 살아가는 나무이다.

프로이트 선생의 심리구조이론에 따르면 세 번째 나무는 윤리, 도덕, 책임감, 양심을 주관하는 초자아 쪽으로, 다섯 번째는 자신의 욕망, 이익, 출세만 챙기는 자기중심적이고, 자기 세상적인 원초 쪽으로 각각 심하게 기울어져 있는 모양새이다.

또 나무를 의인화해보면 세 번째는 사도 바울, 다섯 번째는 율법 학자 사울이 아닌가 싶다. 사울은 율법을 잘 지키는 주류 유대인으로 율법에 어긋나는 행동을 일삼는 당시 사교 집단인 예수교 교인들을 학대하는 일에 앞장서 있었다. 그런 사울이 다메섹으로 가던 중 예수를 만나 회개한 뒤 이름도 바울로 바꾸고 예수를 위해 죽을 때까지 자신을 희생하면서 이방인들에게 예수를 알리는 사도가 된 것이다.

정신과 의사를 하며 많은 사람과 환자들을 만났다. 나름대로 분석해 본 결과 인간은 크게 세 부류에 속한다. 한쪽 끝은 이기적 사람, 다른 쪽 끝은 이타적 사람, 그 가운데 이기와 이타가 배합된 중간 사람이다. 보통 사회적으로 출세한 사람들은 대부분 양쪽 끝에 놓여 있었고 중간 사람은 그저 평범한 민초들이었다.

다시 말해 자아가 비교적 잘 조화된 사람은 출세에 소극적이며 우둔하고 자아가 그리 건강하지 않은 사람이 적극적으로 출세를 추구했다. 세계의 역사와 문화를 살펴봐도 인류사를 이끌어 온 사람들의 대개가 살짝 정신줄이 늘어진 마음 상태를 가지고 있었다. 어디에 좀 미쳐야 세상이 알아주는 과학자, 문학자, 예술가, 정치가, 혁명가로 이름을 날렸다.

그러나 사회적 선망의 대상이 된 사람들은 마음속에 많은 갈등이 도사리고 있어 자신은 결코 행복하지 못하다. 건강하고 바로 서지 못한 자아 때문에 항상 무엇에 쫓기듯 불안하고 불편하다. 그렇다면 단 한 번뿐인 인생을 어떻게 살아야 할까?

알베르 카뮈(Albert Camus)가 소설 『이방인』에서 외치듯 세 번째 나무처럼 자신을 희생하며 눈물 나게 살 것인가, 혹은 다섯 번째 나무처럼 자신만을 위해 이기적으로 살 건가? 그도 저도 아니면 잘 눈에 띄지 않는 평범한 네 번째 나무가 되어 세상에 순응하며 한평생 두리둥실 살아갈 건가?

화가 고갱(Eugène P. Gauguin)은 서유럽에서 남태평양까지 건너가 그곳 원주민 여자와 살았다. 그런 특별한 삶을 살 필요는 없다. 각자 삶의 모습은 다르겠지만 이기와 이타의 양극을 이루는 스펙트럼 선상 어느 쪽에 치우치지 않는 중간쯤에서 각자 생긴 모양, 걸머진 소유, 미지근한 심장을 가진 장삼이사로 살면 마음이 편하고 정신병 환자가 될 위험도 적을 것이다. 그런데 실제 살아보면 그렇게 되지 않는 게 인생살이다. 세상에 정신과 환자가 많은 이유가 그래서이다.

3부

삶의 굴레의 한 가운데서

강화여 안녕

"강화에 고려산 진달래 꽃, 아름 따다 가실 길에 뿌리 오리다."

겨울이 지나가는지 바람의 방향도 달라졌다. 따사한 햇살을 품은 동남풍이 내 앞 머리칼을 스치며 나불거린다. 이제 춘삼월, 잠자던 대지가 기지개를 펴고 꿈틀거리며 솟아오르는 생명들을 맞이할 준비를 하고 있다.

지금 강화도 고려산에 오르고 있다. 고구려 시대는 오련산으로 불렸는데 고려 때 고려산으로 이름을 바꿨다. 당태종(唐太宗)의 간을 서늘하게 했던 연개소문(淵蓋蘇文) 장군의 출생지가 고려산 근처로 알려져 있다. 장군은 나라를 지키려고 고려산에서 군사를 훈련하고 군마를 양성했다 한다.

고려산 중턱에 백련사(白蓮寺)란 고구려 시대의 오래된 절이 있다. 인도의 어느 선승이 고려산을 거닐다가 산 정상의 호수에 핀 연꽃 한 송이를 만졌더니 다섯 색(백·흑·청·적·황)의 연잎들이 터져 나왔다. 연꽃잎들이 떨어진 땅에 각각 절을 세웠는데 흰 꽃잎이 백련사라 한다. 늦겨울 햇볕이 가득한 한낮의 절간은 텅 비어 있고 주위의 풍경은 한 폭의 그림과 같다.

대웅전 앞뜰의 아름드리 은행나무는 350년 동안 이곳에 묵묵히 서서 역사의 발자취를 말해 주는 듯싶다. 백련산에서 모과차 한 잔 맛보고 아직도 음지의 산자락에 잠들고 있는 잔설을 따라 정상으로 향했다. 산과 계곡에 쏟아지는 햇살이 눈에 부시다.

언젠가 고려산에 큰 산불이 일어나 거의 모든 나무가 타서 넘어졌다. 진달래만은 뜨거운 열기의 땅속에서도 뿌리를 박고 견뎌냈다. 몇 년 뒤 타서 죽은 다른 나무들의 재를 거름 삼아 유난히 큰 주홍빛의 진달래꽃들이 봄철에 피어오른다. 무더기 구름처럼 피어올라 온 산을 온통 덮어버린다.

눈부신 햇살이 내리쬐는 날에는 진달래꽃이 더 붉어진다. 마치 진달래 구름바다나 진달래 산불이 일어난 것 같이 보인다. 매년 4월 중순부터 5월 초순까지 이곳에서 고려산 진달래 축제가 열리고 있어 사람들의 봄나들이 장소로 붐빈다. 지금은 진달래꽃을 볼 수 없다. 다만 축제 광장에 세워진 큰 게시판의 붉게 물든 고려산을 나의 망막 속에 넣고 왔다.

고려산 정상에 있는 호수, 오련정(五蓮井)도 볼 수 없다. 그 곳에 비무장지대의 북한군 동향을 살피는 해병대의 감시탑이 서 있기 때문이다. 산을 내려오는 길에 저 멀리 북녘땅이 보인다. 황해도 개풍 지역인데 산에 나무가 하나도 없다. 황토 뭉치처럼, 털 빠진 오리 새끼 몸통 마냥 벌건 민둥산이다. 입 막고 귀 막아버린 채 가난과 배고픔에 고통 받는 우리 동포들이 사는 곳이다.

북한이 남한보다 잘 살았던 1960년 초까지 아침마다 북쪽에서 들려오는 대남방송 스피커 소리 때문에 시끄러워 공부를 못할 지경이었다는 백련사 찻집 주인의 말이다.

지금은 그 반대로 남쪽에서 삐라와 풍선을 띄우고 있다고 한다. 아직도 많은 이산 가족은 두고 온 고향의 하늘과 정거장의 승강장, 꽃향기, 뻐꾸기 울음소리, 뱃고동 소리를 못 잊어 한다. 그들 생전에 통일을 볼 수 있을지⋯⋯.

삼국시대 팬 고구려 영토, 고려시대 한 때는 거의 40년 동안 피난 수도가 되었고, 조선왕조에 제2의 수도로 불리었던 강화도이다. 지금은 인천광역시에 속해 있으며 볼거리, 먹거리들이 꽤 많다.

신석기시대의 고인돌, 고려 시대의 왕궁터와 왕릉, 조선 시대 외세와 맞서 싸운 군사 진지, 세계 5대 갯벌의 하나인 넓은 갯벌이 널려 있다. 최근에 프랑스로부터 돌려받은 외규장각, 고려산 진달래 축제, 조선왕조 때 높은 분들의 귀양지 집들도 방문객들의 눈을 끈다.

또 강화 쌀, 사자발 쑥, 개성에서 피난 온 사람들이 재배를 시작한 인삼밭, 갯벌에서 기른 장어, 무와 배추 밑동 걸이를 합친 맛을 내는 순무도 유명하다.

한강의 관문인 강화는 역사적으로 군사의 요새지였다. 고구려와 백제의 싸움터, 13세기에 대륙을 호령했던 몽고제국의 침략 당시에는 고려의 항쟁지, 그리고 서양과 싸웠고, 지금은 곳곳에 해병대 부대가 주둔하고 있다.

아침에 눈을 뜨면 동네의 개 짖는 소리와 해병대의 아침 기합소리가 한데 어울려 새벽 공기를 깨뜨린다. 미국 정신과 의사 48년의 허물을 벗어 던지고 한국에 온 뒤 이곳에서 꼭 넉 달째 근무하고 있다. 처음에는 겁도 나고 약 이름도 생소하여 얼떨떨했지만, 환자들과 순 한국말로 대화하다 보니 마음은 편하다. 환자들의 힘든 인생살이를 본인이나 가족들에게 들을 때면 미국에서 느낄 수 없었던 또 다른 감정을 느낀다. 아마 같은 민족이라서 그럴 거다.

시카고는 왕년에 알 카폰(Al Capone)의 무대, 밀주와 창녀의 소굴, 수십 마리의 돼지들이 한꺼번에 사라졌던 도살장의 도시였다. 지금은 아름다운 미시간 호수, 버킹엄 분수, 시카고 심포니, 리릭(Lyric) 오페라극장, 박물관, 밀레니엄 파크, 마릴린 먼로(Marilyn Monroe)의 전신 조각이 서 있는 낭만의 도시요, 다양한 건축양식이 솟아 있는 건축의 도시다. 또한 의과대학이 여섯 개나 있는 교육의 도시다.

정든 환자들을 뒤에 두고 떠나지만, 세상에 영원이란 없다. 결국 한 쪽이 돌아서게 되어 있다. 그래서 우리는 만남에 대한 기쁨보다 이별에 대한 두려움을 더 느끼고 사는 것이다. 이별할 땐 양편 다 아플 텐데 환자들과 나, 누가 더 아플까? 혹시 내가 떠나는 길에 누군가가 한 아름 고려산 진달래꽃이나 뿌려줄까?

있어도 그만 없어도 그만

신문 기사를 읽는 순서는 사람마다 다르다. 청소년들은 자기가 사는 지방의 스포츠 팀 소식, 노인들은 혹시 아는 사람이 죽었나, 부고란을 살핀다.

젊은 직장인은 출근길 노상에서 신문을 사 들고 비즈니스 면을 바라보다 내려간 주가(株價)에 화난 듯 신문 뭉치를 휴지통에 던져 버리며, 주부들은 세일 쿠폰을 찾으려 광고란을 들척인다.

정신과 의사도 자기 환자 가운데 누군가가 말썽을 일으켜 기사거리가 된 게 아닌가 하고 사회면을 꼼꼼히 살핀다. 어느 날 잘 아는 환자의 이름이 지방신문 사회면에 떴다. 안드레아(Andrea)는 40세를 바라보는 미혼모이다. 그리스 이민 2세로 인근 동네 도서관에서 일하며 중학생 아들과 같이 살고 있다.

그는 어려서 학교 다닐 때 놀림을 많이 받았다. 피부도 그리 희지 않은 작은 키에 까만 머리, 좀 뚱뚱한 편인 그를 small Greek goose(쪼그만 그리스 거위 새끼)로 놀려댔다. 사춘기를 맞아 자신의 용모에 대한 열등감은 아주 심해져 학교와 사회에서 무시당하는 여자애처럼 느껴졌다.

우연히 TV에 여자 레슬링 경기가 눈에 들어왔다. 자신의 열등감을 극복하고자 여자 레슬링 선수가 되기로 결심했다. 다음 날 고등학교 여자 레슬링 팀에 등록해 열심히 연습했다. 몇 해 지나서 학교에서 가장 유망한 선수가 되었다. 여자 레슬링 선수 팀의 주장도 맡았다.

졸업을 앞두고 주 정부가 주관하는 여자레슬링 선수권 대회가 열렸다. 이 대회에서 우승하면 장학생으로 뽑혀 대학 진학도 가능하리라 싶었다. 결승전 경기에서 상대팀과 동점을 이루자 팀 주장 간의 시합으로 우승을 가르기로 합의했다.

결과는 그 시합에서 지고 말았다. 그에게 패배의 여파는 너무나 컸다. 밥도 안 먹고, 잠도 안 자고, 등교도 하지 않고 집안에만 틀어박혀 있었다. 자주 울며불며 가족들에게 짜증만 냈다. 모든 희망이 날아갔다는 생각에 그는 목욕탕에서 면도날로 자해를 기도하다 정신병원에 입원하게 되었다.

우울증 치료를 받던 중 마약 중독으로 입원한 남자 환자와 눈이 맞았다. 이런 일은 청소년 정신병동에서 흔히 볼 수 있다. 그들은 퇴원 뒤 곧 성인 나이가 되자 부모 곁을 벗어나 다른 주로 떠났다. 그 뒤 10여 년 동안 인생의 밑바닥에서 힘들게 살며 아들, 딸 하나씩 낳았다.

남자 친구는 술과 마약을 그치지 않았고 가끔 그에게 손찌검도 가했다. 어느 날 술에 취한 남자 친구가 임신 중인 그의 배를 차 유산이 되자 그의 우울증이 재발했다. 또 한 번의 자살 기도로 다시 입원해야 했다.

병원에 있는 동안 그는 자식들을 위해 살기로 독하게 마음먹었다. 증상이 호전되어 퇴원한 뒤 남자 친구 모르게 아이들을 데리고 부모 집으로 돌아 왔다. 식당 도우미, 청소부, 대형식품점 출납원을 거쳐 지금은 조금 편한 도서관에서 근무한다. 남자를 만날 생각하지 않고 성심껏 자식들 키우기에 바빴다.

얼마 전 진료실에 왔을 때 그는 매우 흥분해 있었다. 아들이 학교에서 무슨 잘못을 했는지 과학 선생이 실험대에 아들을 세워 놓고 아들의 한 손에 전원공급장치를 쥐게 하고, 다른 손에 금속 물질을 연결해 전류를 일으키는 실험을 학생들에게 보여줬다는 것이다.

아들이 고문 비슷한 벌을 받은 걸 생각하니 참을 수가 없었다. 그래서 미장원, 교회, 식료품점을 다니며 아들이 겪은 일을 이야기했다. 소문이 퍼져 사람들이 관심을 갖기 시작하자 지역 신문에 환자의 사진과 기사가 나왔다.

일부 잡지사와 방송사에서 면담 요청, 변호사들의 사건 의뢰 제의가 들어왔다. 어렸을 때부터 멸시만 받아오던 그는 여기저기 불려 다니기에 바빴고, 적지 않은 사례비도 받는 일약 지역 명사가 된 것이었다.

그의 불안증과 우울증은 언제 그랬냐는 듯 감쪽같이 사라졌다. 지난 몇 해 동안 열심히 치료해 주어도 별 차도가 없었는데 말이다. 갑자기 내 머리가 멍해졌다. 있어도 그만, 없어도 그만인 게 정신과 의사일까? 그래도 있어야 될 듯싶었다.

우울증은 살아가며 들어오고 나갔다 하는 병이니 복용 약을 중단하지 말고, 또 올라가면 반드시 내려오는 것이 세상 이치이니 너무 들뜨지 말라는 주의를 시키었다.

부러진 심장

　오랫동안 데스크톱 컴퓨터의 홈페이지에 조지(강아지 이름) 사진이 떠 있었다. 손자와 손녀들이 태어났지만, 누구를 컴퓨터 화면에 싣기가 뭐해서 강아지를 그대로 두었다. 작년에 먼 곳으로 이사할 때 짐이 많아 데스크톱을 버리고 온 후로는 조지를 자주 볼 수 없다.

　직립보행을 하는 인류가 지구촌에 모습을 나타낸 게 700만 년 전인데 돌로 기구를 만들어 사용한 석기시대는 대략 300만 년 전부터 8000년 전까지 계속되었다. 석기시대 대부분은 구석기시대로 인류 역사의 98-99%를 차지한다. 고대 인류가 개를 가축화한 때는 구석기 끝자락인 1만 5천년 전으로 기록되어 있다.

　늑대가 무리 지어 사냥하고 무리를 보호하려고 서로 경계를 서주는 모습을 관찰한 인간이 늑대의 한 종류를 골라 집에서 키워 사용하게 되었다. 당시 고대 인간의 뇌 크기는 10만 년 전에 나타난 현생인류 호모 사피엔스 뇌와 별 차이가 없어 개를 가축화하는 지혜 정도는 가지고 있었을 것이다. 그 뒤 개는 인간과 함께 지구촌을 이동하면서 계속 살아왔다.

　예전엔 개는 사냥을 돕고, 맹수의 침입을 알려주고, 먹거리가 부족하면 주인에게 좋은 영양제가 되었다. 지금은 우리에게 무조건적 사랑을 주고 덜 불안하게 도와주는 애완과 반려 목적으로 키운다. 그래서 사람과 개 사이의 애착 관계는 친밀하게 형성되어 있다. 애착이 고착되는 민감한 시기는 종에 따라 다르다.

　서로 친밀감을 느끼는 데 소요되는 시기를 보면, 사람은 6개월에서 1년, 조류는 생후 16시간 이내, 개는 3주부터 6주 사이이다. 개는 이 시기에 사람들과의 접촉이 많이 있어야 한다. 그렇지 않으면 사람을 피하고 야생동물처럼 행동한다. 내가 조지를 데려올 때는 조지는 이미 사람과의 애착이 형성되어 별다른 문제가 없었다. 그를 키우며 점점 더 진하게 애착 관계는 굳어졌다. 아내의 말에 따르면 내가 조지와 시간을 보낼 때 가장 많이 웃었다고 한다.

　조지는 둘째 딸한테 가서 여러 해를 함께 살다가 14살이 되자 세상을 떠났다. 지금도 조지의 사진을 볼 때마다 그가 죽었다는 생각이 들지 않는다. 이는 현실의 진통제 역할을 하는 방어기전의 일종인 부정이다. 의식 상태에서 받아드리기 괴로운 것을 무의식 속으로 밀어 넣어 자신에게 유리한 상황으로 바꾸려는 심리기전이다.

　부정은 단기간 효과는 있지만 습관적으로 사용하면 현실을 왜곡시키는 위험성도 있다. 조지와 내가 형성한 애착 관계 호르몬인 옥시토신이 너무 지나쳐 아직도 그의 죽음이 믿기지 않는 모양이다.

　금년 초 인기가수 레이디 가가(Lady Gaga)의 반려견인 불독(bulldog) 두 마리를 누군가 낚아채어 사라졌다. 가가는 아무런 조건 없이 반려견을 돌려주면 5만 달러를 주겠다고 제안했다. 이 기사를 읽었을 때 오래된 환자가 생각난다.

그는 20대 후반 남성으로 건장한 불독을 기르고 있었다. 맥(Mac)이란 이름을 가진 불독으로 강아지 때부터 기른 다섯살배기였다. 그는 가끔 맥 사진을 보여주며 겉으론 사나워 보여도 싸움을 할 줄 모르는 싸움개라며 자랑했다.

독신인 그에게 맥은 반려자였고 우울증 보조 치료제였다. 하루는 그가 몹시 지치고 우울한 표정으로 진료실에 왔다. 가슴이 깨어질 듯 아프다며 피투성이가 된 맥 사진을 보고 우는 것이 아닌가. 들려주는 얘기는 대충 이렇다.

개싸움 노름을 전문으로 하는 갱들이 맥을 훔쳐 가 싸움판에 집어넣었다. 그런데 맥이 보기에 딱할 정도로 싸움을 못해 갱들이 돈을 잃었다. 화가 난 갱들로부터 3천 달러를 가져오면 개를 돌려주겠다는 연락이 왔다. 만약 경찰에 알리면 맥을 죽여 버리겠다고 위협했다.

환자는 그만한 돈이 없어 여자 친구에게 사정사정하여 1천 달러, 친척들에게도 1천 달러, 모두 2천 달러를 모았다. 나머지 1천 달러가 더 필요하다며 맥이 없으면 세상에서 살맛이 없단다. 공개적으로 그를 도울 수 없어 병원의 몇 사람과 상의하여 조용히 도와주었다.

정신과에서는 부서진 심장 증세가 있는 사람들을 심심찮게 만난다. 부서진 심장증은 실연, 실직, 사랑하는 이의 죽음, 공황장애, 심한 학대, 고문, 노름판의 횡재나 큰 손실 등 극심한 정서적 스트레스나 격렬한 운동, 대 수술 뒤에 찾아온다.

최근에는 반려견의 죽음 후에도 볼 수 있다. 증상은 일시적으로 가슴이 쨰질 듯 아프고 호흡 곤란을 느끼는 등 심장마비와 비슷하다. 심전도를 찍으면 실제로 좌심방의 혈류 펌프 작용이 비정상으로 나오는 심장질환의 일종이다. 정신 질환인 공황장애는 심전도가 정상이다.

진짜 삼장 마비와 다른 점은 혈관이 막힌 게 아니라 일시적으로 혈류가 적어져 발생하는 증세다. 원인은 잘 모르지만 아마 극심한 스트레스로 말미암은 노르에피네프린(norepinephrine)의 갑작스러운 변화로 인해 발생한다는 추측이다. 치료는 별다른 게 없고 환자를 안심시키고 가끔 교감신경의 활성화를 줄이는 메타 차단제를 사용하기도 한다.

만약에 조지가 인질로 붙잡혀 몸값을 요구당했다면 얼마를 주었을까, 그리고 부서진 심장 증세를 느꼈을까를 나 자신에게 물어보았다. 유명 가수의 돈 만큼, 내 환자가 경험한 부서진 심장병은 없었겠지만 조지를 사랑하는 마음은 그들의 반려견에 대한 사랑과 별로 다를 게 없었을 듯싶다.

수화(手話)

자동차 유리창을 통해 길가를 걸어가는 중년 여인과 젊은 청년이 보인다. 어머니와 아들 같은데 서로 손짓과 몸짓, 얼굴 표정으로 말을 주고받으며 걷고 있다.

세월이 흘러 이젠 옛 환자들을 잊어버릴 때도 되었는데 어떤 계기를 만나면 그들은 내 머릿속에 또 나타나곤 한다. 오감으로부터 얻은 정보가 편도체, 해마, 시상하부(視床下部), 측두엽, 전두엽으로 이어지는 내 인지 기능의 길이 아직도 크게 손상되지 않은 모양이다. 인지 기능은 인간의 기억, 주의력, 시공간 인식, 판단력, 감정표현 등을 포함한 총괄적 지성과 감성 능력의 집합체를 뜻한다.

20대 초반의 남자였다. 진료실에 올 때 항상 어머니와 함께 왔다. 그는 태어나면서부터 귀도 안 들리고 말도 못 하는 장애인이다. 그와 소통할 때면 서로 글씨로 주고받든지 아니면 어머니를 통해서 정보를 얻었다. 어머니는 출산에 문제가 생겼던 자기 탓에 하나뿐인 아들이 그렇게 되었다는 죄의식으로 항상 우울했다.

동물의 수컷 대부분이 자식새끼 양육에 관심과 책임이 적듯이,

166

그의 아버지도 돌아가는 집안 꼴이 보기 싫다며 집을 나가 딴 여자와 살림을 차렸다. 그 뒤 어머니의 우울감은 우울병으로 발전되어 더 이상 그를 돌보아 줄 수 없게 만들었다. 할 수 없이 그를 양로원 비슷한 곳에 입원시켰다. 환자와 나의 관계는 그래서 끊어지고 말았다.

언어는 살아가는 데 없어서 안 될 중요한 의사소통 수단의 하나이다. 과거사의 경험을 기록하여 전달함으로써 문화와 문명을 발달시켰고, 인간을 인간답게 만들어 줄 수 있는 도구가 되었다. 언어는 또한 자신의 있음을 보여주고 인간관계를 유지하는 데 절대적 필요성을 지니고 있다. 특히 이민자 가정에서 언어의 역할은 중요하다.

많은 이민자 가정의 자녀 문제들이 언어 소통과 맞물려 있다. 이민 1세들 생활에서 부모는 모국어로, 2세 자녀들은 영어로 대화한다. 그들 사이에 간단한 소통은 이루어지지만, 언어에 담겨 있는 정서적·문화적 의미는 잘 통하지 않아 서로 마음을 열기가 힘들다. 그로 말미암아 자녀들은 정체성의 형성 시기인 사춘기에 반항과 방황에 시달리는 경우를 많이 보았다.

신이 인간의 언어를 시기하고 질투 했던 사건도 있었다. 『창세기』의 바벨탑 이야기이다. 인간이 하나의 언어로 서로 얼굴을 맞대어 궁리하고 소통하여 신이 거처하는 하늘까지 닿는 탑을 쌓으려고 하자 신은 몹시 놀란다.

궁리 끝에 신은 여러 가지 다른 언어들을 만들어서 인간을 혼란에 빠트려 서로 의사소통을 하지 못 하게 하자 쌓던 탑은 무너지고 그 뒤 소통 부재로 인한 전쟁으로 인간의 역사를 피로 물들게 했다는 우스갯소리도 전해진다. 이렇게 언어를 통일하고 정리하는 일은 매우 중요하다.

언어를 말로 표현하는 뇌 중추는 좌뇌 전두엽의 브로카(broca) 영역이고, 듣고 이해하는 영역은 좌뇌 측두엽의 워니케(wernicke) 영역이다. 말은 잘하는데 앞뒤 내용이 잘 안 맞으면 측두엽이 손상된 실어증이고, 말은 못 하지만 뜻은 잘 이해하면 전두엽이 손상된 실어증이다.

그러나 최근 연구에 따르면 언어 체계가 좌뇌의 브로카와 측두엽의 워니케에 국한된 게 아니라 소리의 높고 낮음, 소리에 들어있는 감정, 몸짓, 얼굴 표정의 이해 등 좌뇌와 우뇌의 상당 부분에 의해 영향을 받는다고 한다.

언어 장애는 유전이나 출생 시의 뇌손상 그리고 임신 중 모체의 심신 상태 이상으로 인한 뇌의 청각 기능과 발음 기관에 손상이 생긴 선천적 원인과 출생 뒤 신체적·정신적 질병, 약물 중독, 사고 등 후천적 요인으로 언어 능력이 발달하지 못 하는 경우에 일어난다.

드물게는 처음부터 말을 배우지 못해 말을 할 수 없는 사람도 있다. 말을 쉽게 배울 수 있는 나이는 생후 1년 반에서 세살 사이인데 이때 말을 잘 배우지 못하면 평생 말 때문에 고생하며 살게 된다.

자폐증은 언어 장애가 주요한 증상의 하나인 정신 질환이다. 생애 초기에 나타나는 언어 소통의 결핍으로 정서적·사회적 성장 발달에 이상이 있어 현실이 아닌 자기만의 세계 속에 갇혀 지낸다.

1940년대까지 자폐증은 소아정신분열증으로 알려지다가 1980년대에 공식적으로 발달 장애란 진단명으로 채택되었다. 대부분 세살 이전에 발생하며 남자아이에 흔하고 발병률은 100명당 1명이 조금 넘는다.

최근 자폐증의 범주에 속하는 발달 장애를 포함하면 발병률이 훨씬 높다는 통계 자료도 있다. 자폐증의 핵심 증상은 의사 소통 및 언어 발달 장애로 사회적 상호 교류가 원만하지 못하고, 어느 사물에 특이한 흥미와 호기심을 보이며 정서 장애, 지능 장애, 행동 장애도 나타낸다. 원인은 확실하지 않고 유전이나 뇌 조직 자체의 이상을 추측하고 있다.

위에서 말한 환자는 농아에 우울증과 경미한 자폐 증상도 가지고 있었다. 그는 자기가 장애인으로 태어나 온 가족의 짐이 된다는 것도 알고 있었다. 그러나 자폐증세가 심해지면 자신을 제어하지 못해 소리 지르고 공격적 행동을 보이기도 했다.

내가 그때 수화를 할 줄 알았더라면 그를 좀 더 잘 보아줄 수 있었는데 하는 후회를 한 적이 많아 언젠가는 수화를 배워야겠다고 마음먹었다. 금년 겨울에야 수화 강의에 등록하여 배웠다. 너무나 오래 지나 실행했지만 그래도 옛 환자에 대한 미안했던 마음을 조금은 덜어준 느낌이다.

우리의 멘토는 누구인가?

　그날은 그 여인에게 운명의 날이었다.

　며칠 전 가슴 언저리에 무언가 만져졌다. 지방이 쌓여 생긴 흔한 혹이려니 하고 관심을 가지지 않았다. 몇 달이 지나도 그대로 남아 있자 남편의 성화로 의사한테 갔다. 검사와 진찰 결과는 양성 혹이 아니라 유방암 중에도 예후가 나쁜 종류로 나왔다.

　"얼마나 살 수 있을까요?"

　잠시 멍하니 있다가 죄인이 선고하는 재판관의 입을 바라보듯 의사에게 물었다.

　"한 2년 될 것 같습니다."

　그는 병원을 나와 빗방울이 하나둘씩 떨어지는 길가를 터벅터벅 걸었다. 아무런 생각도 감정도 없는 것 같은데 흐르는 눈물이 얼굴을 적셔 온다. 가끔 곁눈질로 도심 길 양쪽 높이 솟아 있는 건물들을 훑어본다.

　지난 10년 동안 매일 보아왔는데 오늘은 너무 생소하게 느껴진다. 남편 사업도 번창하고 자신의 개업도 이제 자리가 잡혀 안정되

170

고 딸아이도 건강하게 잘 자라 주었다.

더구나 다음 학기부터는 대학 강의에도 나가기로 되어 있어 모든 게 잘 풀려나갔는데 악성 암이라니 정말 믿고 싶지 않았고 원통했다.

시한부 인생을 선고하는 의사들은 환자들이 너무 낙심할까봐 보통 불려서 말하는 경우가 흔하다. 2년이라 했지만 1년밖에 남지 않은 모양이다. 한창 재잘거리는 5살배기 딸애가 제일 마음에 걸렸다.

자신이 가고 난 뒤 딸애의 가슴속에 다정한 엄마의 모습을 보여주고 싶었다. 암의 통증을 이겨가며 매일 저녁 하루도 거르지 않고 딸애와 함께 침대에 누워 만화와 동화책을 읽어 주었다.

그럴 때는 동심의 세계로 빠져들어 통증도 잠시 잊을 수 있었다. 암이 자신의 생명을 주관하는 게 아니라 자신이 암을 조절할 수 있다는 생각도 들었다.

그는 이런 경험을 살려 심한 질병으로 고통 받는 환자들, 특히 어린이 환자들을 위해 무언가 해보고 싶었다. 그래서 살고 있는 동네의 도서관 책임자를 만나 자신의 취지와 처지를 설명한 뒤 함께 "하루 한 권 책 모으는 불붙이기 운동"을 시작했다.

소문은 빠르게 퍼져나가 이 운동은 이제 미국 전국으로 퍼져 나가고 있다. 자기의 여생을 이 일에 전념하고 있다는 유방암 말기의 어느 젊은 여자 정신과 의사가 학회에서 들려준 이야기이다.

유방은 전통적으로 여성의 아름다움, 성적 매력, 그리고 양육을 상징하는 신체 부위로 뭇 남성들이 흠모한다. 우리 할머니 때만 해도 아름다움과 신비의 상징인 유방을 단단히 동여매는 게 여성의

미덕이었다. 1950년대 마릴린 먼로처럼 가슴이 커야 성적 매력이 있다 했는데, 지금은 가슴이 나올 듯 말듯 날씬해야 미인이 되는 한 조건이다. 옛 조상님 시 하나 소개한다.

모시야 적삼 앞섶 안에
연적 같은 저것 보라
많이야 보고 가면 병 되나니
손톱만큼씩 만 보고 가소.

신체의 일부인 가슴에 이상이 생겼다는 의사의 말을 들으면 대부분의 여성은 세상이 무너질 듯한 공포감에 휩싸인다. 유방이 떨어져 나간 자신을 상상하면 무슨 괴물처럼 보인다.

처음엔 신체 일부를 잃어버린 허무감이 시간이 갈수록 가장 친한 친구를 잃어버린 느낌이 든다. 가끔 세상 사는 동안 자신도 모르게 큰 죄를 저질러 벌을 받고 있지 않나 반문해 보기도 한다. 그래서인지 대개 유방암 환자 네 명 가운데 한 명은 불안증이나 우울증을 호소하며 정신과 의사를 찾는다.

도중하차한 삶인 자살, 억울하게 끝난 삶인 타살, 불의의 사고사, 심한 질병사 등을 제외하면 우리 모두의 삶은 자연사란 종착역으로 천천히 다가가고 있다. 언제 죽을지 누가 언제 시한부 인생을 선고 받을지 모른다. 될 수 있으면 늙은 나이까지 살다 죽었으면 하지만 갑자기 내일 모레일 수도 있다. 나중에 알았지만 젊은 정신과 의사는 떠오른 생각을 실천한 뒤 삶을 마감했다.

인생살이 가운데 어려운 일을 겪으면 누구에게 의지할 수 있는 사람이 필요하다. 젊은 정신과 의사는 죽기에 앞서 함께 시간을 보낸 딸이 그의 멘토 역할을 했을지도 모른다. 플라톤의 경우는 소크라테스, 헬렌 켈러는 설리번 여사, 여호수아는 모세, 엘리사는 엘리야가 멘토였다. 그럼 나의 멘토는 누굴까?

어머니날에

    글을 쓰다 보면 가끔 나 자신과 가족의 이야기가 나온다. 무엇을 자랑하거나 부끄러워서 피하지 않는다. 지나간 날의 주소들이 밑거름이 되어 지금의 현주소에 서 있는 진정한 나를 발견하기 때문이다.

    오늘은 5월 둘째 일요일인 어머니날이다. 1900년 초 웨스트버지니아의 한 평범한 여성의 아이디어에서 유래된 어머니날에 먼저 나의 어머니를 생각한 다음 어느 환자 이야기를 해본다.

    내 어머님은 충남 청양에서 교육자 가정의 맏딸로 태어났다. 혼기가 다가오자 공주사범 1회 졸업생인 외할아버지께서 당시 서울 부청(현 시청)에 다니던 아버님을 사윗감으로 점을 찍으셨다. 문제는 충청도 양반 가문의 규수가 전라도 천 씨 집 며느리로 들어가는 것을 외가 어른들께서는 용납할 수 없는 일이었다.

    그러나 외할아버지는 집안 어른들의 반대를 무릅쓰고 어머니를 익산으로 시집보내셨다. 어머니와 아버님은 10년 뒤에나 외가 어른들께 인사드릴 수 있었다. 내 어머님은 6남매를 키우고 교육시키다

마흔아홉 살의 젊은 나이로 하나님 곁으로 가셨다.

꼬마 때 내 손목 잡으시고 유치원에 데려가시던 어머님, 초등학생 때 받기보다 주는 사람이 되라 하신 어머님, 중학교 때 김장 담그시다 말고 학교에서 돌아오는 내 입에 깨가 절절 떨어지는 배추 겉절이를 넣어 주시던 어머님, 고등학교 다닐 때 사내는 모름지기 세 뿌리(입 뿌리, 발 뿌리, X 뿌리)를 조심하라 시던 어머님….

대학 졸업반일 때 병든 몸을 이끄시고 대청마루 앞까지 나오셔서 마지막 학기말 시험 잘 보라며 등을 두드려 주시던 어머님, 두 아들 졸업식만은 꼭 보시고 싶다며 그 뒤엔 언제라도 데려가시라고 하나님께 기도드리던 어머님이었다.

매년 어머니날이 오면 나는 마음속 깊이 간직한 그런 어머님의 저고리 섶에 하얀 카네이션 한 송이 꽂아 드리고 있다.

환자 이야기이다. 환갑을 넘긴 여자 환자가 책상 건너편에 침울하게 앉아 있다. 그 분은 어머니날만 돌아오면 몹시 괴로워하며 긴장한다.

환자의 어머님은 지난 몇 해 동안 자신의 이름조차 기억하지 못하고 가족들도 전연 알아보지 못한다. 자신의 딸이 찾아와도 빈 조개 껍질처럼 아무런 감정표시도 없다가 돌연 "내 남편 뺏어간 화냥년은 저리 가라"며 삿대질을 해댄다.

젊었을 때는 큰 회사의 비서로서 기억력이 뛰어났던 환자의 어머니는 60세에 들어서자 기억, 집중, 주의력이 떨어지기 시작했다. 나이 탓이려니 했으나 어머니가 몇 번의 큰 실수를 저지르자 회사 측은 거의 강제로 조기 은퇴시켰다.

일생 동안 자식 키우고 일밖에 몰랐던 어머니는 취미 생활도, 가까운 친구들도 별로 없어 집안에 있는 시간이 많았다. 그러니 우울 증세가 안 나타날 리가 없었고 인지 기능도 날이 갈수록 떨어졌다.

노인들의 우울 증세는 치매 발생의 한 위험 요소이다. 성격도 옛날의 어머니가 아니게 거칠어지고 감정의 기복이 심해 뜻 맞추기가 마냥 힘들었다. 주위 사람은 물론 이제는 가족들까지도 의심하며 가끔 말도 없이 집을 나가 몇 시간씩 방황하게 되자 결국 가족들이 어머니를 보살피지 못하여 양로원에 모셨다.

노인 인구의 증가로 말미암아 노인병, 특히 인간성의 황폐와 존엄성을 무참히 짓밟아버리는 치매에 대한 관심이 높아졌다. 치매 증상을 일으키는 물질과 질병들은 몇 십 가지에 이른다. 중추신경 질환인 파킨슨병, 다발성 경화증, 전염성 질환인 에이즈, 매독, 뇌염, 기타 만성 약물 중독, 알코올 중독, 비타민 B12 결핍, 당뇨병, 고혈압, 외상성 두부 손상 등이다.

어느 정도 원인을 알 때는 일찍 손쓰면 병의 진행을 완화할 수 있다. 그러나 확실한 원인을 모르게 대뇌 신경조직의 퇴행 때문에 뇌세포들이 파괴되어 일어나는 알츠하이머 치매는 아직 명확한 치료법이 없다.

알츠하이머 치매는 가장 흔한 치매로 대부분 60세 이후에 나타난다. 가끔은 50대도 일어날 수 있고 나이 더 먹을수록 발병이 늘어나 85세 넘으면 거의 30-40%까지 이른다. 거의 모든 치매 환자는 시간이 지날수록 증상이 나빠져 발병한 뒤 10년 전후에 세상을 뜬다.

치매는 노인 여자분에 많고 처음엔 기억력, 사고력, 판단력, 집행력 같은 인지 증상이 오고, 뒤에 환각, 망각의 정신증 및 성격 변화, 공격성 등 신경 행동 증상이 나타나 가정과 사회의 문제점이 심각

176

한 병이다.

돌보아주는 사람이나 가족들이 자기 물건을 훔쳐 간다든지, 강간을 당했다든지, 남편을 뺏어갔다든지 하는 피해망상 때문에 생기는 난폭한 행동을 보일 때는 정신과 치료가 필요하다.

치료는 특별한 방법이 없다. 기억력과 인지기능을 향상해 줄지도 모른다는 추측으로 신경 전달물질인 아세틸콜린 양을 올려 주는 아리셉트(aricept) 등을 치매 초기나 중기에 사용하고 있다.

이런 약들은 단지 치매의 진행 속도를 늦추어 주는 역할만 할 뿐이다. 현재 뇌세포를 죽이게 한다는 아밀로이드(amyloid) 물질과 아포프로테인(apoprotein)을 줄여 주는 약도 개발 중이다.

정신증 및 신경행동증이 심해지면 부득이 항정신제를 사용할 수밖에 없는데 미국 식품약물당국은 치매 환자의 정신증 치료에 항정신제 사용을 공식적으로 인정하지 않고 있다. 이유는 항정신제를 사용했던 소수의 치매환자들이 갑자기 사망했거나 심장질환을 일으킨 사례가 있기 때문이다.

환자의 가족, 양로원 책임자들과 충분한 의견을 거친 뒤 항정신제를 투약해야 한다. 약물 투여 기간은 6개월 정도이며 잠시 약을 끊고 환자의 상태를 검토한 뒤 다시 투약 여부를 결정해야 한다.

예방은 첫째가 운동이다. 이틀에 한 번씩 매일 최소한 30분 이상 적당한 속도로 걷는 게 좋다. 그 외에 뇌 활동을 촉진하는 취미 생활을 계속하고 항산화물질, 이를테면 오메가3, 비타민E · C, 블루베리 등을 섭취하는 게 유익하다.

저의 어머님이 병상에 계실 적에 막내 숙이를 네 자식같이 돌보아주라고 가끔 말씀하셨다. 생전에 어머님께 효도를 못 해드렸다.

다만 눈코 뜰 새 없이 바빴던 미국 생활을 잠시 접고 서울로 건너
가 막내의 결혼식에 참석하고 돌아왔다. 막내와 팔짱을 끼고 신랑
한테 넘겨줄 때 난 속으로 울고 있었다.

무거운 침묵 끝에 환자가 입을 열었다.

"Doctor C, 어머니 보기가 너무 무서워요, 어떻게 하죠?"

환자에게 거침없이 답했다.

"그래도 찾아가 뵙고 오십시오. 여기 진정제 처방이 있으니 가기
전에 한 알 먹고요."

알아보지 못해도, 괴롭혀도 어머님이 살아 계신다는 사실 하나만
으로 환자는 나보다 행복한 사람이 아닐까?

삶과 죽음

최명희의 『혼불』에 이런 대목이 나온다.

"종가의 지붕 위로 훌렁 떠오르는 푸른 불덩어리를 보았다. 청암 부인의 혼불이었다. 잠시 멈칫하더니 검푸른 대밭을 넘어 들판 쪽으로 날아갔다."

왕 고양이만 한 야생 동물 하나가 공원 산책길에 죽어 누워 있다. 사람들이 그냥 지나가기에 그를 숲속으로 끌고 가 주위의 잡초와 풀잎을 주워 모아 무덤을 만들어 주었다. 지난번 다친 어깨가 좀 아팠지만 좋은 일을 한 것 같아 기분이 좋았다. 조금 더 걸으니,

We all love you, Rosemary!

라고 쓰인 분홍리본이 조그만 나무 십자가에 매달려 바람에 나부끼고 있었다. 어린 소녀가 자전거에서 떨어졌거나 다른 사람의 자전거에 치여 죽은 모양이었다.

우리의 말과 생각과 행동은 주위의 대기에 파장을 일으켜 우주의 많은 사물과 연결된다. 죽은 야생동물이 내뿜었던 공기와 로즈마리의 숨결이 대지에 떠다니다 나의 허파 속으로 들어오는 느낌이 든

다. 죽음과 삶을 다시 한번 생각해 본다.

영혼은 있을까, 있다면 사후의 삶은 계속되는 것일까? 몇 천 년을 걸쳐 수많은 철학자, 과학자가 머리를 싸매고 연구했지만, 아직도 풀지 못한다. 거기에 천당과 지옥 문제까지 끼어들면 인간들은 몹시 혼란스럽다.

확실한 것은 죽은 사람에게 묻는 것인데 그것은 불가능하다. 단지 임상적 죽음 선고를 받은 뒤 기적적으로 깨어난 사람들의 증언을 통해 어느 정도 추측할 뿐이다. 이 모든 의문은 결국 삶과 죽음의 문제로 귀결된다.

죽음이 우주 질서의 한 부분으로 빗겨갈 수 없다는 사실을 알면서도 우리는 다가오는 죽음에 대해 절망과 두려움에 떨고 있다. 죽음을 무의식 깊숙이 묻어두고 살고 싶으나 가까운 사람의 죽음을 겪을 때마다 다시 떠오른다.

120년 전 프로이트는 모든 정신 증상의 원인이 무의식 속에 억압된 성의 욕구 때문이라 주장했다. 그러나 대부분의 정신 질환이 죽음의 두려움과 연관되어 있음을 나는 환자들을 통해 알았다.

진흙탕 인생살이에서 상처받고 지친 뒤, 죽음을 생각하는 사람들의 마음을 치유해 주는 곳이 옛날에는 무당, 지금은 종교와 정신과이다. 그들 대부분은 자살하기에 앞서 성직자나 정신 영역의 종사자를 찾는다. 종교적 치유와 정신과 치료는 근본적으로 다른 과정을 밟는다.

정신과 치료는 감정, 대인관계, 영적 문제 등 개인 의사와의 관계에 중점을 맞추고, 종교적 치유는 기도 생활, 회개, 종교적 체험 등 초월자와의 관계에 중점을 둔다. 성직자와 정신과 의사는 다른 배경으로 배웠지만 서로 믿고 소통하고 보충하여 환자를 도와줄 수 있다.

특정 종교를 믿지 않아 지진이 일어났다는 종교관을 고집하는 종교인이나 학교에서 배운 지식과 환자 치료에서 얻은 경험만을 고집하는 정신과 의사의 자만도 옳지 않다.

과학 지향적인 현대 사회에 회의를 품은 현대인들은 안 보이고 안 들리고 숫자로 맞추지 못하는 영성 개념에 눈을 뜨고 있다. 미국 심리학 아버지로 불리는 윌리엄 제임스(William James)는 이미 20세기 초에 뇌 기능이 멈춘 뒤에도 생명은 계속될 수 있다는 가능성을 제기했다.

즉 죽음은 몸의 파괴일 뿐 태초로부터 존재한 의식은 영혼이란 매개체를 통해 이어진다는 동양의 영혼 재생설을 믿었다. 물리학자도 우주의 모든 개체는 서로 연결되어 있고 굉장히 빠른 속도로 정보를 교환한다는 퀀텀 이론으로 초물질계의 존재 가능성을 부인하지 않는다.

삶과 죽음, 영혼을 이야기할 때 사후 세계와 천당과 지옥을 빼놓을 수 없다. 종종 심장과 호흡이 멈춘 임상적 죽음 직후 얼마 있다가 되살아나는 사람들이 있어 주위 사람들을 당황케 만든다. 의사들은 그들의 체험담을 처음엔 그저 환상 정도로 알았는데 대부분이 비슷한 이야기를 하는 것을 듣고 지금 한창 연구 중이다.

두 남녀가 사랑에 빠져 결혼을 했다. 자식 낳고 행복하게 살다가 그만 귀여운 자식들이 교통사고로 죽었다. 부부는 심한 충격에 빠졌다가 다시 일어난 뒤 그럭저럭 살았다. 그러다 남편이 강도에게 피살되었다. 남편은 천당에서 먼저 간 자식들과 해후했는데 지상의 아내는 심한 우울증에 걸려 자살을 하고 만다. 자살한 아내의 지옥행이 뻔하여 천당의 남편은 고민에 빠졌다. 결국 천당을 버리고 아내를 만나러 남편은 지옥으로 향한다.

1998년에 상영된 영화 《천국보다 아름다운》(*What Dreams May Come*)의 내용이다. 사랑하는 이가 천당에 있는지 지옥인지 하는 물음이 스트레스를 줄 때도 있다. 물질적·현상적인 천당과 지옥의 존재를 떠나 천당을 지옥으로, 지옥을 천당으로 만드는 일은 각자 마음속에 있다는 『실락원』의 저자 밀톤(John Milton)의 말이 떠오른다.

삶을 소유물처럼 생각하면 삶에 집착하여 죽음이 두렵고 무서워진다. 우리의 삶은 창조주, 부모 그리고 우주로부터 받았다. 소중히 간직하여 돌려드릴 때까지 매일매일 열심히 살아야 하지 않을까?

버리다 보니

한 동네서 근 40년 넘게 살다가 두 달 전에 이사했다. 자식과 맺어진 끈끈한 핏줄의 정 때문에 따뜻한 지방으로 가지 못하고 딸애가 살고 있는 동네 근처로 옮겨 왔다. 옛날 양반 조상들은 이사 가기에 앞서 집의 방향과 이사 갈 날짜 등 풍수지리를 잘 살폈다.

또 이사하는 날 새집으로 들어가기에 앞서 맨 먼저 했던 일이 새집 대문에 나쁜 액운이 들어오지 못하게 소금을 뿌렸다 한다. 이렇게 이사는 인생 대사의 하나로 매우 중요하게 여겼다.

정신과 의사도 환자의 상태가 좋지 않을 때는 특별한 경우를 제외하고 이사를 권고하지 않는다. 이사로 말미암은 환경의 변화가 환자의 정서적·정신적 스트레스를 높여 주기 때문이다. 심리학자 존 알렌(John I. Allen)은 『습관이 어떻게 인간을 인간답게 만드는가?』란 저서에서 인간의 뇌는 진화론적으로 자신의 공간과 강하게 엮어져 있는 친화성을 보인다고 한다.

나는 풍수지리사나 점쟁이를 만나는 수고는 안 했지만 짐 챙기고, 짐 버리고 하는 일이 무척 고생스러웠다. 주위 사람들에게 "나이 들어 이사할 게 아니다"란 말도 잊지 않는다.

버릴 게 너무 많았다. 모두가 나와 내 가족의 체취가 풍기는 삶의 흔적이었다. 버리고 싶지 않은 물건도 있었지만 이사 가는 집이 비좁아 버릴 수밖에 없었다. 쥐새끼처럼 왜 이렇게 많은 물건, 특히 무거운 책을 간직하여 모아 놓았을까?

저장이 습관이 된 사람이 따로 있는 게 아니라 바로 내 자신이었다. 그래, 아낌없이 버리자, 소유와 집착의 노예로부터 자유롭게 벗어나자. 짐을 정리하며 오래전에 어느 환자로부터 받은 카드가 내 눈을 끌었다.

"아무개가 당신 환자요?"

9·11 테러 사건이 터진 일주일 뒤 경찰서에서 걸려온 전화였다. 환자의 개인 신상에 대한 비밀 보장 이유로 망설이자 경찰은 내게 환자를 직접 바꿔 주었다. 환자가 들려주는 이야기는 대충 이렇다.

환자는 당시 직업학교에 다니고 있었다. 오후 수업을 마치고 집으로 오는 전철 속에서 그날 배운 전기회로 실험을 복습하고 싶었다. 가방 속에서 여러 개의 가느다란 전깃줄, 조그만 전구, 스위치, 테이프 등을 꺼내 널빤지 위에 늘어놓았다.

달리는 열차의 진동 때문인지 실험이 잘 되지 않아 짜증이 나던 참에 여자 승무원이 지나가다 무엇을 하느냐고 물었다. 그는 무심코,

"폭탄 실험이지."

라고 대답했다. 여승무원의 놀란 안색을 보고서야,

"아닙니다, 난 학생으로 방금 배운 실험 연습을 하고 있죠."

하고 말을 바꿨다. 그러나 조금 후에 남자 승무원들과 기내 경찰이

그를 에워싸며 승객들을 다른 기차간으로 대피시키는 소동이 벌어졌다.

그는 폭탄이 아니라고 계속 설명했으나 경찰의 수갑이 채워진 채 다음 역에서 강제로 내렸다. 테러 용의자로 의심을 받아 경찰서에서 몇 시간 동안 고된 심문을 받았다. 나중에 자기는 정신과 환자로 현재 치료를 받고 있다고 했다. 그래서 병원으로 연락이 왔던 것이다.

18세기 중엽 유럽에서는 정신병 환자가 범죄를 저질렀을 경우 정상인과 똑같이 재판을 받는 것이 불공평하다고 생각했다. 그 결과 만들어진 것이 《야수법》(Wild Beast Law)이었다. 정신병환자를 사람이 아닌 짐승으로 여겼던 모양이다.

그 뒤 한 세기가 지나 영국에서 맥나튼(McNaghten)이란 사람이 영국 수상을 암살한다는 게 실수로 수상의 비서를 살해한 사건이 생겼다. 당시 가해자는 재판에서 정신병 때문에 옳고 그른 것을 판단할 능력이 결핍된다는 이유로 무죄를 선고받게 된다.

미국에서도 맥나튼 법(McNaghten Rule)과 비슷하게 "미쳐서 무죄"라는 판결을 많이 하고 있다. 이런 판결이 날 때마다 일반 대중들은 법이 가해자에게 너무 관대하고 피해자를 두 번 죽이는 것이라 불평을 한다. 법정에서 가해자인 정신병 환자에 대해 임상소견을 증언한 정신과 의사에게도 증오의 눈초리도 보낸다.

피해망상 정신분열증 환자였던 존 힝크리(John Hinckley, Jr)의 레이건(Ronald W. Reagan) 대통령 저격 사건 이후 미국 여러 주에서는 미쳐서 무죄란 법을 더 이상 받아들이지 않는다. 또 어떤 주는 정신병 환자라도 범죄를 저지르면 일단 유죄를 선고하고 감옥 대신 정신병원에서 장기간 치료를 받게 하고 있다.

담당 정신과 의사인 나도 앞 환자의 재판에 관여하게 되었다. 당시 테러에 대한 두려움이 가득한 미국 사회 여론에도 불구하고 환자는 정신 질환으로 인한 충동적 행동이란 이유로 다행히 무죄를 선고받고 풀려 나왔다. 짐 정리하며 내 눈에 띈 것이 그때 환자로부터 받은 감사 카드였다.

그 카드도 버리고 왔다. 영원히 지닐 수 없는 물건에 정을 붙이는 것은 어리석은 일이다. 카드와 함께 버려진 수많은 물건은 내가 그들을 무의미하게 생각하고 있다는 듯 서운한 표정을 짓고 있는 듯싶었다. 그것들을 버리지 말고 가져와야 했을까?

사랑이란 무얼까

에릭 프롬이 이런 말을 했다.

"사랑은 몸소 행한 행동이다."

"사랑다운 사랑 한번 해보고 죽고 싶어요."

오래 전에 만났던 60이 다된 어느 여자 환자의 하소연이다. 이제 껏 살면서 제대로 된 사랑 한번 못한 게 한이란다. 자기 자신마저 도 진정으로 사랑해 본 기억이 없는 것 같다고 했다.

"뭐가 사랑인데요?"

그분에게 물었다.

"그걸 잘 모르겠네요. 알았다면 벌써 해 보았겠지요."

"그럼 사랑이란 것을 잃었다고 느낀 적은 있었나요?"

"많았죠. 특히 내가 우울증에 빠져 있을 때였죠."

환자가 원했던 사랑은 단순한 남녀관계를 넘어 자신의 영혼을 흔 들어 줄 그 이상의 무엇을 추구하는 듯싶었다. 자기가 심한 우울증 에 빠져 괴로움을 당하고 있을 때 사랑의 의미를 잠시 알 뻔했다고 웃음 지었다. 슬픔에 빠진 사람을 돌보아주고 동정심으로 감싸주는 게 사랑이 아닐까 하는 느낌이 들었다.

자신이 행복할 때보다 슬픈 마음으로 꽉 차 있을 때 사랑에 대해 더 많이 생각했다며 우울증이 한편으론 사람을 성숙하게 만들어 주는 모양이라고 말했다. 그러나 사랑의 의미를 좀 더 알아보고자 다시 우울증에 빠지고 싶지는 않다며 두 손을 설레설레 흔들었다.

인디아나주 어느 작은 도시에 36세 된 여인이 살고 있다. 그 여인은 20세에 큰 교통 사고를 겪었다. 마을교회 예배에 피아노를 치러가다가 차가 미끄러지는 바람에 길가의 전봇대에 받혀 목뼈가 부러졌다. 그 사고로 말미암아 목 아래 신체 부분은 움직이지 못한다. 단지 팔 안쪽과 손목 부분만을 아주 약하게 움직여 줄 뿐이다.

신의 가호인지 사고를 겪은 지 4년 뒤에 착하디 착한 고등학교의 애인이 그를 아내로 받아들였다. 아침에 이 닦아주고 샤워시켜주고, 똥 오줌주머니 갈아주고, 옷 입혀주고, 밥 먹여주는데 두 시간 이상이 걸린다. 그런 일을 남편과 가족, 교회의 자원봉사자들, 그리고 주 정부에서 파견한 간호보조사들이 번갈아 가며 하고 있다.

이제 자동 휠체어를 움직이는 훈련을 받아 지금은 어느 정도 간단한 집안일은 몸소 해결한다. 큰 사고를 겪었어도 정상적인 월경과 배란이 가능해 남편은 아내를 설득하여 임신을 성공시킨다. 여인은 다행히 수술하지 않고 정상 분만을 하여 건강한 세 아이의 자랑스런 어머니가 되었다.

여인은 감각이 없어 아이의 체취를 느끼지는 못하지만 갓 난 아이를 가슴에 품고 젖을 먹일 때는 자신이 이 세상에서 가장 행복한 여자란 생각이 든다. 미국 신문에 난 기사이다.

젊은 시절에 김형석 교수님의 수필을 즐겨 읽었다. 어쩌면 교수님의 글이 어느 정도 내 인생의 길잡이가 되었을지도 모른다. 교수님이 아직 생존해계시고, 뇌출혈로 쓰러진 사모님이 돌아가실 때까지 근 20여 년 동안 돌보아주셨다는 사실을 교수님 친척 되는 분이 게재한 신문을 통해 알았다.

우울증 환자 그리고 두 분의 이야기는 사랑에 대해 다시 한번 생각해 보는 계기가 되었다. 사랑이란 무얼까? 성적 쾌감, 외면적 행복감 같은 낭만적 사랑은 오래 가지 못한다. 감정이 소멸하면 그런 사랑은 사라진다. 심리학자 에릭 프롬(Erich Fromm)의 말대로 감정의 영역을 넘어 무언가를 행동으로 보여주어야 한다.

상대를 지켜주고 싶은 감정 이입 상태가 바탕이 되어 울퉁불퉁한 삶의 길을 포근히 포장해주는 행위로 생각하면 된다. 그런 마음가짐은 먼저 자신의 영적 성장이 필요하고 거기에 노력과 의지의 살이 붙어야 한다.

김형석 교수님의 말대로 인내와 신뢰, 우울증 환자와 인디아나 여인의 남편 말대로 동정심과 보살핌이 그것이다. 사랑은 누군가의 삶의 질을 높여 주는 그림자로써 꼭 따라 다녀야 될 듯싶다.

사랑은 결코 일생에 꼭 한 번만 있는 것도 아니다. 불행한 일을 당한 뒤에도, 병이 들어도, 우울증에 빠졌을 때도 나날의 삶을 살 수 있도록 사랑을 주는 사람이 있으면 다시 한번 누군가를 진하게 사랑할 수 있는 기회와 용기가 생겨난다.

지구촌을 떠나기 전 난 얼마나 많은 사람의 삶의 질을 높여 주는 사랑의 그림자 역할을 했는가? 부끄러운 생각이 든다.

세도나 여행

"그냥 살아 있다는 사실은 중요하지 않다. 어떻게 사느냐가 문제이다."

주요 공휴일에 떠나는 휴가는 첫날부터 혼이 반쯤 나가 있다. 폭설 주의보가 아직 해제되지 않은 크리스마스이브 이른 아침, 내가 사는 지역은 아직도 가느다란 눈발이 휘날리고 있다. 길가 주변엔 제설차가 버리고 간 군데군데 눈덩이가 조그만 동산을 이룬다. 폭설 때문에 잠시 폐쇄되었던 공항은 사람들로 붐볐고 바쁘게 움직이는 그들의 모습은 반이 아니라 온전히 혼이 나간 모습이다.

기후가 나빠 비행기 스케줄이 취소될지 알았는데 애리조나 피닉스 행은 정시 출발로 되어 있어 좀 이상했다. 눈, 비, 얼음, 바람으로 뒤섞인 활주로에서 거의 2시간을 서성거리던 비행기는 대지를 박차고 힘들게 창공으로 솟아올랐다. 구름 위의 하늘은 밝은 햇살이 내리 쬐고 있었다.

구름 위아래가 이처럼 다른 것은 이상과 현실의 차이도 다름을 설명해 주는 듯싶었다. 자식들이 추수감사절 때 모두 다녀간 뒤라

연휴엔 쉴까 했는데 아내의 제의를 받아드려 정기가 서려 있다는 세도나 여행을 결정했다. 무한 경쟁 시대에 살아남으려면 배터리 충전이 필요하다.

비행기가 일리노이, 미조리, 칸사스, 콜로라도, 뉴멕시코 상공을 지나는 동안 내려다보이는 대지는 온통 하얀 카펫을 깔아놓은 것처럼 보였다. 도를 깨우치고 내려오는 수도승의 하얀 백지 같은 마음 같았다.

나는 비행기가 지구와 멀리 떨어진 고공 항로에 접어들면 두 가지 버릇이 나타난다. 하나는 나 자신이 지구촌과는 아무 연관이 없는 사람으로 하늘 아래 민초들의 삶을 감상해 본다. 정신과에서 말하는 비현실감이다.

또 하나는 나의 삶을 음미해 본다. 반딧불을 쫓고 아이스크림을 핥으며 소나기 피해 원두막으로 뛰어들던 즐거운 유년 시절, 내가 바라는 세상이 아니고 내가 원하는 자기가 아니었기에 무수한 별들만 세어보던 불면의 사춘기, 몰라서 용감했는지 무슨 일이든 겁 없이 손대던 정열의 청년 시절, 정신없이 지나가는 시간을 뒤돌아볼 여유도 없이 누에가 실을 뽑듯 일만 했던 장년 시절, 어쩌다 보니 지천명(知天命)을 넘어 이제 이순(耳順)의 중턱을 올라가고 있다. 심리학자 에릭슨(Frederick Erickson)의 말대로 과거를 현재로 묶어 인생을 결산하는 초로에 서 있는 셈이다.

내 생각을 흩뜨려 놓으려는 듯 기장의 목소리가 들렸다.

"갑작스런 대기압력 변화로 기체에 진동이 있으니 안전 벨트를 매 주십시오."

무사히 피닉스에 도착하여 휘날리는 야자수를 보니 따뜻한 곳에 왔다 싶었다. 그런데 피닉스도 눈만 없지 쌀쌀한 날씨였다. 곧 바로 차를 빌려 세도나로 향했다.

선인장이 자라는 사막지대를 지나 한 시간쯤 더 가니 붉은 바윗돌이 하나 둘 보이기 시작하면서 세도나 마을 근처는 아예 붉은 바위산들로 둘러싸여 있었다. 옐로우스톤 공원에도 붉은 바위들이 있었지만 비할 바가 아니었다. 이렇게 아름다운 미국 땅에 살고 있는 나 자신이 자랑스러웠다.

경제도 좋지 않고 시즌도 아니라 한산할 줄 알았는데 주차장을 찾기 어려울 만큼 호텔은 만원이었다. 세도나 바위산에서 기가 나온다는 소문이 퍼져 세계 각지에서 사람들이 몰려들기 때문이란다.

세도나에 머무는 동안 비가 내려 골프는 포기하고 단요가(丹 Yoga) 총본부가 있는 마고 가든(Mago Garden)에 들렀다. 한국이 개발한 단요가는 지금 미국에서 한창 유행 중이고 아내도 단요가의 평생회원이라 한번 방문하고 싶었던 곳이다. 세도나 마을에서 1시간 거리에 위치했는데 후반 25분은 비포장도로라 운전이 힘들었다.

차가 붉은 흙덩이, 붉은 모래알, 붉은 자갈로 반죽된 웅덩이 들을 지날 때마다 내 엉덩뼈가 출렁거려 "한 발짝 옮기니 이 손가락 마디가 또 한 발짝 옮기니 저 손가락 마디가 떨어져 나갔다"는 소록도 문둥병 시인의 『향토길』 시구가 생각났다.

단요가는 단학(丹學)을 바탕으로 한다. 모든 생명 에너지를 보관하는 단전은 배꼽 아래 5㎝, 배 안쪽으로 5㎝쯤 위치하며 열두 개의 관을 통해 각 장기에 배달되었다가 돌아온다. 관에는 곳곳에 관문이 있어 생명력을 체크하는데 만약 무슨 이상으로 기가 통하지 않으면 침술, 지압술, 뜸 술 등으로 고쳐주는 방법이 동양 의술이다.

192

공휴일 기간이지만 수도원 직원의 배려로 2박 3일 코스의 뇌 호흡 훈련을 3시간 반에 끝냈다. 뇌는 우리의 사고, 감정, 행동을 총괄하는 장기로 생명 에너지를 가장 많이 소비하며 특정 뇌 부분과 밀접하게 연관되어 있다.

따라서 그런 뇌 부분을 활성화하면 긍정적 감정, 생산적 행동, 건전한 사고를 유도하는 뇌 훈련을 시킨다고 한다. 뇌를 전공한 정신과 의사로서 질문이 많았지만, 사범님의 말씀에 연실 고개만 끄덕였다. 사실 뇌는 골고루 발달해야 정상적인 사람이 되는 것이지 어느 한쪽 부분의 뇌만 훈련하는 방법은 정신과에서 권장하지 않는다.

세도나 주위의 큰 붉은 바위산 들은 제각기 이름을 가지고 있다. 대성당 바위, 종 바위, 커피잔 바위 등이 있는데, 그 가운데 대성당 바위와 종 바위에서 기가 가장 많이 나온다기에 종 바위를 선택해 올라갔다.

붉고 거대한 바위는 나를 압도했다. 끊임없이 내리 쬐는 태양열, 불어대는 바람, 떨어지는 빗방울에 조금씩 조각된 붉은 바윗돌의 모습은 정말 장관이었다. 이들은 무수한 생명의 희생으로 만들어진 피라미드나 만리장성이 아닌 오직 자연과 무구한 세월의 흐름 속에 생겨난 인자한 신의 얼굴처럼 보였다.

세도나 산골에 왜 이런 거대한 붉은 바위를 세워 놓았을까, 정말 기가 나오는 걸까, 볼 수 있는 것은 땅 위의 형상이지만 보이지 않는 바윗돌 속엔 무엇이 어떻게 생겼을까, 신이 살고 계실까, 인간은 풀 수 없는 문제에 부딪히면 나는 무엇이고, 삶과 죽음은 무엇이며, 사후 세계란 무엇인가 하는 존재 회의에 휩싸이고 만다.

삶의 굴레의 한 가운데서

이런저런 상상을 하며 붉은 바윗돌 위에 손을 얹어 보았다. 차가울 뿐 열기나 정기는 느껴지지 않았다. 아마 뇌 훈련이 부족해서 그럴까? 인간의 뇌도 오랜 세월을 거쳐 진화해왔다.

처음에는 하급 동물같이 생명 유지에 필요한 뇌간만 있다가 점차 감정을 표현하는 변연계 뇌가 형성되고 그 뒤 고도의 사고와 언어를 구사할 수 있는 사고의 뇌로 발전되었다.

깊은 명상이나 큰 깨달음에 도달하려면 가장 발달한 사고의 뇌 기능에서 가장 원시적인 뇌간의 상태로 돌아가야 한다. 내가 붉은 바위의 정기를 못 느낀 사실은 깨달음이 적기 때문으로 뇌 훈련이 더 필요한 모양이다.

정신과 치료, 목회 상담, 민속신앙

원시시대에는 사람의 몸에서 넋이 나가면 큰 병에 걸리거나 미친다고 믿었다. 그래서 방황하는 넋을 불러내 다시 환자의 몸에 돌려주는 일을 무당이 맡았다. 영혼을 어루만져 주어 미친 사람을 치료하는 굿 또한 무당의 일이었다.

그리스 시대는 철학자가, 중세에 들어서는 성직자가 치료 바통을 이어 받았다. 18세기 산업 혁명 이후에나 의학적 지식에 근거한 치료자로 정신과 의사가 나타났다.

그 뒤 아무리 과학과 의학이 발달해도 무당은 점술가나 민속치유자로, 성직자는 목회상담사로 이름을 바꿔 정신병 치료에 깊이 관여하고 있다. 옛날엔 그들은 정신과 의사와의 관계를 적이나 경쟁자로 서로 밀고 당기는 게임을 했다. 시간이 지날수록 정신의학 역시 치유의 한계를 깨닫자 모두가 동지와 협력자의 관계로 바뀌는 계기를 마련해 준다.

20세기 중반에 정신과 약이 발명된 뒤 정신병 치료는 획기적인 상승세를 타고 있었다. 그런 와중에 겉으로 나타나는 증상뿐만 아

삶의 굴레의 한 가운데서

니라 인간 내면의 심리적 문제들을 약물이 아닌 대화를 통해 해결해 보려는 노력이 일어나기 시작했다. 바로 프로이트를 중심으로 무의식의 갈등과 욕망 등을 의식화시켜 환자의 마음을 편안케 해주는 정신분석치료가 그것이다.

비슷한 시기에 성직자들은 너무 경직되고 억압된 신학 이론과 숨막힐 것 같은 종교 체제 속에서 여러 역할을 맡고 있었다. 이에 지친 일부 성직자들이 다른 영역으로 눈을 돌렸다. 전통적 신학적 가르침과 윤리성에 치중하는 목회로는 심적 고통을 호소하는 신자들의 마음을 확실히 달래줄 수 없음을 알았다.

그들은 심리학, 특히 칼 융의 정신분석이론에 흥미를 품고 종교와 심리학의 접목을 시도했다. Religio-Psychiatric Clinic(종교 정신 진료소)이 미국 뉴욕에 생긴 게 한 예이다.

정신분석이론의 두 기둥인 프로이트와 융은 둘 다 무신론자였다. 과학적·인과론적 경향이 강했던 프로이트는 인간을 신에게 의존하게 만드는 종교를 공개적으로 비판했다. 반면 비과학적, 신비적 생각을 가졌던 융은 신을 믿지는 않았지만, 신의 존재는 이해하려고 노력했다.

융은 지금 괴로워하는 심적 문제가 과거에 일어났던 어떤 사건, 곧 성적 억압 때문이란 프로이트의 인과론에 치중하기보다 앞으로 일어날지도 모르는 상황에 대비하려는 시도일 거라는 목적 지향적 생각을 펼쳤다.

융은 집단무의식 속에 인류가 긴 세월 동안 함께 경험한 여러 사건이 비슷한 상징으로 남아 있는 것을 원형이라 이름 붙였다. 이런 원형들이 자자손손 대를 거쳐 전해 내려오며 상황에 따라 우리에게 동일한 생각과 감정을 나타내게 하는 것이라고 했다. 원형은 또한 개인무의식 속에서는 꿈을 통하거나, 아니면 의식 세계 속에서는 신화, 전설, 민속신앙 등으로 우리에게 다가온다는 주장이다.

융은 집단무의식 속에 각기 다른 상징으로 모여 있는 모든 원형을 합친 메타 원형이 신의 형상일 거라고 보았다. 또한 인종, 민족, 문화권에 다양하게 존재하는 여러 원형이 일종의 애니미즘인 종교의 원리라고 생각했다.

애니미즘은 생물이나, 무생물에 관계 없이 모든 자연계의 사물에 영혼이 있다는 생각이다. 이는 일신교인 예수교, 이슬람교, 유대교에서 원형은 하나뿐이라고 주장하는 것과 다르다. 예수교에서 보면 미신이요, 사교인 것이다.

문제는 약물치료, 심리 치료, 종교 상담을 함께 해도 정신병증세가 좋아지지 않는 환자들이 많아졌다. 결국 등장한 것이 혼(영혼 또는 넋)이다. 지금까지 정신의학은 정신병을 이해하려고 한 개인의 생물학적·심리적·사회적 요인 찾기에 초점을 맞췄다. 이제는 여기에 영성적(spiritual)을 하나 더 포함하였다.

기독교 역시 정신병으로 고통받는 신자 상담에 융 심리학을 응용하기보다 기독교 근본주의 개념인 영혼의 구제와 내세의 희망에 더 힘을 실어주며 정신의학이나 심리학과 거리를 두기 시작했다.

조사 결과는 근본주의 개념이 정신과 환자나 정신병을 앓는 교회 신자 모두 증상들이 좋아지는 것을 보았다. 정신의학과 종교 상담이 가는 길은 다르지만, 환자 치료에 초월적·추상적 대상인 혼이 중요한 이슈임을 알았다.

어느 사회학자의 말대로 종교는 영혼을 인정할 때 빛을 낸다. 원시시대의 무당 역시 혼과 대화하는 의식이기에 단순히 미신이라고 비난만 할 게 아니다. 그들은 민속신앙을 바탕으로 미친 사람을 치료했다.

결론적으로 정신의학과 종교, 민속신앙은 각기 치유선상의 끝과 끝에 대치하고 있는 게 아니고 가장 중요한 중간 선상에 함께 위치하고 있는 형상이다.

권총과 외상 후 스트레스 장애

대도시의 큰 정신병원 응급실에 근무하다 보면 경찰관들과 자주 접촉할 기회가 많다.

"Hey Doc.(의사의 애칭) you got a piece?(당신 권총 가지고 있소)?"

어느 날 한 시카고 경찰관이 묻는 말이다. piece는 권총의 속어이다.

"그런 거 없는데, 왜요?"

라고 대답했더니 그가 이렇게 말했다.

"참 딱하구려, 하나밖에 없는 목숨 길바닥에 내던지고 다니시는구먼. 자기 목숨 자기가 지켜야지."

"아니, 경찰관 양반, 나라 법이 있지 않소."

하는 내 말에 그가 이렇게 말했다.

"Doc. 몰라도 너무 모르는군, 죽은 다음에 무슨 법이 필요하답디까."

미국의 열 집 가구 가운데 평균 일곱 집에 총기가 있으며 성인 남자 열 명 가운데 여덟 명, 성인 여자는 네 명이 총기 소유자이다. 또 총기 개수는 미 국민 전체 수보다 훨씬 많다. 그래서 특히 운전할 때 주의해야 한다.

상대가 잘못했더라도 크게 경적을 울리거나 다투게 되면 재수 없게 개죽음을 당할 수 있다. 사람은 이성보다 감성이 앞선 맹수에 가깝기 때문이다. 상대편 운전자가 어떤 일에 이미 화가 나 있는 상태에서 누가 다시 감정을 건드리면 물불을 가리지 않고 행동한다.

미국의 총기 사고는 어제오늘 일이 아니다. 총기로 너무 많은 사람이 매일 죽어간다. 내가 거의 반세기를 미국에 살 동안 총기규제에 대한 큰 변화는 없다. 법을 만드는 의회의 정치인들, 특히 공화당 출신들이 움직이지 않는다.

강력한 이익집단인 미국총기협회가 다음 선거에 막대한 돈을 퍼부어 총기 규제 해당 정치인을 낙선시키기 때문이다. 또한 총기협회는 총이 사람을 죽이는 게 아니라 사람이 사람을 죽인다는 궤변도 늘어놓는다. 영구적 법이 아닌 대통령 행정 명령으로 조금은 규제가 가능하나 정권이 바뀌면 정책이 다시 뒤돌아간다.

미국의 헌법에도 문제가 있다. 미국 독립전쟁 때 수훈을 세운 민병대의 영향으로 모든 미국인은 자신을 지키고자 총기를 소유할 권리가 있다는 법을 수정헌법에 명시한 것이다. 200년 이상이 지나도 그 법은 그냥 그대로 남아 있다.

총기 사고 가해자는 대부분 백인 남성이다. 아직도 상당수의 백인 남성들은 서부 개척 시대에 권총을 가지고 다녔던 남성적 매력이 마음 한구석에 남아 있는 듯싶다.

요즘 코로나 전염병 유행 때문인지 미국 각지에서 대형 총기 사고가 자주 일어난다. 대형 사고가 생겨도 이제는 일상의 일처럼 느껴 며칠 지나면 잊어버린다. 오늘도(2021년 4월 16일) 인디애나 주 인디애나폴리스에서 총기 사고로 8명이 죽었다. 미국은 지금 대통령 권한이 미치는 선에서 총기 규제 행정 명령을 내렸다.

총기 부품을 구입하여 집에서 쉽게 조립할 수 있는 총기 수를 줄이고자 부품도 정부 기관에 등록해야 하고, 권총에 자동소총 역할을 할 수 있는 보조 기구의 구입을 억제하고, 총기 사고를 일으킨 총기 회사는 죄가 없다는 규정을 취소하도록 노력하고 있다.

환자 얘기이다. 마흔이 갓 넘은 잘생긴 백인 남자였다. 몇 년간 불안 증세를 보이다가 우울증까지 얻어 진료실을 방문했다. 한때 병원에 수술 기구를 제공하는 유능한 판매원이었는데 경제 불황이 닥치자 병원 예산이 줄어 회사에서 해고되었다.

그 뒤 트럭을 몰고 시카고 전역의 소매점에 망치, 스크루 드라이버 등 각종 공구를 배달하는 일을 하고 있다. 하루는 트럭에 잔뜩 공구들을 싣고 가다가 권총을 들이대는 세 명의 괴한에 공구를 모두 뺏기고 구타까지 당해 실신했던 사건이 생겼다.

그 뒤부터 그는 항상 긴장된 상태로 하찮은 일에도 가슴이 뛰어 깜짝깜짝 놀라고 잠이 들어도 악몽에 시달렸다. 어느 때는 자신이 지금 괴한들에게 폭행당하는 옛날 모습이 뇌 속에 생생히 비쳐 어디론가 도망치고 싶은 생각도 들었다.

점점 의욕이 떨어지고, 출근하기도 무서워지는 외상 후 스트레스 장애를 앓고 있었다. 그의 직장에 4주간 병가가 필요하다는 의사의 소견서를 써주고 여행이나 다녀오라고 일렀다.

그는 아내와 함께 자기가 좋아하는 작가 토머스 월프(Thomas Wolf)가 태어난 노스캐롤라이나 에슈빌의 생가에 들렸다. 방문 기념으로 월프 생가의 집안 모두를 세밀히 카메라에 담아 가지고 왔다.

그런데 집에 돌아온 일주 후에 월프 생가가 원인 모를 화재로 전소됐는데 복구 작업에 어려움을 겪고 있다는 신문 기사를 읽었다. 에슈빌 시청에 연락하여 자신이 월프 생가의 자세한 사진을 가지고 있다고 알렸다.

에슈빌 시 당국은 그가 보내준 사진을 참조하여 복구 작업이 쉽게 진행되고 있다는 기사가 신문에 실렸다. 그는 많은 시민의 감사 편지와 시장의 초청을 받아 다시 에슈빌을 찾았다.

진료 날짜에 진료실에 들어올 때의 그는 예전의 그가 아닌 생기 발랄한 중년 남성이었다. 그를 치유한 것은 정신과 의사도 아니고, 항우울제도 아닌 아마 죽은 토머스 월프의 혼이 아닐까 하는 생각이 들었다.

1973년 6월 17일

뇌세포 속에 묻혀 있던 기억을 족집게로 집어내듯 밖으로 끌어내 햇빛을 보게 하면 어떨까? 추억은 고통을 안겨주지 않는다. 입 언저리에 미소를 남겨줄 뿐이다.

한국에서 살다가 미국으로 이사 온 날이 1973년 6월 17일이다. 이민이 아닌 이사라는 말을 쓴 것은 내가 장남이라 미국에서 수련과정을 끝내고 서울로 돌아갈 계획이었기 때문이다. 시카고 오헤어공항에 첫 발을 내디딘 이래 48년 동안 한 도시에서 살았다.

정이 들 대로 든 제2의 고향 시카고를 떠나 작년에 정신과 의사 명찰을 떼고 은퇴한 뒤 아들이 사는 텍사스 어스틴으로 거처를 옮겼다. 삶이 자기 마음대로 안 되는 인생길이란 걸 다시 한번 느꼈다.

시카고 도착 5일째 날 수련 받을 병원 근처로 아파트를 구하러 나섰다. 6월 중순 찌는 듯한 더위인데도 인상을 좋게 보이려고 하얀 와이셔츠에 넥타이로 정장을 하고 돌아다녔다. 길가는 사람들이 마치 동물원의 희귀한 짐승처럼 나를 힐끗힐끗 쳐다보는 것 같았다. 나중에 알고 보니 이런 더운 날 정장 차림으로 거리를 돌아다니는 사람을 본 적이 없다고 했다.

며칠 동안 아파트를 물색하며 정말 희한한 광경에 놀랐다. 젊은 여자는 말할 나위도 없고, 중년 부인, 심지어 할머니뻘 되는 여자들의 배꼽이었다. 한국에서는 수영장에 가야 배꼽을 볼 수 있는데 이곳은 수영장이 아닌 곳에서도 심심치 않게 볼 수 있었다. 미국은 양반이 살 곳은 아니구나 하면서도 신기하여 하루는 그 수를 세어 보았다.

정장 차림의 고행 끝에 병원 근처의 Furnished Apartment(침대, 소파, 책상 등 최소한 생활을 할 수 있는 가구들이 갖추어진 아파트)를 구해 아내와 한 살 반, 겨우 100일을 갓 넘긴 두 딸을 데리고 들어갔다.

입주한 날 밤에 쥐들이 돌아다녀 혹시 잠들고 있는 두 딸이 해를 입을까봐 아내와 나는 밤새 빗자루를 들고 쥐들을 쫓아내야 했다. 서울에서는 한강변의 아파트에서 살았는데, 지금은 정말 실망이 컸다. 다음날 아파트 주인이 2주 동안 집을 비워두어 그랬다며 쥐구멍을 막아 주어 그런대로 괜찮았다.

아파트에 짐을 푼 뒤 인턴 수련을 시작한 게 7월 1일 이었다. 병원 당국은 이미 알파벳 순서로 인턴 당직표를 짜놓아 C로 시작하는 내 성명 때문에 근무 첫날 당직을 섰다. 처음으로 묵직한 비퍼(beeper, 지금은 아주 가벼워졌지만, 그때는 경비원의 워키토키처럼 무겁고 컸음)에서 울려 퍼지는 간호사들의 호출 소리를 잘 알아듣지 못해 무조건,

"몇 층?(What floor)?"

이라고만 묻고 또 한 번 밤새도록 병원 엘리베이터를 오르락내리락

했다. 그다음 날 아침이 되니 평생에 다리가 그렇게 아파보기는 처음이었다. 《울려고 내가 왔던가》의 노랫가락이 나도 모르게 튀어나왔다.

이틀 후인 7월 3일 저녁부터 밖이 소란하더니 밤이 되자 "땅, 따당" 하는 총소리가 계속 들렸다. 어느 때는 폭탄 터지는 소리처럼 컸다.

"아이고, 전쟁이 터졌구나."

하는 생각과 더불어 이곳까지 와서 젊은 아내 과부 만들고 어린 두 딸을 잃게 되는 게 아닌가 하는 두려움에 떨었다. 다음 날 아침, 전쟁이 아니라 독립기념일을 경축하기 위한 불꽃놀이임을 알고서야 나 자신이 한심하게 여겨졌다. 우리가 태어나 자라고, 배우고, 보았던 고국을 떠나 문화와 풍습이 다른 나라에서 겪는 문화적 충격이었다.

시카고에 둥지를 튼 지 두어 달 되었을까? 그 유명한 시카고대학에서 강의를 들을 기회가 있었다. 차를 몰고 대학 근처에 갔는데 주위 동네가 온통 흑인들만 사는 것 같아 미국인지 아프리카 온 건지 잠시 혼란에 빠졌다.

먼저 온 선배들의 말을 들으면 시카고가 미국 대도시 가운데 흑인들에 대한 인종 분리와 차별이 가장 심하다 했다. 흑인들은 배우고 돈이 있어도 백인 동네에 집을 사기 힘들고, 설사 샀다 해도 밤에 돌멩이 세례를 받아 견디지 못하고 떠난다는 것이다.

그로부터 반년이 지난 뒤 엄청나게 잘사는 시카고 교외 지역의 상류 사회를 들여다본 뒤 여자들의 배꼽과 아파트의 쥐 등, 흑인 동네를 잣대로 미국을 얕잡아 보았던 나의 잘못을 깨달았다. 역시 미국은 넓고 여러 인종과 다양한 계층이 모여 살고 있는 나라임을 눈으로 확인했다.

미국 생활을 하던 중 첫 자동차 사고는 시내버스 뒤꽁무니를 들이박은 일이다. 아메리칸 드림의 첫 번째 목표인 자동차 구입은 어릴 때 삐꾸차로 들었던 미국 뷰익(Buick) 차였다.

어느 날 신나게 차를 몰다가 시내버스 뒤꽁무니를 가볍게 들이박았다. 서울 시내 버스는 길가에 세울 때 똑바로 세우는데 미국은 보통 그렇게 하지 않는다. 길가 정차 시 앞만 바로 하고 뒤는 삐딱하게 대놓는 것을 몰랐기 때문이다.

4년 뒤 아메리칸 드림의 두 번째인 주택을 마련했다. 1970년대 시카고 날씨는 무척 춥고 눈도 많이 내렸다. 1978년 겨울 어느 날 폭설이 내려 관공서와 학교는 문 닫고, 병원과 소방서는 최소 인원으로 기능을 유지했다. 나도 집에서 쉬고 있는데 옆집, 앞집, 뒷집 남자들이 지붕 위로 올라가 눈 치우는 것을 보았다.

왜 그러냐고 물었더니 쌓인 눈 때문에 지붕이 무너질 가능성이 있어서란다. 나도 부리나케 삽 들고 올라가 눈을 치운 경험도 있다. 난생 처음 해보는 일이었다. 그러나 세월이 지나며 시카고 날씨는 겨울에는 덜 춥고 여름엔 덜 더웠다. 캘리포니아 친구들이 왜 따뜻한 곳으로 이사 오지 그러느냐고 해도 그냥 웃으며 받아넘긴다.

우리 뇌세포 속에 묻혀 있던 기억을 족집게로 집어내듯 밖으로 꺼낸 다음 그것들을 지면 위에 올려놓고 햇빛을 보게 하면 어떨까? 추억은 고통을 느끼지 않으며 우리의 입 언저리에 미소를 안겨주는 아름다운 것이다.

이게 아닌데

부끄러움, 두려움, 죄의식, 수치심은 삶의 길목에서 흔히 만나보는 감정이다. 원시시대 이래 생존을 위해 꼭 필요하지만, 가끔 어떤 일을 선택해야 하는 갈림길에서 만날 땐 불편하고 고통스럽다.

최근 운전면허 갱신을 또 했다. 세어보니 미국에서 거의 16번 정도 한 듯싶다. 그때마다 창피하고 당황스럽고 이기심으로 가득 찬 소인처럼 여겨진다. 가슴속에서는 이게 아닌데 하지만 손은 장기기증 여부를 묻는 란에 "아니오"를 체크하기 때문이다.

담당직원의 실망스런 시선을 뒤통수로 의식한 채 빨리 일 끝내고 도망치듯 빠져나오는 내 모습이 씁쓸하다. 사회적·윤리적 책무가 무언지 알고 있고, 또 좀 배운 사람치고, 매번 "아니오"를 택하는 이유는 무얼까? 이야기는 1960년대 초반으로 거슬러 올라간다.

의대 첫해는 주로 해부학 공부에 중점을 둔다. 의대 캠퍼스 한 구석에 자리 잡고 있었던 시체 해부학 실험실에서 봄부터 시작하여 한 학기 이상 시체 해부에 매달려야 했다. 실험 첫날 시체실에 들어갔을 때의 광경과 경험은 지금까지도 나의 뇌와 가슴속에 생생히 남아 있다.

온통 포르말린 냄새로 젖어 있는 실험실의 하얀 철판 위에 푸르스름한 빛을 띤 시체들이 천장의 밝은 형광등 아래 더 푸르스름하게 놓여 있었다. 이분들은 너희들의 공부를 위해 여기에 누워 있는 기증자이니 함부로 대하지 말라는 교수님의 말씀도 있었다.

기증자에 대한 묵념을 마친 뒤 곧바로 두 사람이 한 조가 되어 떨리는 손으로 목 바로 밑에서 가슴 정강이까지 첫 커트(cut)를 마쳤다. 해부가 진행됨에 따라 엄숙했던 처음 감정이 점점 무뎌졌다. 사람이 이렇게 변할 수 있구나, 하며 놀랐다.

그 후 5~6개월 동안 가슴뼈는 작두로, 두개골은 톱으로, 다른 장기들은 예리한 칼이나 묵직한 칼로 찌르고, 자르며 죽은 자의 몸 각각 부위를 세밀히 관찰하며 시체 해부를 끝냈다.

의사들이 장기 기증을 가장 적게 한다는 소문이 있다. 아마 의대 시절의 시체 해부 경험이 편도체 - 해마 - 측두엽 - 전두엽으로 이어지는 감정과 기억의 뇌 회로에 깊이 각인되어 편견이 생긴 것 같다.

편견이란 한쪽으로 치우친 정보와 경험을 통해 어느 집단, 상황, 대상에 대한 부정적인 정서와 견해를 나타내는 부정적 사고이다. 보통 성장하며 배운 사회적 학습 과정을 바탕으로 형성된다.

편견은 사회적으로 용납이 안 되지만 가끔은 위험에서 벗어날 수 있는 도구가 될 때도 있다. 가령 우범지역에 살고 있는 사람들에 대한 편견으로 그곳에 가지 않으면 된다.

의식적이든 무의식적이든 특정 사물에 대한 부정적인 정서와 평가는 세월이 가도 우리의 삶 속에 사라지지 않고 남아 있다. 상황에 따라 편견이 형태만 조금 바꿀 뿐이다.

편견이 심한 사람은 자신의 내면에 수치심도 많다. 심리학자 에릭슨은 정신 사회적 인격 발전 단계를 설명하면서 수치심은 주로 세 살 전후의 걸음마 시절에 나타난다고 했다. 이 시기에 아이는 아장아장 걷고, 띄엄띄엄 말하기 시작하면서 자신의 시야 영역과 운동 영역이 확대되고 특히 배변 훈련을 배운 뒤부터 점점 자신만만해진다.

이제 어머니가 필요 없다는 생각도 가끔 든다. 즉 자율성이 형성되는 때다. 그런데 종종 배변을 실수하면 매우 수치심을 느낀다. 이 단계에서 자율성과 수치심 사이의 갈등을 잘 헤쳐 나가야 한다. 그렇지 못하면 후에 사회성이 결핍되거나 성인이 되어서도 강박성이 심한 성격을 지니게 된다.

누구든 주위 사람들로부터 존중받지 못하는 수치심과 양심이 부족한 편견 등 자신의 약점과 잘못을 외부에 노출하기를 꺼린다. 될 수 있으면 나다니엘 호손(Nathaniel Horthon)의 『주홍 글씨』 속의 주인공처럼 그만의 가슴속에 새겨두며 살고 싶다. 그러나 대부분의 경우에 내적 및 외적 요인들에 의해 세상에 알려지기 마련이다.

창조주가 우주 만물을 창조하실 때 인간을 동물과 다른 특별한 존재로 만드셨다. 동물은 이미 지어진 본능(built-instinct)을 바탕으로 행동하도록 프로그램이 짜 있지만, 인간의 행동은 선과 악을 선택할 수 있는 자유 의지를 부여했다.

그래서 히틀러(Adolf Hitler) 같은 살인자도 나올 수 있고, 성 테레사(St. Teresa) 수녀님도 될 수 있다. 부정적 편견을 극복하고 다음에 면허를 갱신할 때는 장기 기증란에 "예" 하여 수치심을 없애 볼까 생각해 보았다. 선택할 의지의 자유가 주어진 인간이기에 사회

학습을 통해 편견을 바꾸도록 노력하면 될 것도 같다.

신체 기증란에 계속 "아니오"를 반복하는 부정적인 편견에서 벗어나고 싶다, 간절히 바라고 기대하면 자신과 타인에게 긍정적 효과가 일어난다는 그리스 신화 속의 조각가 피그말리온(Pygmalion)이 되어볼까? 교회에 나가 편견이란 괴물이 몸 밖에서 뛰쳐나가도록 신께 기도하면 "예"로 바꿀 수 있을까?

초상화

한 세대를 주름 잡았던 화가 반 고흐가 정신 분열 증세를 나타낼 당시에 그렸던 작품들을 보면 앞뒤, 위아래, 좌우가 잘 맞지 않는다. 특히 같은 소재인 밤하늘을 그린 영화 《별이 빛나는 밤》(*The Starry Night*)은 병을 앓기 전과 병이 생긴 뒤의 정신 상태를 잘 설명해 주고 있다. 그러나 병을 앓으면서 그린 그림을 자세히 보면 그 속에 깊은 슬픔이 담긴 영혼이 숨쉬고 있다.

진료실에 어느 환자가 그린 서너 점의 유화가 걸려 있다. 환자의 상태가 좋지 않을 때 그려진 그림이다. 환자는 어릴 때 양아버지한테 몇 년 동안 성 학대를 겪은 뒤부터 오랫동안 정신분열증을 앓아왔다.

그는 증상이 재발할 때마다 열심히 그림을 그린다. 한 곳에 정신을 집중하면 병이 좋아진다는 말에 간호사, 상담자의 초상화나 진료실 바깥의 풍경화 그리고 자신의 증상인 환시와 환청도 그린다.

늙고 병들은 어머니를 돌보며 함께 살았는데 최근에 어머니가 돌아가시자 그의 정신 분열 증상이 심해지기 시작했다. 정신과 환자

삶의 굴레의 한 가운데서

라도 자신의 병이 나쁘게 가고 있음을 어렴풋이 짐작은 한다. 그러던 어느 날 환자가 내 독사진 한 장을 가져다 달라고 졸랐다.

사진을 보고 내 초상화를 그리다 보면 자신의 병이 나아진다고 생각했기 때문이었다. 전에도 그가 비슷한 요구를 해오면 잘 이야기하여 넘어갔는데 이번에는 그의 요청이 너무 간곡했다. 다시 정신병원에 끌려가기 싫으니 제발 도와 달라는 것이었다.

일찍이 프로이트 선생께서는 환자가 주는 어떤 물건도 받지 말라고 가르쳤다. 환자로부터 건너온 물건이 환자와 정신과 의사 사이에 그어져 있는 경계선을 무너트려 정신분석 치료 과정을 방해한다는 이유였다. 정신과 의사를 하면서 나는 선생의 가르침을 가끔 범했다.

35년 전에 수련의 시절에 자살을 막아준 우울증 환자가 들고 온 석고로 된 코끼리와 25년 전에 개업할 때 젊은 성직자가 주고 간 조그만 화분들을 정성스럽게 보관하고 있다. 당시 신에 대한 끊임없는 회의, 그에 따른 강박감, 죄의식 때문에 모든 것을 포기하려 했던 젊은 성직자를 짧은 콩글리시 영어로 붙들어 주어 다시 강단에 서게 했던 감사의 증표였다.

주고받으며 사는 게 세상 재미 아닌가? 환자의 조그만 성의 표시를 굳이 거절하는 것도 치료에 도움이 되지 않는다고 나 자신을 합리화시켜 본다.

환자가 내 초상화를 그리겠다는 것은 나에 대한 감사 표시보다 환자 자신을 위해서지만 그림이 다 되면 내가 보관해야 한다. 그렇게 되면 이유야 어떠하든 환자한테 받은 물건은 먼 뒤에도 의료 윤리적 문제가 생길 수 있는 것이다.

212

"To be or not to be."

햄릿이 절규했던 구절이다. 나 또한 이 말을 지금까지 살아오며 수없이 중얼거려 왔다. 어쩌면 우리 인생살이가 이 짧은 구절을 만날 때마다 고민하고 고민하다 결국 6피트 땅속으로 들어가는 게 아닐까?

동시에,

"*Primum non nocere.*(First, Do no harm.)"

환자에게 해를 끼치지 말라는 히포크라테스 할아버지의 지상명령이 내 머리에 떠올랐다.

"의사의 능력과 판단에 따라서 오직 환자에게 도움을 주는 치료만을 하고 해코지(harm)하거나 상처를 주는 일은 절대로 하지 말라."

이 말은 의과대학을 다니며 교수님들에게 자주 들어왔다. 질병을 종교적·철학적 관점에서 벗어나 자연 현상의 일부라 주장했던 고대 의학의 아버지 히포크라테스 선생의 말씀이 오늘날까지 환자 치료의 방향과 원칙을 제시해 주고 있다.

환자를 현실 속에서 치료하다 보면 프로이트 선생의 가르침은 그다음 일이다. 지금 나는 내 독사진 한 장을 찾아 주머니 속에 간직하고 간다. 오늘 그를 만나면 전해주려고……

또 한 번의 다짐

일찍 눈이 떠졌다. 드보르작(Antonin Dvořák)의 《신세계》 음률이 경쾌하게 흘러나온다. 어젯밤 아내와 함께 한 해를 마무리하고 새해를 맞이하는 카운트다운을 했다.

잠자리로 가다가 창문 밖의 하늘에 떠 있는 큰 보름달(Super Moon)을 보았다. 슈퍼문 아래 눈 덮인 뒤뜰의 골프장은 맑고 푸른 둥근 달빛으로 물들어 있다. 마치 얼음 호수가 눈부시게 널려져 있는 듯하다.

얼음 호수 위에 고개를 쳐들고 새해 처음 지구촌에 다가온 보름달을 향해 길고 아련히 울부짖는 늑대의 모습을 상상해 본다. 동물학자는 사람들이 늑대를 길들여 개를 만들었다고 한다. 그 개의 해, 보름달 중의 슈퍼문, 슈퍼문의 늑대로 시작하는 2018년의 출발점을 나는 이미 떠나고 있었다.

올해는 어떻게 살까? 철학자가 아니라도 새해 아침이면 어김없이 찾아오는 물음이다. 해마다 반복하다 보니 이젠 자동화되어 파블로프(Ivan P. Pavlov)가 실험한 개의 침 흘림처럼 무의식적으로 튀어나온다. 일종의 조건반사이다.

자꾸 찾아와서 뇌 깊숙한 곳에 묻어버릴 시간도 없다. 의식과 무의식의 경계선에서 방황하다가 새해가 오면 "이때다" 하며 기어 나온다. 인생 여정의 길동무인 개의 해라 그런지 금년에는 더 빨리 그 물음이 내게 다가왔다.

프로이트는 어릴 적에 체험한 정서적 상처의 치유를 통해 현재 나타나는 삶의 갈등을 해결해야 한다고 주장했다. 즉 내면에 잠들고 있는 상처를 통찰하고 지금의 이 순간 마음 아픔의 근본적 뿌리를 찾아보라는 말이다. 그 과정은 과거를 현재보다 더 중요하게 여겼다.

그와는 달리 아들러는 개인심리학 이론을 통해 현재에 초점을 맞췄다. 아들러는 극단적으로 과거의 체험은 존재하지 않는다며 미래 지향적·긍정적 경지에서 해결하려 했다. 21세기 디지털시대의 정신심리학은 아들러 쪽에 더 가깝다.

지금의 정신치료 역시 "지금 여기(Here and Now)"에 방점을 찍고 과거의 체험을 등한히 여기는 인지행동요법, 마음 챙김 명상 요법, 가상 현실 요법 등이 주류를 이루고 있다.

물음은 다짐이나 소망을 기대한다. 언제부터인가 나는 실행하지 못하는 다짐보다 마음속에서 바라는 소망으로 답하고 있다. 소망은 과거의 체험과 현실의 삶, 다가오는 미래의 희망이 섞인 균형된 선상에서 이루어져야 한다. 흘러간 세상과 과거의 내가 없으면 현재와 미래의 내 존재는 있을 수 없다.

일본 의사 하루야마 시게오(春山茂雄)는 어려서부터 침술을 익히는 등 동양의학을 접하고 커서는 도쿄의대에서 서양의학을 전공했다. 일생을 한의학과 서양의학을 융합한 방법으로 환자들을 돌보았으며 『뇌내 혁명』이란 건강 서적을 발간하기도 했다. 그가 의료생활 말년에 한 말이 있다.

"건강을 가장 잘 지켜 주는 것은 다른 무엇보다도 마음의 평화이다. 실제로 마음의 평안이 건강에 차지하는 비율은 규칙적 운동, 균형 잡힌 식습관과 적은 식사, 충분한 수면, 과로를 피하는 적당한 휴식 등을 합친 것보다 더 높은 55% 이상의 수치이다. 다시 말하면 마음을 평안하게 하면 이미 건강한 사람이 될 수 있다."

컴퓨터 옆 창문 너머 저 멀리 보이는 동쪽 끝자락이 벌써 불그스름한 띠를 두르고 있다. 이제 둥근달은 희미해지고 곧 떠오를 둥근 새해를 기다리는 가슴 뜀은 무지개를 쫓던 소년의 마음 그대로다. 그 가슴 뜀은 나에게 무엇을 하라고 떠민다.

"그래, 금년에는 편한 마음을 가지도록 노력, 또 노력해 보자."

내 마음이 편하지 못하면 다른 사람의 마음에 상처를 입히기 쉽다. 내 맘을 편하게 해줄 가까운 사람들의 도움을 받아 보고 싶다면 지나친 소망일까?

4부

따분한 인생살이

엉뚱한 소원

　체중 300 파운드(136kg)가 넘는 30대 미혼 여성이다. 그는 몇 달 간격으로 감정 기복이 매우 큰 양극성 기분 장애를 앓고 있다. 의사를 만나러 올 때 가끔 지갑 속의 사진 한 장을 자랑스럽게 보여준다.

　10대 후반 가냘픈 몸매의 처녀였던 자신의 모습이다. 정신 질환을 앓는 상당수의 여성 환자처럼 그도 지워지지 않는 마음의 상처를 지니며 살고 있다. 어린 시절 몇 년 동안 양아버지한테 성희롱을 겪었던 상처이다.

　사춘기가 되자 어머니에 대한 죄스러움, 자신을 향한 수치심은 그로 하여금 자해 행위를 시작하게 내몰았다. 가족 몰래 화장실에서 면도칼로 피가 나올 정도로만 손, 팔목을 긁어대면 야릇한 통증을 느껴 마음이 편안해졌다. 자해 행위는 오래 가지 못해 가족에게 들켜 정신병원에 입원하게 되었다.

　퇴원 후에도 자해를 계속하여 서너 번 더 정신병원을 다녀온 뒤부터는 자해 대신 음식에 매달렸다. 마음껏 배불리 먹고 나면 마음은 후련해졌지만, 체중이 점점 불어났다. 양극성 기분 장애 치료약인 기분조절제, 항정신제, 항우울제 복용도 체중을 늘리는 데 한 몫을 더 했다.

그의 한 가지 소원은 할리우드에서 '창녀'가 되는 것이었다. 양극성 장애 치료약이 잘 듣지 않아 우울 증상이 악화하면 할리우드가 아닌 라스베이거스로 떠나곤 한다. 그곳에서 몸을 팔며 2~3개월 지낸다.

자기 같이 풍뚱한 여자를 찾아주는 남자들이 있다는 사실에 일종의 안도감과 자신감도 생긴다. 또 일해서 돈을 번다는 성취감과 자랑스러움도 느낀다. 그러다 보면 점점 우울증이 사라져 다시 집으로 돌아온다.

임상에서 아무리 정성 들여 치료해도 잘 좋아지지 않는 정신과 환자들이 꽤 있다. 창의력이 좋은 어느 환자는 자신만의 기발한(?) 아이디어를 찾아내 의사를 당황하게 만들기도 한다. 그럴 때면 환자의 아이디어를 부추길 수도 없고 말릴 수도 없다. 이 환자도 그런 경우이다.

매춘은 원시시대부터 도처에 있었다. 사냥과 수집의 생활에서 농경 사회로 들어가자 저장과 소유를 위해 전쟁이 더 잦아진 결과 여자 전쟁 노예가 많아져 매춘도 더 성행했다. 국가나 종교단체는 도덕적·윤리적·종교적 이유로 매춘을 불법과 죄악으로 다스린다.

그러나 신성해야 할 일부 성당, 교회, 절, 시나고그, 모스크 안에서까지 매춘은 은밀히 이루어지고 있다. 또한 가부장적 사회는 창녀를 희생양의 대상으로 삼아 왔다. 남성 우위 사회를 유지하려고 인간의 폭력성과 혐오를 힘없고 불쌍한 '창녀'에게 쏠리도록 유도해

온 것이다.

이유야 어떻든 '창녀' 생활을 계속하는 것은 자신의 목숨을 이어 가고자 하는 생존의 몸부림이다. "'창녀'는 사회 속의 필요악"이란 어느 사회학자의 말에 나는 동의하지 않는다. 그들은 우리 사회가 만들어낸 희생자이며 희생양이다.

최근 북유럽국가에서 매춘 제공자보다 구매자를 처벌하는 정책을 시행하고, 더 나아가 합법적인 생활 수단의 하나로 인정하자는 운동도 일어나고 있다.

우리 모두 행복한 삶을 원한다. 재산, 지위, 명예는 행복을 가져 다주지만 유통 기간의 한계가 있다. 남들이 자기를 받아줄 수 있을 때, 누군가가 사랑해준다는 사실을 느낄 때 우리는 진정한 행복감에 젖어든다.

이러한 인정 욕구야말로 크나큰 행복감을 안겨다 준다. 인간의 뇌가 아무리 진화되어도 인정 욕구는 아프리카 사바나 초원에서 살았던 원시시대부터 변하지 않고 그대로 DNA에 새겨져 내려오고 있다는 사실이다.

소원은 인정 욕구를 채우고자 하는 심리적 수단이다. 인정 욕구 중에도 자신에게 인정받는 것이야말로 가장 큰 위로를 가져다준다. 그가 우울증이 심해질 때 라스베이거스로 가는 것은 관심 밖의 사람에서 관심 안의 사람으로 되고 싶은, 즉 인정받고 싶은 마음이 들어서이다.

또한 '창녀'가 되고 싶다는 엉뚱한 소원은 자신의 DNA 속에 깊이 새겨진 성적 학대 기억에서 벗어나 자신을 사랑할 수 있다는 믿음 때문이 아닐까 한다.

장터의 엿장수

토스토에프스키는 이런 말을 했다.

"지상의 모든 생물은 각자의 삶을 사랑하지 않으면 안 된다."

지구상에 정지하고 있는 것은 없다. 다윈의 말대로 끊임없이 움직이고 변화하는 게 생물체의 본질이다. 산, 광야, 나무, 바다, 동식물 모두 나름대로 움직이고 변화한다.

인간의 뇌 역시 하루에 수천 개씩 세포가 죽어 가며 변한다. 무슨 이유인지 뇌세포가 너무 많이, 너무 빨리 죽으면 대상과 상황에 대해 분석하고, 해석하여 판단을 내리는 인지능력이 떨어지는 것이 치매다.

지난 10여 년간 치매 연구에 들어간 돈은 천문학적 숫자이다. 그렇지만 아직 확실한 원인과 치료약은 발견되지 않았다. 진단도 죽은 후에 부검으로 확인된다. 치매를 일으키는 원인으로 거의 100가지가 알려져 있다.

생존 시에 꼭 이거다 하는 검사 방법은 없으나 그 가운데 현재 임상에서 양성자 방출 전산 촬영 - 자기공명 영상 검사(PET-MRI)로 뇌세포에 축적되어 있는 베타아밀로이드 양을 알아보는 검사를 주로 할 뿐이다.

어느 사회학자는 아프리카의 수많은 청소년이 죽어 가고 있는 에이즈 연구에 치매 연구비의 몇 십분의 일 정도만 부어 넣었어도 에이즈는 아마 해결됐을 거라고 주장한다.

"늙은 백인 노인들이 아프리카의 어린 청소년보다 더 오래 살고 싶으냐?"

일리가 있는 얘기다. 그러나 병 자체를 따져놓고 보면 치매가 에이즈 보다 훨씬 무서운 병이다.

"장터로 엿 팔러 갈랍니다."

그리 크지도 뚱뚱하지도 않은 몸집에 더덕 껍질 같은 주름살로 엮어진 둥글넓적한 얼굴의 노인이다. 왕년의 명배우 김승호 씨가 주연한 영화, 《지게꾼》이 생각난다. 노인은 노인병원의 치매 환자이다.

"그렇게 하시죠."

"딸 시집갈 때 돈이 있어야 해요."

"그러시겠죠."

"버스 탈 돈이 없어요. 돈 좀 주세요."

지그시 감은 노인의 움푹 파인 두 눈이 잠시 가는 물기로 젖어든다.

"얼마나……"

묻는 이의 대답이 채 끝나지도 않았는데 노인은 자기가 한 말을 까맣게 잊고 복도 저편으로 걸어 나간다. 보통 치매 환자들의 기억은 순서 없이 토막토막 부분이고, 있었던 것 같기도, 없었던 것 같기도 하면서 흐리멍덩한 머릿속을 빙빙 돌다가 사라지고 만다.

노인은 소년 시절에 꿈이 있었다. 코 뚫린 소의 멍에를 쥐고 "이려이려 워워" 하며 논밭을 가는 농부가 되는 것이었다. 그러나 막내아들인 그는 땅 한 뼘 물려받지 못했다. 젊어서는 홧김에 난봉꾼으로 놀다가 장가든 뒤 딸이 생기자 사람이 확 변했다.

생리학적으로 남자들은 애 아버지가 되면 일시적으로 테스토스테론호르몬 분비가 떨어져 좀 더 성숙하고 자상한 남성이 된다고 한다. 또한 번식의 필요성이 적어져 더 이상 성적으로 배우자를 강요하지도 않는다.

가장이 된 책임을 맡으려고 그는 장터의 엿장수로 변신했다. 장이 서는 읍마다 엿판을 메고 다녔다. 찰랑찰랑 엿 가위 춤으로 사람들을 모으고 엿을 팔았다. 사람 냄새 풍기는 인생의 축소판 같은 장터에서 먼지를 뒤집어쓰며 평생을 엿장수로 살았다.

어느 땐 자신의 등에 진 엿판의 무게가 논을 갈고 있는 소 등에 얹힌 멍에처럼 무겁게 느껴졌으나 딸한테만은 가난의 대물림을 주지 않으려고 열심히 일했다. 그러다 어느 날 갑자기 장터에서 쓰러졌다. 그 뒤 몇 년 동안 뇌졸중을 앓았다. 이제 뇌졸중 증상은 심하지 않지만, 그에게는 가난과 치매라는 평생 병이 찾아온 것이다.

가난은 인간이 비켜가고 싶은 것 중의 하나이다. 우리에게 강 건너 불처럼 자기와 상관없는 것도 아니다. 졸지에 남편을 잃은 중년 과부, 사업에 실패한 사업가, 퇴직금을 몽땅 주식에 날려버린 명예퇴직자 등 누구나 가난을 만날 수 있다.

역사적으로 지배 계급은 가난한 계층을 가난 속에 계속 남겨두려 했다. 또한 가난한 사람들이 가진 사람들을 미워하지 않도록 세뇌

했다. 조선의 양반제도와 미국의 흑인 복지 정책을 그 실례로 들수 있다.

근세에 들어 이런 가난의 대물림 정책에 반대하는 정치적·사회적·문화적 운동이 일어났다. 공산주의, 사회주의, 노동조합, 고발문학 등이 튀어나왔다. 『가난한 사람들』이란 토스토에프스키 소설에서 도심의 빈민굴에 사는 중년 남자와 불행한 소녀와의 사랑을 통해 당시 사회의 부조리를 파헤쳤던 것도 고발 문학의 한 사례다.

지금 눈앞에 보이는 늙은 치매 환자의 모습 너머로 사람 냄새와 가난으로 찌들은 장터에서 일생을 보낸 엿장수의 삶을 보고 있다. 가족을 먹여 살리려고, 딸 시집보내려고, 가난의 대물림을 주지 않으려고 무거운 짐을 지고 끌려가는 소처럼 그날그날 허겁지겁 살아온 장터의 엿장수다.

그는 이제 거의 모든 인생살이의 기억을 잊어가고 있다. 그러나 버스값이 없다는 가난만은 죽어버린 뇌세포들도 기억하고 있다. 가장의 멍에와 가난은 정녕 치매로부터도 해방될 수 없는 것일까?

왼손잡이가 부럽다

중국 명나라의 천태종 고승이었던 지욱(智旭)선사는 「보왕삼매론」(寶王三昧論)에서 이런 말을 했다.

"몸에 병이 없기를 바라지 마라. 몸에 병이 없으면 탐욕이 생기기 마련이니라. 병고를 몸의 양약으로 삼고 참고 견디어라."

오른쪽 어깨를 다쳐 오른팔과 손을 고정하고 있던 때였다. 왼손으로 타자를 치던 중 나도 모르게 자동적으로 오른손이 키보드로 향하자 "아야!" 눈물이 찔끔거리도록 아팠다. 초등학교 시절 왼손잡이 꾀복쟁이 친구를 만날 때마다

"너 불알도 왼쪽 하나뿐이지?"

하고 짓궂게 놀려댔던 일이 떠오른다. 66년이 지난 이제 그를 울게 만든 죄로 내가 빙판에서 미끄러진 모양이다. 왼손잡이 가운데 천재 과학자, 예술가, 정치가, 운동 선수들이 많다. 줄리우스 시저, 미켈란젤로, 간디, 마크 트웨인, 야구선수 베이브 루스가 왼손잡이이다. 현존 인물도 오바마, 빌 게이츠, 오프라 윈프리, 비틀스의 멕카트니, 프로골퍼 믹켈슨 등이 있다.

226

더구나 지난 6명의 미국 대통령 가운데 4명(포드, 레이건, 조지 W.부시, 클린턴)이 왼손잡이였다. 꼭 왼손잡이만이 우수하다고 할 수는 없다. 왜냐하면 유명했던 사람들 가운데 오른손잡이가 훨씬 더 많았다. 왼손잡이 수가 오른손잡이 수보다 엄청 적어 상대적으로 그렇게 보일 뿐이다.

우리 몸의 뇌 신경은 뇌간의 연수라는 곳에서, 왼쪽에서 온 신경은 오른쪽으로, 오른쪽에서 온 신경은 왼쪽으로 서로 방향이 교차된다. 그래서 왼손잡이들은 오른쪽 뇌를 많이 사용하게 된다.

오른쪽 뇌는 일반적으로 시각적·공간적·정서적인 면을 주관하며 왼쪽 뇌는 이성, 판단, 언어 능력을 주관한다. 오른손잡이가 많은 이유 가운데 하나가 사람들은 언어를 가장 많이 쓰기 때문에 이를 주관하는 뇌가 왼쪽에 있기 때문이라 추측한다.

왼손잡이는 대략 열 명에 하나 꼴로 남자에게 많고 그들 가운데에는 비상한 사람들뿐만 아니라 괴짜와 정신 질환자도 흔하다. 왜 왼손잡이가 그럴까? 유전과 환경을 이유로 든다. 일란성 쌍둥이 하나가 왼손잡이면 다른 하나도 왼손잡이가 될 확률이 75%다.

2007년에 왼손잡이가 되는 유전인자가 발견된 사실은 유전과의 관계를 말해 준다. 또 임신 중에 스트레스를 많이 받으면 산모에게 남성호르몬 테스토스테론 분비가 비정상적으로 높아져 왼손잡이 아이를 분만할 확률이 많은 것은 환경적 영향이다.

예전부터 왼손잡이를 보는 사회문화적·종교적인 눈은 그리 곱지 않고 매우 부정적이었다. 라틴어 어원에도 오른쪽은 옳고, 공정하다는 의미에 비해, 왼쪽은 서툴고, 나쁘고, 불운하고, 심하게는 악마의 상징이었다.

모든 사회 구조가 오른손잡이에 맞게 짜여 있어 왼손잡이들은 적잖은 스트레스와 이유 없는 차별을 받으며 살아왔다. 그래서 그런지 왼손잡이들은 비교적 수명도 짧고, 심리적으로 대개 소심하고, 비판에 예민한 내성적 성격의 소유자가 많다고 한다.

미국과 세계 여러 나라 대학들의 연구 조사에 따르면 왼손잡이는 오른손잡이보다 직관력, 상상력, 창조력이 풍부하고 지능도 높은 것으로 나와 있다. 또한 직장의 평균 수입도 15%나 웃도는 것으로 알려져 기존의 고정 관념을 깨뜨리고 있다.

왼손잡이와 정신 질환과의 관계는 흥미롭다. 왼손잡이는 정신분열병, 다운증후군, 자폐증, 정신 지체, 주의력 결핍 과잉행동장애(ADHD) 같은 정신 질환에 걸릴 확률이 높다고 한다. 특히 정신분열병은 왼손잡이가 많은 게 사실이다.

오 헨리(O. Henry)는 감옥에서, 마크 트웨인(Mark Twain)은 병상에서 상상할 시간이 많아 명작들을 펴냈다. 나도 몸조리하는 동안 옛날 생각을 많이 해보았다. 앞서 말한 어릴 적 왼손잡이 친구를 괴롭힌 기억도 그 가운데 하나이다. 30-40대 사람들이 옛날 일을 많이 회상하면 청승스럽고 좀 이상하겠지만 내 나이엔 괜찮을 듯싶다.

다쳐서 이익을 얻은 것도 꽤 있었다. 왼손으로 타자 치는 훈련도 하고, 왼손만 사용하니 출퇴근 시에 운전을 천천히 하는 습관이 붙었고, 때맞춰 날아온 성가신 배심원 의무도 면제받고, 아내의 호강도 더 받았다.

또 왼손을 많이 써 오른쪽 뇌가 좋아졌는지 감성이 풍부해진 느낌도 든다. 슬픈 소설을 읽으면 눈물이 쉽게 나오고 음악을 들어도 마음에 착 닿는다. 부처님의 말씀대로 병고를 양약으로 삼고 견디고 있다.

윈손잡이 자식이나 손자가 있으면 창조력 같은 장점을 북돋아 주는 게 좋다. 후에 미국 대통령감이 될 줄도 모르니까.

가디언 에인절(gardian angel)

프리드리히 니체가 이런 말을 남겼다.

"인간들이여, 거짓은 삶의 필수조건이니라."

독일 셰퍼드 개 크기의 석고로 조각된 코끼리가 우리 집 거실에 놓여 있다. 여러 번 이사하면서도 환자에게 받은 선물이기에 소중히 지니고 있었다.

그런데 오늘 아침 어린 손자가 그만 코끼리를 가지고 놀다가 부러뜨리고 말았다.

"어머, 어떻게 하죠?"

어미인 딸애가 미안해 어쩔 줄 모른다.

"아냐, 괜찮아, 아무것도 아닌데 뭘."

물론 사실과 다른 거짓말이다. 인류가 창조된 이래 거짓말은 쉬지 않고 우리 삶의 한 부분을 차지해 왔다. 부모, 선생, 성직자들로부터 거짓말하지 말라고 배웠지만, 현실과 부딪치면 그게 잘 안 된다.

어느 대학 연구 발표에도 일반 사람들은 하루 평균 한두 번, 대학생들은 부모와 대화할 때 두세 마디 가운데 한 마디는 거짓이라고 한다.

어느 사회 집단은 거짓말을 격려하고 상을 주려는 경향도 있다. 직업 포커 선수들이 가장 먼저 배우는 게 무언의 거짓말인 표정관리, 선거 유세 중 정치가가 내뿜는 거짓 공약, 자기 고객에게 암시적 거짓말을 유도하는 변호사 등의 행동은 사회적으로 용납되고 있다.

거짓말이 꼭 나쁜 것만은 아니다. 적당한 거짓말은 서로 봐주며 넘어가는 것이 인간 상호관계에 기초를 둔 사회생활의 지혜이다. 데이트 시간에 늦은 남자가 헐레벌떡 들어오며,

"차가 막혀 미안하게 됐습니다."

라고 하면 여자는 그 말을 믿지 않지만, 대개는 그대로 받아들인다. 남자 또한 여자가 자기 말을 안 믿는지 알지만, 더 이상의 변명은 피한다.

사회학자 고프만(Irving Goffman) 박사는 말하기를,

"우리 생활 속에 빈번히 일어나는 조그만 속임수는 평화롭고 안정된 인간관계를 유지하는 데 반드시 필요하다. 그것은 병적 행동이 아니므로 현대 사회는 애교로 받아준다"

라고 했다. 그러나 타인에게 손해를 끼치거나 불이익을 초래하는 거짓말은 해서는 안 된다.

여러 해 동안 주립병원 응급실 정신과 의사로 일하며 없는 정신병을 제조하거나 가벼운 정신 증상을 크게 불려 호소하는 거짓말쟁이 환자들을 수없이 만났다. 그들은 감옥이 싫어 정신병자를 가장하는 범죄자나 군대와 직장에 복귀하기가 무서워 자살을 위장하는

무리나, 길거리 대신 따뜻한 잠자리와 음식이 보장된 병원에 묵고 싶은 노숙자들이다.

의사들은 거짓말이 의심되는 환자를 대할 땐 궁지로 몰리는 느낌이다. 정면 대응으로 골치를 썩일 건가, 누님 좋고 매부 좋은 식으로 그의 요구대로 할 건가를 제한된 시간에 결정해야 한다.

거짓말 환자들은 의사와 오래 이야기하면 들통이 날까봐 동문서답 식으로 협조를 하지 않는 게 보통이다. 내가 병아리 정신과 의사 시절에는 의사를 이용한다는 생각이 앞서 환자를 잘못 처리했다. 경험이 붙고 나이가 들면서 화를 내는 대신 인간의 기본적 존엄성을 지켜주는 방향으로 문제해결을 시도하고 있다.

오랜 세월 응급실에서 근무하며 입원시키지 않았던 환자들로부터 고소하겠다, 자동차 타이어 펑크 내겠다, 다닐 때 길 조심 하라 등 심심치 않게 협박을 당했다. 그러나 아무 일 없이 몇 년 전 응급실 정신과 의사를 그만두었다.

내가 잘했다기보다 어깨 위에서 지켜준 가디언 에인절 같은 코끼리 덕분인 듯싶다. 이제 그 코끼리는 없어졌지만 무언가 다른 물건이 나를 지켜줄 것이다.

베토벤은 양극성 장애를 가졌을까?

누구의 인생이고 소설의 내용이 될 수 없는 것은 없다. 베토벤의 인생도 어렸을 때 술주정뱅이 노래꾼 아버지와 젊은 시절 어머니의 죽음, 중년의 청각 상실과 우울증으로 점철된 파란만장한 이야기이다. 불행하고 고뇌에 찬 그의 생애가 없었던들 수많은 사람의 가슴을 파고드는 그의 음악은 세상 빛을 보지 못했을 것이다.

뒷날, 베토벤의 생애를 연구한 정신의학자들은 그가 우울증은 물론 조증도 가졌던 양극성 기분 장애의 소유자였을 거라고 추측한다. 깜깜한 심연 같은 우울의 계곡에서 벗어나 조증 증세를 나타낸 기간에 불후의 명작들을 작곡할 수 있었다.

슬플 때 슬퍼하고, 기쁠 때 즐거워하는 게 자연스럽고 건강한 감정 표현이다. 어떤 사람은 기분이 월등히 들떠 있거나, 과민하거나 혹은 기쁘고 슬퍼할 일이 없는데도 장시간 부적절한 기분에 휩싸여 있게 된다.

이렇게 기분을 표현하고, 조절하고, 통제하는 능력에 이상이 생겨 가정이나 직장, 사회 활동에 현저한 지장을 주면 기분 장애라 부른다. 기분 장애 가운데 우울 증세와 조증을 주기적으로 나타내면 이를 양극성 장애로 분류한다.

올라가면 반드시 떨어지는 게 우주 법칙이기에 아직 우울 증세가 없어도 언젠가는 나타나기 때문에 조증 증세 하나만 있어도 양극성 장애란 진단을 붙인다.

양극성 장애는 주요 우울증과 마찬가지로 어느 시대, 문화, 사회를 막론하고 일정한 비율로 발생한다. 정신분열증과 비슷하게 인구 100명 가운데 한 명이 남녀 동등하게 생긴다. 원인은 주요 우울증 경우처럼 생물학적·유전적·심리사회적·심리역동적 요인들이 서로 섞여 발생한다.

특히 유전적 요인은 주요 우울증보다 훨씬 더 강하다. 일란성 쌍둥이가 동시에 발병할 위험률은 70%(주요 우울증은 45%)이며, 이란성 쌍둥이는 10-20%, 부모 하나가 양극성 장애이면 25%, 부모 둘 다 양극성 장애이면 50-70%의 발병 위험이 존재한다.

기분 장애의 발생 원인 가운데 하나가 외부로부터 받는 스트레스이다. 양극성 장애에는 스트레스 요인이 발병과 재발에 더 심하게 작용한다. 스트레스를 받으면 뇌 조직의 노올에피네프린, 세로토닌, 도파민 같은 뇌신경 전달 물질들의 불균형 상태와 뇌 신경세포 사이에 일어나는 정보 전달 체계의 부작동을 초래하므로 뇌세포의 힘을 약화시킨다.

양극성 장애 때 나타나는 우울 증세는 주요 우울증의 우울 증세보다 기간이 더 길고 증상의 정도가 더 심하다. 입맛도 없는데 밥을 많이 먹어 체중이 늘고, 하루 종일 침대에 누워 있고, 매사에 의욕이 없고, 누가 뭐라 참견하면 화를 내는 등 비정형(atypical) 우울

증상이 많고 외부의 자극에 더 예민하다. 그러나 서서히 기분이 좋아지다가 어느 시기에 조증 상태로 넘어간다.

양극성 장애의 조증 기분 상태는 보통 세 종류이다. 특별한 이유 없이 기분이 한껏 고조되어 있거나, 부풀어 있거나, 과민한 상태이다. 세 가지 모두 가질 필요는 없고 어느 한 가지라도 심하게 나타나면 양극성 장애를 의심한다.

대부분의 양극성 환자들은 처음에는 즐겁고 기쁜 기분으로 시작하다 시간이 지나면 점점 과민해지고 충동적 행동을 보인다. 몇 시간밖에 자지 않았는데 힘이 넘쳐나 무언가를 해야 하고, 말도 빨라지고, 장시간 전화로 사람들과 통화하기도 한다.

자신을 과시하려고 화려한 옷과 장신구로 치장하고, 돈이 없어도 신용 카드를 긁어 물건들을 구매하고, 실현성 없는 계획을 세우는가 하면, 술과 도박과 여자에 탐닉한다.

일반적으로 우울 증세와 조증 증세가 일정한 간격을 두고 반복되는 게 원칙이나 가끔 두 증세가 거의 동시에 일어나는 때도 있다. 예를 들면 겉으론 우울해 보이는데 말은 많고 동작도 빠릿빠릿하며, 얼굴빛은 밝고 명랑한데 몸은 축 처져 있어 의욕 상실을 보인다. 이런 사람들을 너무 다그치면 상당수의 환자가 공격적 행동을 보여 위험한 사태가 벌어질 수 있어 조심해야 한다.

양극성 장애의 감별 진단으로 중요한 질환은 주요 우울증과 정신분열증이다. 가족력과 병의 진행 과정 등으로 어느 정도는 구별이 되지만, 발병 초기에는 둘 다 감별하기 매우 어렵다.

양극성 장애 환자가 의사를 찾는 이유는 자신이 우울할 때로 환자의 60-70%가 주요 우울증이란 오진을 받게 된다. 이런 환자에게 항우울증 약을 투여하면 환자의 상태가 더 나빠지는 경우가 흔하다.

정신분열증의 감별 진단은 오진을 하더라도 임상적으론 별로 문제가 없다. 정신분열증에 복용하는 약물들은 양극성 장애에도 듣기 때문이다. 그래서 일부 정신의학자들은 양극성 장애와 정신분열증을 동일한 병이라 주장한다.

양극성 장애의 치료는 약물 치료가 중심이 된다. 기타 정신 치료와 스트레스 관리 요법은 약물 치료의 보조 역할을 담당하고 있다. 증상을 악화시키거나 재발 요인이 되는 스트레스 관리를 알려주고 도와주어야 한다.

양극성 장애가 재발이 빈번한 만성 정신 질환임을 환자와 가족들에게 알려 현재 나타나는 증상뿐 아니라 환자의 장래를 내다보는 치료 계획을 세우는 게 중요하다.

베토벤을 비롯하여 인류역사상 유명했던 상당수의 인물이 양극성 장애를 가지고 있었다. 그 당시엔 치료가 어려웠지만, 지금은 좋은 약들이 개발되어 완치가 가능한 정신병이다. 본인 자신이나 가족 중에 조울증세가 의심되면 일찍 정신과 의사를 만나 보도록 하자.

여담이지만 만약 베토벤이 지금 사용하고 있는 양극성 장애 약을 복용했더라면 운명 교향곡이나 합창 교향곡은 우린 들어 보지 못했을 것이다.

빅맥(Big Mac)

아직도 뒤뜰 나뭇가지에 색 바랜 잎들이 달려 있다. 밖은 온통 겨울 냄새로 가득 차 있다. 살포시 내린 얇은 첫눈이 겨울의 정서를 한껏 돋워 준다. 외롭게 남은 한 장의 달력이 무언가 말을 할 듯 내 눈과 마주친다.

"금년에도 장밋빛 이상과 냉혹한 현실 사이를 그런대로 잘 헤쳐 나왔군. 제발 세상 모든 것을 알아차린 듯한 늙은이 행세는 하지 말게나."

아마 내게 이렇게 말했을지 모른다. 정신과 의사로서 많은 환자와 만나 이야기하다 보면 그들의 인생살이 속으로 빨려 들어가 가끔 나 자신을 잃어버릴 때도 있다.

처음 미국 와서 양키 모자 쓴 노인네 식당(켄터키 프라이 치킨)에 들려 닭고기를 먹어 보았다. 한국에서 먹었던 통닭구이 맛과 영 달라 그냥 버리고 나온 일이 있다. 그 뒤에 먹어 본 맥도날드의 빅맥은 맛이 고소해서 그런대로 괜찮았다. 빅맥은 시카고 근교에 본부를 둔 맥도날드 회사의 대표적 햄버거이다. 세계 곳곳의 서민층이 즐기는 미국 냄새가 물씬 풍기는 음식 중의 하나이다.

지금은 사정이 다르지만 20세기 후반이 시작할 때까지도 일본의 경제 성장은 놀라웠다. 당시 미국은 어떻게 하면 일본을 따라잡을까 고심 끝에 코카콜라, 청바지, 맥도날드를 일본에 상륙시켰다. 그러나 기대 이하의 반응이 나타났다. 이에 미국의 언론들이 말하기를,

"일본에 법과대학이 열 개 이상 더 생겨 변호사가 많이 배출되면 한번 해볼 만도 한데."

하며 한숨을 쉬었다는 농담도 있다. 고소한 빅맥도 외부 음식문화를 거부하는 일본인의 벽을 넘지 못했던 것이다. 이제 겨울의 길목에서 빅맥에 얽힌 사연을 안고 조용히 지구촌을 떠난 한 환자가 생각난다.

어느 날 출근했더니 간호사가 진료실에서 나를 기다리고 있었다. 무엇이 잘못 되었구나, 속으로 중얼거리는데,

"Dr. C, Beth가 어제 저녁에 죽었데요. 갑자기 보트에서 넘어졌는데 심장마비였데요."

하는 간호사의 목소리가 들렸다. 자살은 아니라니 일단 한숨 놓았다. 엘리자베스는 50대 여자로 오랫동안 정신분열증 치료를 받아왔고 요즘 증상이 나빠져 병원에 입원 치료한 적도 있었다.

그는 폴란드에서 이민 온 가난한 부모 밑에서 배고픈 어린 시절을 보냈다. 간신히 고등학교를 졸업한 뒤 두서너 달 식당 종업원으로 일한 것 말고는 이제까지 정상적인 직업을 가져보지 못했다. 이성 관계도 원만하지 못해 독신으로 어머니와 함께 살았다. 몇 년 전 어머니가 돌아가시자 심한 우울증도 앓았다.

238

엘리자베스의 정신과 증상 가운데 하나는 비행기 공포증이었다. 비행기가 자기만 찾아 날아다니다 언젠가는 자신의 머리 위로 추락할 것이라고 굳게 믿고 있었다. 비행기가 한 대 이상 날아다닐 때는 자기들끼리 서로 레이더로 연락하여 그를 찾아낸다고 했다.

그런데 그가 배(ship) 안에만 있으면 이상하게도 비행기가 따라오지 않음을 알았다. 그래서 기회만 있으면 집 근처에 있는 리버 보트(강물에 떠다니는 노릇배)에 가서 시간을 보냈다. 그는 하루 한 끼를 꼭 빅맥으로 때웠다. 어쩌다 고급 식당에서 식사를 한 뒤에도 맥도날드에 들러 빅맥을 먹어야 속이 풀렸다.

언젠가 엘리자베스에게 왜 그렇게 빅맥이 좋으냐고 물었더니 첫째, 어릴 적 처음 먹었을 때의 맛을 못 잊어서이고, 둘째, 노란색의 맥도날드 로고(logo)가 마음에 들기 때문이라 말했다.

환자의 입관 예배에 참석했던 간호사가 이렇게 말하며 웃었다.

"그가 누워있던 관 속에 금빛 나는 맥도날드 M 로고와 빅맥의 그림, 그리고 모형 비행기가 있었다."

의사는 결코 생명을 구하는 것이 아니라 단지 연장해 줄 뿐이다. 그러나 대부분 의사의 무의식 속에는 자신들이 생사 여부를 결정하는 사람이라는 과대망상적인 생각을 하고 있어 환자가 사망할 때마다 나르시시즘에 큰 상처를 받게 된다.

나 또한 엘리자베스는 심장마비로 세상을 떠났지만 오랜 기간 치료를 해왔기에 마음 한구석이 휑 뚫린 듯 허전함을 느꼈다.

죽음에 대해서 많은 사람이 연구를 하고 수많은 책과 논문들이 나와 있다. 어떤 이는 그 방면에 대가인 것처럼 떠들어 대지만 죽음학은 인간의 학문이 아니라 창조주의 소관이다. 장례식에 가면 성직자가 죽은 이의 혼을 위로해준다. 성직자와 과학자와 의학자들은 예부터 우리 몸의 어딘가에 혼이 있을 거라 생각했다.

아주 옛날에는 심장에, 다음에는 횡격막이나 흉선(thymus)에, 그 다음에는 뇌 속에, 데카르트는 뇌 가운데에도 그 한가운데인 송과선(pineal gland)에 있을 거라 추측해서 실연(broken heart), 정신분열증(schizophrenia), 우울증 성격(dysthymia)이란 병명이 생겨났다.

죽음은 인생 항로에서 피할 수 없는 삶의 종착역이다. 엘리자베스는 가장 안전하다고 믿었던 노릿배에서 빅맥을 먹은 뒤 세상을 떠났다. 금빛 나는 로고, 빅맥 그림, 모형 비행기를 그의 혼에 태우고 우주를 날아다닐지 모른다. 엘리자베스의 죽음을 생각하면 심리학자 에릭슨의 말이 떠오른다.

"죽음이란 이때까지 살아온 인생살이를 매듭짓는 열매이다."

우리 모두 주어진 수명만큼 살기를 바라지만 전쟁, 범죄, 천재지변, 마약 등이 날뛰는 금세기에는 그렇게 되기가 힘들다. 가능하면 사고사, 자살, 타살이 아닌 자연사 사망확인서를 가지고 지구촌을 떠나는 행운아이기를 바라는 마음이다.

성 활동과 노화

    고대 로마의 도시 폼페이 유적지를 가봤다. 서기 79년 베수비오 화산 폭발로 폼페이는 지도에서 사라졌다가 18세기 중반부터 발굴을 통해 서서히 드러나기 시작했다.

    관광을 하면서 사람들이 모여 뭔가를 보며 떠들썩하게 웃고 있었다. 무언가 했더니 거리의 화석 위에 성행위 장면과 체위에 따라 가격이 매겨진 일종의 윤락가 선전이었다. 폼페이는 당시 무역의 중심지로 돈, 술, 여자들이 많았던 모양이다.

    최근에 여행한 터키 지역의 에페소스에도 윤락가의 위치를 알려주는 표시가 돌에 새겨 있는 그림을 보았다. 이렇게 성은 동서양을 가릴 것 없이 인간의 흥미와 관심을 끌어온 것이다. 성은 종족 유지 목적 외에 쾌감을 안겨 주고 자신의 존재를 확인시켜주는 본능 중의 본능이기 때문이다.

    자세가 구부정한 주름진 얼굴의 70대 남자가 아내와 같이 진료실에 들어왔다. 그분은 잠시 망설이다 입을 열었다.

    "그게 잘 안 돼서……."

경미한 고혈압과 고지혈증을 제외하곤 건강에 큰 이상이 없는 그분은 규칙적 운동과 친구들과 어울려 여행도 하는 등 나름대로 인생을 즐기고 있었다.

그런데 몇 달 전부터 성욕이 떨어지고, 발기가 충분치 않아 성생활의 변화를 느꼈다. 술 때문인가 싶어 술도 끊고, 커피도 끊고, 운동은 더 열심히 하고, 인터넷을 통해 비아그라도 구입해 복용해 보았다.

그러나 증상은 좋아지기는커녕 점점 나빠졌다. 모든 게 자신감이 없어지고, 밤에 잠도 설치며 친구들과 만나는 횟수도 적어지고, 아내한테 자주 화를 내는 우울감에 빠져들었다. 가정의를 찾았더니 혈압약과 고지혈증 약을 바꾸고 항우울제를 처방해 주었다. 정신과 의사를 만나보라는 제의에 따라 진료실에 들른 것이다.

미국 정신의학협회는 노인 환자를 진료할 때 반드시 수면과 성에 관한 질문을 권장한다. 70세가 넘은 대부분의 노인은 잠자는 문제와 성 기능 감퇴로 고통과 불안을 안고 산다. 노인 부부관계에 가장 영향을 끼치는 것은 파트너의 건강 문제와 성 기능 감소이다.

노인은 보통 한두 가지의 만성 질환을 앓고 있어 약물을 복용해야 한다. 특히 스테로이드성 약, 혈압강하제, 항불안제, 고지혈증약, 항우울제 등은 성욕을 포함한 성행위에 부정적 영향을 준다.

노인의 성 불기능이 저하하는 가장 큰 요인은 심리적인 것보다 혈관성 질환이 대부분이다. 혈관 벽에 콜레스테롤 같은 찌꺼기들이 쌓이면 혈액량이 적어져 충분한 발기가 이루어지지 않는다.

이분의 혈중 테스토스테론은 정상이고 심한 심장질환도 없어 고혈압약과 고지혈제의 용량을 최소한 줄이고, 항우울제는 끊고, 혈액순환을 높이는 약물을 처방했다. 다행히 환자의 성 기능은 좋아져 거의 예전의 상태로 돌아갔다.

머리가 희끗한 노인이 성적 호기심을 보이면 더티 올드맨이라니, 망령든 주책 빠진 영감탱이라니 하며 혀를 찬다. 이렇게 노인들의 성욕과 성생활의 욕구에 대한 사회 인식은 지극히 부정적이다. 노인의 성욕은 사회적 금기로 억눌려 있고, 노인은 아예 성욕이 없어진 중성으로 인정하려고 한다.

통계 자료를 보면 건강한 65세 이상 노인 남자들의 60%가 나름대로 규칙적인 성생활을 유지하고, 70세가 넘어서도 30-40% 정도는 월 2회 정도 성교를 하는 것으로 나와 있다. 규칙적인 성생활은 꼭 성교를 의미하는 것만은 아니다.

키스와 안아줌, 가벼운 애무도 성교 못지않게 노인 부부들에게 신체적 밀착성과 정서적 안정감을 느끼게 해준다. 70세 노인의 거의 80% 이상이 가끔 성욕을 자극할 수 있는 잡지나 영화를 보며 성적 환상에 젖어있다고 한다. 이제 대중의 인식이 바뀌지 않으면 안된다.

나이가 들면 돈과 명예는 점점 멀어진다. 나이를 먹어도 심신이 건강하면 섹스에 대해서 관심을 잃지 않는 게 중요하다. 발기부전이 주요 원인이면 남근을 둘러싸고 있는 혈관에 더 많은 혈류를 제공해주는 약물인 비아그라, 시알리스 등을 복용해 보는 것도 괜찮다. 단 심장질환이 있어 나이트레이트 계통의 약을 먹는 사람은 비아그라 등을 복용해서는 안 된다.

약물과 더불어 담배는 끊고, 지속적이고 규칙적인 운동과 건강한 식이 습관, 술은 적당히 하는 것이 중요하다. 윤리 전도사요, 아버지 같은 역할로 흑인 젊은이들의 우상이던 방송인 빌 코스비처럼 성에 너무 집착해도 못쓴다. 성폭력이나 성희롱 같은 범죄 행위를 저질러 사회의 웃음거리가 될 수 있으니 조심, 또 조심해야 한다.

마음 청소

좀 일찍 불어 닥친 늦가을의 세찬 바람이 그나마 간신히 나뭇가지에 붙어 있는 바랜 잎들의 간절한 삶을 위협하고 있다. 지나간 시간에 대한 아쉬움과 안타까움, 애처로움으로 색칠해진 11월 끝자락, 마침표 없는 세월의 흐름에 자연마저도 어쩔 수 없는 듯싶다.

아직 영하의 기온이 아닌데도 추위에 견디지 못해 비스듬히 쓰려져 있는 거무스레한 고목들 사이로 가늘게 눈 덮인 공원의 오솔길을 걷고 있다.

마침 반대편에서 늙은 말 하나가 코에 하얀 김을 내뿜으며 뚱뚱한 여자를 태우고 걸어온다. 얼마 지나 말은 몇 뭉치의 똥을 대지 위에 뿌려 놓고 간다. 똥에서도 하얀 김이 뭉게뭉게 피어오른다. 배설은 일반적으로 쾌감을 수반한다. 따뜻한 마구간이 아닌 차가운 오솔길이지만 배설의 기쁨이 늙은 말의 눈가에 비친다.

생명에 필요한 영양분은 빼내고 찌꺼기만 내보내는 청소작업이 배설이다. 몸 청소는 사람됨의 껍데기만 깨끗하게 한다. 마음과 영혼을 말끔히 씻겨 주어야 진짜 사람됨을 만들어 준다. 정신과에서는 이를 정화(catharsis)라 부른다. 슬픈 책을 읽거나, 슬픈 노래를 듣거나, 끔찍한 그림을 감상하거나, 비극을 관람하면서 느낄 수 있는 고통, 연민, 분노 감정들을 잘 소화하여 배설함으로써 사람의 영혼을 청소해 주는 과정이다.

19세기 말에 프로이트는 모든 정신장애의 요인을 콤플렉스로 보고, 환자가 이를 인식하여 소제한 뒤 내면의 심적 평온을 유지할 수 있는 방법을 정화라 했다. 즉 인간의 무의식 속에 억압된 관념이나 감정으로 묶여 있는 콤플렉스를 해소하고 배설함으로써 마음의 답답함으로부터 벗어나고자 하는 시도였다.

추수감사절이 지난 이맘때면 생각나는 환자가 있다.

"굴뚝 청소하러 왔습니다."

30대 중반의 건장한 남자였다. 굴뚝 청소하는 소리를 들으니 언뜻 어렸을 적 자주 보았던 헐렁한 작업복 차림에 손, 얼굴, 머리는 온통 검댕으로 분칠한 굴뚝 청소 아저씨가 떠올랐다. 지금은 그런 아저씨를 거의 찾아볼 수 없다.

문명의 발달이 이렇게 내 삶의 어린 추억들을 늙은 말이 똥을 배설하듯 몰아낸 것이다. 같은 회사에 근무하는 잘생긴 남자 동료와 섹스를 하고 싶은 흥분과 충동이 자꾸 일어나서 근무에 지장이 많으니 도와 달라는 그의 하소연에 내 의식은 다시 현실로 돌아왔다.

그는 고등학생 시절 여러 명의 여자 친구가 있었는데도 두 주간 보이 스카우트 야외 캠핑을 갔을 때 가장 잘생긴 남자한테 성적으로 끌림을 처음 경험했다.

그 뒤부터 주위에 자기보다 잘 생긴 남성을 보면 왠지 성적 매력을 느껴 가깝게 지내고 싶었다. 아직까지 타인의 눈이 무서워 자신의 동성애 욕망을 실행에 옮긴 적은 없다. 동성애적 성향을 없애버리려고 결혼도 일찍 하고 자식도 두었지만, 그의 집착은 사라지지 않았다.

최근 직장에서 성적 매력을 끈 남성이 갑자기 미워지고 역겨워 때려주고 싶은 생각이 들자 가슴이 두근거려 숨쉬기가 곤란하고, 손에 땀이 나고, 두 다리가 후들후들 떨렸다.

동시에 그 남자에 대해 몹시 미안하고, 죄스러워 밤잠도 설치고 우울하기만 했다. 이 모든 문제가 자기의 내면에 들어앉은 동성애 욕망이기에 이를 깨끗이 씻겨 줄 의사를 찾아온 것이다.

인간은 누구나 양성(bisexual) 심리 상태를 가지고 있어 동성애적 성향이 잠재되어 있음을 프로이트가 언급한 이래 잠재적 동성애에 대한 많은 논란을 불러일으켰다. 일부 심리학자들은 잠복 동성애란 치유자가 간접적으로 만들어 낸 산물이라 비난한다.

즉 치유자가 동성애 이야기를 꺼내 놓기 전까지는 환자는 전혀 몰랐는데 넌지시 암시하는 말을 듣고 보니 자기 자신도 동성애적 성향을 가지고 있는 것으로 믿게 되었다는 주장이다.

동성애자는 잠재적 동성애 성향이 의식 상태에서 뚜렷하게 외부로 나타난 소수의 케이스이다. 상당수의 잠재적 동성애자는 사회적 터부(taboo)나 규범 때문에 잠복 성향이 의식 밖으로 벗어나지 못하다가 기회가 오면 다른 증세로 대치되어 표현될 수 있다.

사회적 제약을 제치고 뛰쳐나온 잠재적 동성애자는 가끔 자신을 보호하고자 일부러 동성애자들을 혐오하고 차별하는 태도도 보인다. 그러나 동성애자들에 대한 미안함, 죄책감에 휩싸여 심한 불안 증세를 보이는 현상을 동성애적 심리 공황상태라 부르며 임상에서 심심찮게 볼 수 있다.

왜 인간은 잠재적 동성애를 가지고 있을까? 분석심리학자는 인간의 자아 발달 과정에서 오이디푸스 콤플렉스를 잘 해결하지 못해 자신과 동성 부모와의 동일화 형성 관계에 문제가 있기 때문이라 한다. 한편 일부 학자는 오이디푸스 이전인 분리 개별(separation-individuation) 단계에서 엄마와의 공생관계, 즉 모자 단일체를 벗어나지 못해 독립적 개체로서 성장하지 못한다는 이유를 든다.

공생관계 중에 엄마가 아이를 잘 돌보아주지 않을 경우에 아이는 자신의 신체성뿐 아니라 사회성인 젠더(gender) 정체성도 고착된다고 했다. 지금은 잠재적 동성애를 생물학적·심리학적·발달학적·문화적 영향의 복잡한 상호작용과 연관된 내면의 심리상태로 설명하고 있다.

아직껏 동성애 성향을 선천적 요인인가, 아니면 후천적 습관인가 명확히 설명해 줄 누구도 없다.

"인간의 내면에는 모든 대상에 대한 욕정과 공포가 함께 존재하며 이는 집단무의식을 통해 대대로 내려온다."

칼 융의 말이다. 이제 동성애자들에 대한 편견과 혐오가 줄어들어 모두가 마음 편해질 수 있으면 좋겠다.

운수 좋은 날

세월은 빨리 간다. 언덕이 더 가파르다는 생각이 들고, 손자들도 내가 그들 주위에 있으면 다칠까 봐 조심스럽게 뛰어다닌다. 지나간 세월이 하나의 서사시처럼 느껴진다. 큰아들, 형, 오빠, 남편, 아버지, 할아버지, 이제 70대 노인까지 왔다.

돌아보니 이제껏 살아오며 무언가 좀 이루어 놓은 것 같은 생각도 든다. 그러나 그게 무슨 대수냐, 나무는 나무일 뿐, 나 또한 나뿐이 아니겠는가.

사노라면 하기 싫어도 해야 하는 게 선택이다. 가끔 흑이나 백, 둘 가운데 하나를 선택해야 하는 위험 부담도 감수해야 한다. 원시 시대 우리 조상들이 동굴에 살 때는 삶이 단순해서 선택이 쉬웠다. 세월 따라 지식과 지혜가 쌓이자 삶이 복잡해지고 선택도 어려워졌다.

지나간 삶을 통해 우리의 신체는 그런대로 환경의 변화에 비교적 잘 적응해 왔지만, 뇌세포는 아직도 동굴 시대의 단순함과 부족함에 더 잘 반응하도록 짜여 있다. 먹을 것, 입을 것이 점점 많아지면서 뇌세포 또한 선택이 어려워졌다. 그리고 현대 사회의 풍요로움과 정보의 홍수는 뇌세포를 피로하게 만들어 오히려 환경에 적응하는 기능을 감퇴시키고 있다.

주말이 오면 집에서 가까운 공원에 들러 125개 계단을 올라갔다 내려온다. 집안에서 트레드밀(treadmill)을 30분 이상은 해야 두세 방울의 땀이 얼굴에서 흘러내리는 데 계단을 4번 오르내리면 비슷한 양의 땀이 나온다. 처음에는 한 계단만 올라가도 숨이 차더니 계속해 보니 네 번은 쉽게 할 수 있다.

많은 사람이 그 계단에서 나와 비슷한 운동을 한다. 지팡이 든 노인, 개 데리고 온 중년 여인, 요가를 하는지 원숭이같이 두 손과 두 발로 기어 올라가는 젊은 남자, 한여름인데 몸과 얼굴을 천으로 칭칭 감은 아랍계 여인, 비키니 차림이나 스포츠 브라의 여인들 각양각색이다. 젊은이들의 대부분은 나처럼 한 계단 한 계단씩 걷지 않는다. 두 계단을 걷거나 아니면 뛰어서 계단을 오르내린다.

계단 꼭대기 1/3 지점부터는 경사가 가파르다. 가파른 계단을 내려올 때 위쪽으로 올라오는 지팡이 든 노인이 숨이 차는지 계단 손잡이를 붙잡고 먼 곳을 바라보며 서있다. 중풍에 걸리기 전 자신의 삶을 되새기고 있는 게 아닐까?

남의 나라에 와서 의사란 직업으로 그리 차별 받지 않고 살며 큰 병 없는 나를 생각해 본다. 아직까지 운이 좋았지만 어느 순간 불운이 닥칠지 모른다는 두려움이 엄습한다. 좋은 일 뒤에는 여러 나쁜 일이 생긴다는 옛말이 생각났기 때문이다. 동시에 현진건의 단편『운수 좋은 날』이 머릿속에 떠오른다.

그날따라 손님들을 많이 태워 손에 돈이 쥐어진 김 첨지는 다른

250

지게꾼들과 얼큰히 한잔 들이킨 다음 몸져누운 아내가 그토록 먹고 싶다던 설농탕 한 사발을 사가지고 집에 왔다. 그런데 아내는 이미 죽어 있었더라는 단편이다. 실인즉 그날은 행운이 아닌 불운의 날이었다.

운이란 단어는 유사 이래 우리 생활의 한 코너에 당당히 자리 잡고 있다. 21세기 과학의 발달에 불구하고 운에 매달려 사는 현대인들이 점점 많아지는 추세이다. 복권 사는 사람도 늘고, 경마장이나 카지노를 들락거리는 사람도 늘고, 점쟁이, 운명 도사를 쫓아다니는 사람도 많아졌다.

흥미롭게도 어느 설문 조사에는 종교의 교리보다 운을 믿는 사람들이 더 많다고 나왔다. 교인인데도 점쟁이의 도움을 받아 보려고 애쓰는 사람도 주위에서 보았다. 언젠가는 정신 질환의 진단 및 통계 열람에 병적으로 자신의 운을 알아보려고 쫓아다니는 질환이란 새로운 "운 중독"이 포함될지도 모르겠다.

모든 게 발달하여 편리한 현대 사회에 왜 이런 현상이 일어날까? 세계화와 시장 자본주의로 말미암아 빈부격차가 심해졌고, 사회조직의 바탕을 이루는 중산층의 사라짐은 안전했던 가족 제도를 흔들어 놓았다.

이에 따른 인간관계의 불신, 현재에 대한 불만과 절망, 미래에 대한 불안과 불확실성, 될 대로 되라는 케세라 세라 심리적 현상이 광범위하게 퍼져있다. 이러한 경제적·사회적·심리적 요인들이 우리의 뇌세포를 자극하여 운을 추구하는 방향으로 진화될 위험성도 커지고 있다는 사실이다.

40대 초반의 미혼 남자였다. 그는 어렸을 때 자동차에 치어 큰 부상을 겪는 사고를 겪었다. 자신이 잘못해서 생긴 게 아니었다. 그 사건이 일어난 뒤 자신이 아무리 노력해도 이미 정해져 있는 운수를 어찌할 수 없고, 자신은 자살로 끝날 삶을 가진 사나이란 생각이 들었다. 그는 살면서 서서히 자살 생각의 블랙홀에 말려들어 빠져나올 수가 없었다.

때때로 운을 믿는 것에 의심이 생기면 주어진 운을 확인하려고 점쟁이나 운명 상담자들을 찾아다니기도 했지만, 그들도 잘 모르는 것 같았다. 결국 자신의 생각만을 믿을 수밖에 없었다. 이제 그 남자의 삶의 목적은 자기 스스로 목숨을 끊는 것을 확인하는 일뿐이었다. 그러다 지난 30년 동안 자신의 불운을 기다리기에 너무 지친나머지 우울증이 따라오자 의사를 보러 왔다.

운이나 불운은 알려주고 오지 않는다. 거의 대부분 갑자기 들이닥친다. 그럴 때 사람들은 각자의 성격에 따라 다르게 대처한다. 가장 힘들게 대처하는 사람이 앞의 환자처럼 항상 비관적이고 강박적 성격의 소유자다. 운과 불운은 또한 번갈아 가며 생기는 경향이 있다. 너무 좋다고 흥분하지 말고, 나쁘다고 절망할 필요도 없다.

환자에게 불운이 아직도 오지 않는 이유는 아마 누군가 당신의 불운을 떠맡아 갔을 것이니 걱정 말고, 우울증은 약으로 치료가 되니 안심하라고 일렀다. 운과 불운은 빛과 그림자처럼 함께 따라 다닌다. 지팡이 중풍 노인, 인력거꾼 김첨지, 강박증 환자 선생, 그리고 나, 모두 한 세상 살며 좋고, 나쁜 일들을 만난다.

한 때의 희로애락이나, 운, 불운에 매달려 살아서는 안 된다. 그것이 앞으로 닥쳐올 삶에 대해 미리 대비를 해 두는 게 걱정을 덜하는 지혜로운 삶이 아닐까?

252

위장(undercover) 환자

정신과 수련의를 끝내고 곧장 일리노이 주립정신병원 정신과 의사로 일을 시작했다. 한두 달쯤 지나자 당시 응급실 담당 정신과 의사가 병실 환자들을 치료하던 나에게 일자리를 바꾸자고 제안해 왔다. 그가 하도 사정하기에 병원장 허가를 받아 응급실로 자리를 바꿨다.

그로부터 주립병원에서 오랫동안 줄곧 응급실 근무만 했다. 마지막 7~8년은 응급실과 대기 입원실을 책임지는 임상과 행정을 책임지는 주임 정신과 의사로 끝을 맺고 나왔다.

주립정신병원 응급실은 여러 장소로부터 환자를 받는다. 시내 길거리에서 횡포를 부리는 사람, 어느 날은 천장을 찌르는 여자의 히스테리성 고함, 대기실에 화장실이 있는데도 그대로 방뇨하는 알코올 중독 남자, 머리를 가슴에 푹 박고 두려움에 떨고 있는 공항장애의 젊은 여성도 있다.

성경책을 들고 의사 뒤를 따라다니며 예수 믿고 구원받으라는 조울증 흑인 남자, 한쪽 귀퉁이 벽에 대고 중얼거리며 웃어대는 정신분열증 환자, 시멘트 바닥에 주저앉아 대성통곡을 하는 우울증 중년 여인의 모습 등을 흔히 볼 수 있다.

어떤 날은 응급실이 1 : 1 복싱 매치가 열리는 사각의 정글, 어떤 날은 전쟁터를 방불케 하는 폭력의 장소로 변하기도 한다. 감옥에서 자살을 기도한 사람, 술, 마약, 성범죄자, 다른 정신과 의사들이 치료하다 잘 안 된 심한 정신 질환을 앓는 사람, 집과 돈 없는 사람들이 몰려드는 곳이다. 그래서 거의 매일 액션이 있고 항상 긴장이 서려 있다.

가끔 사고도 생긴다. 환자가 응급실 변소에서 목매어 자살을 했고, 어느 환자는 자신의 벗은 옷에 대기실 변소 휴지를 섞어 방화했고, 어떤 환자는 폭탄을 소유했다고 위협하여 온 병원 환자들을 소개하는 법석도 떨었다. 이렇게 항상 위험이 도사린 곳이라 누구도 원치 않던 직업을 그래도 대가 없이 오랫동안 하고 나온 사실은 기적이라 생각하고 있다.

응급실 정신과 의사는 또 한 가지 골치 아픈 스트레스가 있다. 진짜 환자 치료하기도 바쁜데 환자 같지 않은 사람이 들어와 정신병 흉내를 내는 사람들을 추려내는 일이다. 가끔 기삿거리를 얻거나 직접 체험을 통해 이야기 소재를 만들려고 위장환자로 분장한 신문기자, 소설가로 의심이 가는 사람이 들어오면 신경이 곤두선다.

1973년, '포센한'이란 작가의 실험이다. 그는 정신적으로 건강한 사람 몇 명을 골라 귀에서 이상한 소리가 들린다는 환청증상을 호소케 하여 정신병원에 입원시켰다.

위장환자들은 입원 직후 환청이 그쳤다고 했지만, 의사들은 항정신성 약을 계속 복용하게 했고 퇴원 진단명은 증상이 좋아진 정신분열증이었다. 그래서 작가는 정신병 진단이야말로 객관적으로 인정된 과학 기준보다는 사회적 상황의 부산물이라 규정했다.

그 뒤 30년이 지난 2004년에 여류작가 스레이터(Lauren Slater)는 『스킨너의 상자』(*Opening Skinner's Box*)란 소설 속에 정신과 진단의 오진을 들춰내는 과정을 기술하여 또 한 번 화제를 일으켰다. 작가 자신이 정신병 환자로 가장하여 보스턴 지역의 큰 병원 응급실을 찾아 다녔다.

응급실 의사들에게 자기는 우울증상은 없는 것 같은데 귀에서 쿵쾅하는 소리가 들려서 시중에 나와 있는 항우울제와 항정신제를 모두 먹어 보았으나 별 효과가 없다고 호소했다. 응급실 의사의 진단은 정신성 우울증(psychotic depression)이었고 항정신제 처방을 받았다. 그 여류작가는 의사들이 확실한 증상을 찾지 못하고 전에 복용했던 약을 기준으로 진단을 붙인다고 주장했다.

그러자 잘 알려진 미국 정신과 의사 몇 명이 여류작가의 주장에 의심을 품고 자체 조사에 나섰다. 그들은 미국 각지에 흩어져 있는 70개 이상의 응급실 정신과 의사들에게 소설에서 언급한 환자의 증상을 그대로 적은 케이스를 보내 진단과 치료를 물어보았다.

그랬더니 단 네 명의 응급실 의사만이 정신성 우울증이란 진단을 붙였고 네 명 가운데 한 정신과 의사가 약물 처방을 주었다는 조사 결과가 나왔다. 여류작가가 자신이 방문했다는 병원의 응급실 장소를 밝히기를 거부하자 의심을 품은 정신과 의사들은 작가 자신의 상상력이라 반박했다. 여류작가와 정신과 의사 사이에 2년 동안에 걸친 말싸움이 붙은 일이다.

나는 주립정신병원 응급실을 나온 뒤 거의 10년 동안은 외래 진료실에서 통상 환자들만 보았다. 통상 환자들이 입원 환자들보다 쉬운 줄 알았는데 그것도 아니었다. "옆집 잔디가 항상 내 집 잔디보다 푸르게 보인다."는 서양 속담이 일리가 있는 말이다.

세상에 쉬운 일은 없다. 지금의 아픔을 과대평가하지 말자. 우리의 삶을 더 고달프게 만드는 것은 지금 대하고 있는 현실이 아니라 현실을 바라보고 해석하는 태도에 달려 있다. 무슨 일이든 최선을 다하면 굵은 밧줄 하나가 바다에 떠 있는 큰 배를 끌 수 있는 힘이 될 수 있는 것처럼 말이다.

이름의 힘

　최근 미국에서 아이시스(Isis)란 여자 이름이 화젯거리이다. 고대 이집트 여신인 아이시스란 이름은 어감이 스위트하고 쿨(cool)한 게 마음에 들어 2005년에 태어난 많은 여자아이들의 이름이 되었다. 불행하게도 아이시스가 포악한 이슬람 과격 무장 단체의 약자로 사용된 뒤부터 아이시스 이름은 수난을 겪고 있다.

　그래도 2014년에 거의 400여 명의 갓 태어난 여자아이들의 이름이 아이시스라니 역시 매력적인 이름이 틀림없다. 보도에 따르면 사람뿐 아니라 상점도 아이시스란 이름 때문에 의심, 협박 등 많은 불이익을 당하고 있어 이름을 바꾸거나 잠시 다른 닉네임을 사용하는 경우도 꽤 있다 한다.

　세상의 장애물과 부딪히며 삶의 맛을 본 부모들은 태어난 자식들이 자기보다 더 편안하고 더 좋은 삶을 살아가라는 바람에서 이름 붙이는 데 신경을 쓴다.

　아메리칸 인디언은 자식의 이름을 태어난 해와 달, 날을 배합하여 지어 주고 서양에서는 부르기 쉽고 듣기 좋은 이름을, 동양권에서는 뜻이 담긴 이름을 선호한다. 가끔 자신의 이름이 싫어 바꾸는 사람도 있지만 거의 대부분 숙명적인 정체성 상징으로 일생을 지니고 산다.

미국에 살면서 희한한 일을 많이 보았다. 그 가운데 하나가 이름이다. 물론 다 민족들이 섞여 사는 미국 사회지만 성과 이름을 합친 단어 수의 길이에 너무 차이가 심해 놀랐다. 짧게는 단지 몇 단어, 길게는 물경 40단어로 된 환자 이름도 있었다.

1988년 민주당 대통령 후보였던 마이클 두카키스(Michael S. Dukakis)는 여러 가지 이유로 선거에 졌지만 하나의 이유는 미국인들에게 그리스계 이름이 그리 어필하지 않았다는 것이다.

금년 미대통령 선거의 공화당 후보로 존 카식(John Kasich) 오하이오 주지사가 뜰 가능성이 있다는 언론 기사를 읽었다. 트럼프(Donald Trump)보다 발음하기 어려운 그의 이름이 핸디캡이 될지 두고 볼 일이다.

이름에 관한 한 우리 집안에도 이야깃거리가 있다. 조부님 존함은 북한의 김일성 이름과 똑같은 천일성으로 한자 표기도 같다. 김일성이 탄생한 훨씬 이전 분이셨는데 관공서에 호적 등본을 떼러 갈 때 가끔 직원이 색안경을 끼고 쳐다보았다.

아버님은 여자 이름인 천기순, 어머니는 남자 이름인 이영우, 나도 희귀한 천 씨에 양곡이란 이름 때문에 어릴 땐 놀림을 많이 겪었다. 또한 아내 이름이 박경자인데 미국에서 살면서 천경자로 바뀌었다. 천경자 서양화가가 작고하기 전까지 집사람이 이름 때문에 가끔 유명세를 타기도 했다.

이름과 연관된 환자 이야기다. 30대 초반의 동남 아시아계 여자였다. 양로원에서 일하는 간호보조사로 하는 행동이 모자라 직장에서 사람들의 조롱거리가 되는 일이 많았다. 정신분열증세가 있던 그는 자기 이름이 부르기 힘든 아시아 이름이라 사람들이 놀리는 줄로 착각하고 있었다. 고심 끝에 같은 직장에서 근무하는 아프리카 출신의 미국 남성에게 접근하여 마침내 결혼했다.

술고래에 마약쟁이 남편은 결혼하자마자 자신은 일을 그만두고 그가 벌어오는 돈으로 편안하게 지냈다. 그가 불평을 하면 술을 먹고 그에게 신체적 학대를 가했다. 견디다 못한 그는 결국 결혼 3년째 되던 해에 아시안 커뮤니티의 도움을 받아 남편과 헤어졌다.

그는 이혼한 후에도 남편의 미국 성은 그대로 가지고 있었다. 얼마 지나지 않아 그에게 새로운 습관 하나가 생겼다. 명절이나 생일, 결혼, 장례, 어머니 날, 아버지 날 등이 다가오면 아는 사람들에게 어김없이 카드에 편지를 써서 보내는 일이다.

겉봉투와 카드 속에는 아주 크고 선명하게 자신의 미국 성을 적어 놓았다. 정신과 의사를 만나러 진료실에 와서도 사람들이 자기를 First name으로 부르면 당장에,

"My name is Mrs. X."

라고 정정해 준다. 미국 성을 가진 것을 아주 자랑스러워한다. 놀라운 일은 그가 미국 성을 가지고 난 뒤 사람들에게 카드와 편지를 보내기 시작하면서 그의 정신증세인 외로움과 고독감, 그리고 피해망상증이 많이 좋아졌다. 하찮은 미국 성 하나가 비싼 정신과 약물 치료를 넉 아웃시킨 사례이다.

나도 Smith나 Hughes로 이름을 바꾸면 유능한 정신과 의사로 보일까? 쓴웃음이 나온다.

프로이트를 생각한다

지난 5월 6일은 프로이트 선생이 탄생한 날이다. 그 날 미국 2대 주간지 《월 스트리트 저널》과 《뉴욕 타임스지》에 프로이트에 대한 기사가 실렸나 살펴보았다. 그런데 나오지 않았다. 왜 그럴까? 프로이트가 노벨상을 타지 못해서였을까? 아니면 아직도 사람들의 눈살을 찌푸리게 하는 영유아성욕설, 남근선망 등을 주장해서였을까?

그러나 프로이트의 무의식의 발견, 정신분석이론, 꿈의 해석, 성에 대한 세 가지 논문은 역사에 남을 큰 공헌으로 높이 평가해 주어야 한다. 지금의 정신의학계는 분자생물학적·약물학적 경향에 치중해 있어 프로이트 선생의 의견을 대부분 신봉하지 않는다. 프로이트의 많은 이론 가운데 논란거리와 흥미를 제공하는 성(sexuality)에 관한 것을 간단히 소개해 본다.

중세를 거쳐 근대로 들어와서도 유럽 문명은 인간의 이성만을 강조하고 추구했다. 하지만 니체의 인간 초월성, 마르크스(Karl Marx)의 유물론, 프로이트의 무의식 개념은 유럽 문명을 향해 과감히 도전하고 나섰다. 프로이트는 특히 의식 세계보다 우리가 모르는 중

260

에 사고하고 행동하는 대부분의 일상생활이 무의식의 지배를 받는
다고 주장했다.

프로이트는 의식 속에서 터부로 치장되나 의식 밖에서는 호기심
과 집착을 보이는 인간의 성에 대한 태도를 꿰뚫어 보았다. 그가
청소년 시절에 셰익스피어와 괴테의 문학에 심취되어 성 문제에 대
해 조숙했거나, 소문에 나돌던 것처럼 아버지와 나이 차이가 많던
어머니와 젊은 남성들과의 정사를 목격한 게 성 연구의 동기였다는
설도 있다.

어쨌든 프로이트는 의과대학 시절에 수컷 뱀장어 400여 마리의
고환을 해부해 보았고 뒤에 자신의 환자들을 진료하면서 인간의 성
이 정신에 미치는 영향을 주의 깊게 연구하기 시작했다. 1900년에
환자들과 자신의 꿈 내용을 바탕으로 『꿈의 해석』을 발표하면서 꿈
이야말로 무의식이 자유롭게 표현될 수 있는 하나의 장소로 여겼
다. 그는 여성 히스테리 환자를 최면술로 치료하면서 의식 밖 깊숙한
곳(나중에 무의식으로 규정)에 억압된 성적 욕망을 발견하게 된다.

프로이트는 그 성적 에너지를 정상적으로 풀어주지 못해 일어나
는 갈등이 마음과 신체에 해를 끼치는 노이로제의 주원인으로 보았
다. 또한 꿈속에서 보여주는 여러 물체와 행동은 억압된 성적 욕망
이 변형되거나 상징적으로 나타나기에 모든 인간의 삶 자체를 성적
충동과 연관지으려 했다.

프로이트는 운명의 장난으로 생부를 죽이고 생모와 결혼했던 그
리스 신화 오이디푸스(Oedipus) 이야기를 변형하여 '오이디푸스 콤
플렉스'를 탄생시켰다. 즉 어린 사내아이가 어머니를 향한 사랑과
아버지에 대한 질투, 심하게 표현하면 어머니에게 성적 욕망을 느

껴 아버지를 살해하고 싶은 심리 기전을 뜻한다. 프로이트는 무의식이 보여주고 싶은 욕망과 그 욕망을 막아 보려는 자아와의 싸움에서 파생된 산물이 꿈의 내용이라 결론지었다.

몇 년 뒤 프로이트는 자신의 정신분석 결과와 자신의 6남매를 키우며 관찰한 체험을 통하여 『성에 대한 세 편의 에세이』를 저술했다. 당시 사람들은 인간의 성욕은 사춘기가 되어야 발생한다고 믿었다. 그러나 프로이트는 자식들이 아주 어렸을 때부터 엄마와의 신체적 접촉을 통해 즐거움을 느끼는 행위를 주목했다.

그리고 그는 이를 성적 흥분으로 해석하여 영유아성욕성을 주장하고, 더 나아가 인격 형성을 설명하는 '정신-성 발달이론'을 확립하게 된다. 그는 또한 남성의 성기를 부러워하고 그에 대한 질투심으로 페니스를 떼어 가려고 하는 여성의 심리상태를 나타내는 남근선망과 남성의 거세불안도 자세히 설명했다.

신을 모독하며 세상을 발칵 뒤집어 놓은 코페르니쿠스(Copernicus)와 다윈(Charles Darwin), 무의식의 존재와 성욕을 미화한 미치광이 의사 프로이트는 실은 세상을 바꾸어 놓은 인물들이었다. 세 사람 가운데 프로이트의 생애는 불행의 연속이었다.

프로이트의 인생 여정은 어린 시절의 가난, 청년기의 방황, 학계로부터 왕따, 유대인이란 차별, 구강암으로 인한 오랜 신체적 고통, 그로 인한 담배와 진통제 중독, 노년기의 망명 생활로 이어진다.

특히 나치의 위협을 피해 82세 노구를 이끌고 영국으로 건너와야 했던 그는 결국 신체적 통증과 외로움이란 정신적 통증에 굴복하여 스스로 죽음을 선택했다. 학문 추구에 대한 열정, 집착, 창조적 능력을 발휘하여 많은 연구 자료와 서적을 남기고 간 프로이트 선생에게 존경을 표한다.

소아성애증

"죽고 싶지만 죽을 수도 없습니다."

수수하게 차려 입은 중년 남자의 중얼거림이다. 시선을 피한 채 앉아 있는 모습이 몹시 피로해 보인다. 그는 사춘기가 되기 전 자기 나이보다 훨씬 어린 동네 꼬마들한테 관심이 많았다. 처음엔 그저 그들과 놀아 주고 보살펴 주면 기분이 좋았는데 시간이 가면서 점점 그 애들한테 이상한 감정이 싹트기 시작했다.

고등학교 다닐 때도 자기 나이 또래의 여자에겐 도무지 성적 매력이 끌리지 않았다. 데이트나 키스 한번 안 했다. 그와는 달리 꼬마 여자애들만 보면 성적 흥분을 느꼈다. 그렇다고 그는 동성애자도 아니었다. 가톨릭 가정의 엄격한 부모 밑에 자라서인지 아이들에게 향한 성적 감정을 그런대로 잘 누르며 살아 왔다.

그가 19살 되던 해 일이 벌어졌다. 옆집 세 살짜리 여자아이를 돌보던 어머니가 밖에 볼 일이 생겨 마침 방학으로 집에 와 있는 그에게 아이를 맡기고 나갔다. 그는 여자아이가 변소에 가고 싶다 해서 도와주다가 성적 흥분을 이기지 못해 여아의 몸을 어루만지고 자신의 성기를 여아의 질에 가볍게 삽입했다.

그 일이 있은 뒤 며칠 동안 고민하다가 어머님께 사실대로 말씀드렸다. 어머니는 여아의 부모에게 알렸고 그는 얼마 동안 유치장 신세를 져야 했다. 그때 그가 어머니에게 말하지 않았더라면 아무도 몰랐을 것이다.

죗값을 치르고 유치장에서 나왔으나 자기를 바라보는 이웃들의 따가운 시선과 성범죄자란 딱지 때문에 제대로 된 직업을 찾을 수 없었다. 결국 고향을 떠나 자기가 지은 죄를 신께 용서를 빌 겸 어느 성당의 청소 일을 무보수로 한 1년쯤 했다.

어느 날 그는 신부님을 만나 자신의 이야기를 하자 교회에서도 쫓겨나고 말았다. 가뜩이나 가톨릭 신부들의 성 학대 사건으로 세상이 들썩이는 때에 그의 존재는 누구에게나 부담스러웠던 모양이다.

가톨릭 신부들과 고인이 된 마이클 잭슨이 어린 소년 소녀들에게 가한 성희롱 사건은 소아성애증(Pedophilia)에 대한 세인의 관심을 불러일으켰다. 성애증은 한마디로 성적 활동을 나이 어린 소년 소녀로부터 찾는 현상이다.

정신의학에서 소아성애증은 13~14세 이하 사춘기 이전의 소년 소녀에게 강렬하고 반복적인 성적 매력, 환상, 갈망, 흥분, 행위가 6개월 이상 지속되며 이로 말미암은 심신의 고통, 수치, 죄의식을 느끼고 사회적·가정적·직업적 기능의 저하를 뜻한다. 매력, 흥분, 열망, 환상, 행위 가운데 한두 가지만 있어도 소아성애증이라 진단한다.

어떤 사람이 불법 소아성애 외설 영화를 거의 매일 보는데 자기가 소아성애자인지 물어왔다. 대답은 '그렇다'이다. 만약 행위까지 자행했다면 성범죄자로 법의 처분을 받아야 한다.

그들의 성적 행위도 여러 가지다. 어린아이 옷을 벗겨 몸과 성기를 희롱, 어린애 보는 데서 자신의 성기 노출과 자위행위, 정상 성교는 물론, 구강성교, 항문성교 등을 포함한다. 대부분이 남자인데, 자발적으로 나서지 않아 발생 빈도는 잘 모른다.

원인은 잘 모르지만 여러 가지 추측을 하고 있다. 전문가들에 따르면 정신 심리적 요인이 생물학적 요인보다 중요하다고 한다. 어렸을 때 성 학대를 겪었거나, 자랄 때 부모와의 관계가 원만하지 못해 정서적 발달이 부족한 것을 주요 원인으로 본다.

이런 사람들은 자기 나이 또래와 잘 어울리지 못하므로 다루기 쉬운 어린 애들과 친하게 되고 점점 성적으로 끌리게 된다. 성인들로부터 받을 수 없는 지배력, 우월감 등을 아이들로부터 얻게 된다. 생물학적 요인은 남성 호르몬인 테스토스테론 영향, 뇌 손상, 뇌 질환, 유전 경향을 이야기하고 있다.

완전치료는 어렵고 정신심리 행동요법도 별 효과가 없다. 가끔 약물 치료로 여성 호르몬인 Depo-provera같은 화학적 거세도 사용한다. 아주 심한 케이스는 외과적 수술이 요구될 때도 있다. 그래서 예방이 가장 중요하다. 잘 모르는 사람에게 아이들을 홀로 맡기지 말고, 소아 성 학대 경력이 있는 사람은 될 수 있으면 아이들과의 접촉을 피해야 한다.

발붙일 곳 없는 앞 환자는 죽음을 생각하기 시작했다. 꼭 한번 실수를 범한 자신이 미웠다. 그러나 죽을 수도 없다. 자기가 섬기는 신께 다시 한 번 실망을 주기 싫었다. 마지막으로 정신과 의사를 찾은 것이었다. 그는 아직도 어린애들에게 성적 매력을 느낀다고 솔직히 고백했다. 그러나 절대 해치는 일은 없을 것이란다.

일부 소아성애자들은 아이가 성적 흥분을 부추겼다거나, 어린애에게 성에 대한 상식을 가르쳐 주었다고 변명한다. 1960년대 민권 운동, 성 개방 운동이 한창일 때는 소아성애를 하나의 성적 취향으로 간주하여 소아성애자 단체도 조직되었다.

지금도 일부 소아성애자들은 정신병이 아니라고 결론이 난 동성애와 마찬가지로 소아성애도 정상적인 성의 한 취향으로 바꾸어 달라고 주장하고 있다.

어린 자식을 가진 부모들은 첫째도 조심, 둘째도 조심, 항상 조심하는 게 가장 좋은 방법이다.

불씨

레몬 향기를 풍기는 7월의 이른 아침이다. 가끔 가벼운 새벽바람이 비단옷 촉감처럼 내 볼을 간지럽힌다. 공을 집으면 조지(강아지 이름)는 재빨리 나보다 한두 발 앞에 서 있다. 부푼 기대를 안고 무대 위의 커튼이 올라가기만 애타게 기다리는 소년의 모습이다.

내가 던진 공을 잽싸게 쫓아가 주어 가지고 오는 조지의 얼굴은 기쁨에 차 있다. 주어진 사명을 다 한 것이다. 조지는 골치 아프게 사명을 만들려고 노력할 필요 없이 그저 실행만 하면 끝난다.

인간은 다르다. 먹고, 마시고, 번식하고 싸워가며 생을 마치는 동물과 달라 로댕의 조각 《생각하는 사람》이 말해주듯 더 넓은 그 무엇을 추구한다. 인간은 철이 들 나이가 되면 왜 사는지, 죽음은 무엇인지, 어떻게 살아야 하는지 존재 불안의 고민에 빠진다.

시간이 뺏어갈 수 없는 그 무엇에 자신을 접목시켜 존재의 연장을 꾀하고, 삶의 목적과 죽음의 해결을 위해 공을 던져줄 누군가를 찾게 된다. 그게 신이었다.

고대인은 자신의 형상대로 신을 창조했다. 사자가 인간만큼의 지능을 가졌다면 그들의 신은 아마 갈기 머리털에 으르렁거리는 형상이었을 것이다. 세월이 흘러 점점 인간의 보는 눈이 넓어지면서 신이란 볼 수도, 만질 수도, 창조할 수도 없는 초자연적, 초월적 존재로 받아들이게 된다. 그 뒤 시대와 문화적 배경이 변해도 삶의 목적과 존재 불안에 대한 종교적 의미는 지금까지 그대로 이어져 왔다.

만약 자기 신상에 엄청난 불행이 닥쳐왔을 때 자신이 믿고 의지하는 신의 의미는 무얼까? 두 경우를 생각해 보자.

목수는 크고, 작고, 두껍고, 얇은 나무 조각들을 적재적소에 사용하여 집을 짓는다. 시집갈 처녀는 길고 짧은 청실홍실을 잘 배합하여야 예쁜 수판을 만든다.

창조주도 우주란 큰 그림 속에 인간들의 인생살이 판을 짤 때 균형을 맞추기 위해 어떤 사람은 오래 머물고 어떤 사람은 일찍 떠나게끔 계획한다. 갑작스럽고 이해할 수 없는 고통은 본인 스스로 감당하기 힘들겠지만 창조주가 설계한 인생살이 판의 한 자리를 차지하는 것이다.

또 하나 경우는 유대교 랍비 헤롤드 쿠시너(Harold Kushner)의 고백이다. 신을 경외하고 신도들을 정성껏 보살피는 코스너의 외동아들이 두 살이 되자 세포의 신진대사가 너무 빨라져 소년 노인으로 죽어가는 희귀한 병에 걸렸다. 아무 죄도 없고 순진한 아들이 왜 매일매일 고통을 받으며 살아야 하는지 도무지 이해가 가지 않았다.

불행을 겪는 신도들에게 모두가 하느님의 섭리니 의심치 말라 위로했지만 정작 자신이 경험하자 신에 대한 생각을 다시 하게 됐다. 코스너는 욥기를 읽고 또 읽었다. 2,500년 전 한 인간과 신 사이에

268

벌어진 욥의 이야기는 선한 사람의 불행을 가장 심오하게 다루고 있다. 의로운 자로 알려진 욥이 고통이 너무 심하자 정당치 못한 신의 처사에 항의하고 나온다. 그때 하느님의 말씀이 들렸다.

"네가 의롭다하여 어찌 나를 불의하다 하느냐. 세상을 제대로 돌아가게 하는 것이 얼마나 어려운 줄 아느냐? 그럼 네가 한번 해보렴."

『욥기』40장 8~12절의 신의 음성이 쿠시너의 마음을 때렸다. 삼라만상을 다스리기에 너무나 할 일이 많아 인간 개개인의 삶을 직접 챙길 겨를이 없다는 말씀이다. 이는 간접적으로 신의 전지전능을 일부 부정하는 것으로 해석할 수도 있지만 쿠시너는 어느 개인의 불행이 일어났을 때 신께 진정으로 기도하면 기꺼이 그의 기둥이 되어 도와주시는 게 신의 존재 역할이라는 결론을 내렸다.

우리 삶 가운데 한두 번은 갑작스런 불행을 맞을 수 있다. 이때 어떤 마음가짐으로 대처할까? 하나는 작가요, 다른 하나는 성직자가 각각 소설과 체험을 통해 신의 설계론과 신의 무심론을 들고 나왔지만, 우리가 그들의 주장을 따를 필요는 없다.

인간이 이해하는 세상은 객관적으로 존재하는 게 아니라 각자의 생각에 따라 주관적으로 경험한다는 것이 철학자 칸트의 인식론이다. 그러기에 수백만 년에 걸친 약육강식, 자연선택의 진화과정을 통해 단련된 역전의 용사인 인간은 나름대로 삶의 맛과 세상을 보는 감을 잡으며 살아가고 있다.

인간은 어떤 불행한 일이 닥칠 때 자신의 형편과 처지에 맞게 대처할 최소한의 신체적·심리적·정신적 방어 체제인 불씨를 가지고 있다. 이 불씨에 창조주를 점화시킬 때 심신의 치유가 빨라질 수 있다. 이것이 창조주와 영성을 믿는 자들의 특권일 것이다.

왜 정신과 의사가 되었느냐고?

"정신과 의사는 정직해야 한다."

수련의 시절에 지도 교수로부터 자주 듣던 말이다. 세월이 흘러 나 또한 남을 가르칠 기회가 있었다. 일리노이 주립 정신병원의 주임 정신과 의사인 내 앞으로 시카고대학 의대생 두 명과 정신과 수련의 한 명이 임상 훈련을 받기 위해 파견되었다.

그때부터 매 3개월 마다 새로 오는 학생들과 수련의를 교육하였다. 나도 처음 만나는 그들에게,

"정직하도록 노력하는 의사가 되라."

는 말을 빼놓지 않았다. 성직자는 신도에게 신을 믿으라 하고, 선생님은 학생에게 정직하라고 훈시한다. 그러나 인간들은 신을 닮거나 항상 정직할 수 없다. 단지 그렇게 되길 노력할 뿐이다.

"Dr. C는 왜 정신과 의사가 되었나요?"

환자들이 자주 물어보는 질문이다. 처음에는 조금 당황했지만 좀 지나자 시치미 뚝 떼고,

"정신과가 너무 마음에 들어서."

라고 대답한다. 정직하지 못한 거짓말이다. 실은 하고 싶은 과를 찾다 더 이상 기다릴 수 없어 정신과를 택했을 뿐이다.

"처자식 먹여 살리려다 그렇게 되었소."

이것이 정답이다.

인간은 주위에서 보고 들은 행동을 모방하고 익히면서 사회적 적응 능력을 배워 나간다. 거짓말도 그 가운데 하나다. 심리학 교수 에크만(Paul Ekman) 박사의 말에 따르면, 사람들은 의식적이든 무의식적이든 수없이 많은 거짓말을 하며 살아간다고 한다.

지금은 통신 수단의 발달로 얼굴을 바라보지 않고 의사를 전할 수 있으니 편하게 거짓말을 할 수 있다. 거짓말이 생활화되어버린 셈이다. 같이 일을 하는 한 정신과 의사는 거짓말을 제2의 인간 본능이라고까지 부른다.

거짓말은 왜 할까? 자신의 존재를 타인에게 과시하려는 자애성 허세 수단이다. 어떤 위험한 상황에서 벗어나려는 기술도 된다. 또 처벌을 비켜가려는 방패가 될 때도 있다. 거짓말을 할 상황이 아닌데도 자신도 모르게 거짓말이 튀어나와 나중에는 자신이 거짓말을 하는 것조차 잊어버리는 경향도 있다.

어디서 거짓말이 가장 흔할까? 거짓말을 해선 안 될 법정에서 가장 많이 한다. 재판을 받는 피고인의 기억이 잘 나지 않는다는 거짓말은 최상의 방어 수단이다. 그럼 누가 거짓말을 많이 하는 사람일까? 직업상 말을 많이 해야 하는 사람들이 확률이 높다. 말이 많으면 자연히 불필요한 말속에 거짓말도 숨어 있다. 정치가, 변호사, 성직자, 사업가, 그 가운데 정신과 의사도 들어간다.

거짓말의 종류는 몇 십 가지가 있다. 그 가운데 선의의 거짓말이

나 새하얀 거짓말은 남에게 피해를 주지 않고 어느 때는 이익을 준다. 정신과 의사가 치료 목적으로 가끔 사용하는 오 헨리의 단편 『마지막 잎새』의 내용도 선의의 거짓말 내용이다.

악의에 찬 거짓말, 검은 거짓말은 남에게 피해를 주는 전형적인 사기꾼의 기술이다. 회색 거짓말은 정말인지 거짓인지 알쏭달쏭한 정치꾼들의 선거 연설을 들을 때이다.

새빨간 거짓말은 3대 거짓말로 통하는 처녀가 시집 안 간다, 장사꾼이 밑지고 판다, 노인은 일찍 죽어야지 하는 경우이다. 노란 거짓말은 학교 가기 싫으면 배가 아프다 하는 꼬마들의 순진한 애교이다.

거짓말 없고 진실만을 추구하는 그런 세상은 너무 밋밋하다. 대동강 물을 팔아먹은 봉이 김선달, 양치는 소년의 늑대 이야기, 젊었을 때보다 지금이 더 예쁜데, 하는 남자들의 능청스러운 거짓말은 세상을 기름칠해준다. 어린이들은 크면서 거짓말을 조금씩 익혀 간다. 거짓말을 할 줄 모르면 어린이는 제대로 성장할 수 없다. 이 세상 누구도 거짓말에서 자유로운 사람은 없다.

나는 환자들에게 거짓말을 하면서도 지금까지 정신과 의사를 하고 있다. 어떤 사람은 말하기를, 거짓말 자체가 나쁜 게 아니라 거짓말의 의도에 따라 좋고 나쁨이 결정된다고 한다. 그러나 거짓말은 거짓말이다. 될 수 있으면 거짓말을 하지 않도록 노력하며 살자.

착한 사람일까?

크고 작은 여러 문제가 삶의 여정에서 앞서거니 뒤서거니 따라온다. 아무리 준비하고 계획해도 삶은 우리를 놀라게 할 때가 흔하다. 과거에 경험했던 어떤 삶은 정서적 상처를 크게 받아 잊히지 않고 마음속 깊은 곳에 흉터로 남아있다.

그 흉터는 우리가 생각하고, 행동하고, 말하는 현재의 일상생활 속에 알게 모르게 많은 영향을 끼친다. 또한 정상적인 인간관계를 유지할 수 없어 가정과 사회와 직장에서 힘든 삶을 초래한다. 과거의 뼈아픈 경험이 현재의 행동으로 표출될 수 있는 것이다.

숱한 사람들의 얘기를 들으며 살다 보니 어느덧 70줄에 와 있다. 그동안 나는 착한 사람이었을까? 얼른 대답이 나오지 않는다. 세상은 솔직하지 않고, 착하지 않아야 돈과 명예를 거머쥘 수 있다.

교과서와 성서에서 배우는 것, 선생님과 성직자의 훈계는 출세를 위해서는 모두 잊어버리는 게 좋다. 철학자들은 착한 사람보다 필요한 사람이 되라고 가르친다. 철학자들의 이런 말은 가끔 내가 착한 사람이 아닐 거란 생각에 다소 위안을 준다.

환자는 40대 중반 여성이었다. 의사를 대하는 태도와 언행이 아주 얌전하고 조용한 미소도 잃지 않는다. 진료 약속 시간을 잘 지키고 복용하라는 약물도 꼬박꼬박 잘 챙긴다. 어디로 보나 겸손하고 착한 사람이다.

그분의 진단명이 주요 우울증이고 몇 번의 자살 기도 경력까지 있다는 것은 믿기가 힘들다. 이렇게 사람 마음속이 밖에서 보이는 것과 안에 숨어 있는 것이 아주 다른 경우를 자주 만난다.

착하다는 것은 타인으로부터 듣는 말이다. 남이 붙여주는 떼기 힘든 꼬리표이다. 효부, 열녀, 효자, 모범생에게 흔히 이런 꼬리표가 따라다닌다. 실은 그런 사람들의 마음속은 부글부글 끓을 때가 한두 번이 아니다. 착한 사람들은 서로 모순된 두 종류의 성격 구조를 가지고 있다.

그들의 내면에는 의존적이거나 열등감으로 채워져 있지만 외면은 이기심이 강한 자애적 성격의 소유자이다. 남의 시선과 평가 때문에 남한테 싫은 소리 못하고, 남의 부탁을 거절할 수 없고, 남의 장단에 맞춰 사는 삶은 내면적 성격인 빈약한 자존감 때문이다. 자신의 정체성을 감추고 대신 타인과 사회가 바라는 정체성으로 바꿔 착함을 보여주기 위해서이다.

착하면 본인 자신도 행복해야 하는데 그러지 못하고 평생 불안과 스트레스에 쌓인 생활을 계속한다. 자신의 도움을 받는 사람이 도움을 주는 자기를 이용하고 있다는 생각이 무의식 속에 깔려 있다. 그래서 착한 사람 가운데 우울증과 화병 환자들이 많다. 자신의 감정에 솔직하지 못해 자기 자신을 발전시킬 기회를 놓치고 만다.

진짜로 착한 인격의 소유자는 논리적 사고와 판단을 주관하는 대뇌의 전두엽과 감정 체계를 조절하는 변연계(邊緣系, limbic system)가 서로 소통하여 평형과 조화를 이루고 있는 성숙한 사람이다.

겉으로만 착한 사람은 변연계의 감성 체제가 너무 강해 전두엽의 이성 체계와 조화를 이루지 못한 미성숙한 사람이다. 정신 분석적으로 자신의 약점을 보호하고 극복해보려는 무의식적 행동 패턴이 착함으로 나타난다.

앞의 환자는 어려서 심한 열병을 앓았다. 직장 다니는 어머니가 바빠 주로 유모가 환자를 보살폈다. 자식을 직접 키우지 못한다는 죄의식 때문에 어머니는 퇴근 뒤 집에 와서 아이에게 무조건 잘해 주었다. 항상 아이가 염려되어 매사를 간섭하는 헬리콥터 엄마가 되었다. 친구들과 어울려 백화점에 가거나 친구 가족이 초청하는 슬럼버 파티에도 못 갔다.

환자는 사춘기에 들어서도 부모님 속을 거의 썩이지 않았다. 꾸중을 들어도 말대꾸 한 번 하지 않았다. 자신이 열병에서 살아남은 사실은 뒤에 남들에게 잘 해주라는 신의 계시로 받아들여 남들의 마음 상하는 언행은 삼갔다. 바람을 자주 피우는 남편도 번번이 용서해 주었다.

바로 아래 여동생은 자기와 정반대였다. 문제를 일으키는 망나니였지만 자기 의견은 당당히 펼치곤 했다. 그 뒤에 환자는 착하고 평범한 가정주부가 되었고, 여동생은 전문 직업을 가진 직장 여성으로 남편과 동등한 대우를 받으며 행복하게 살고 있다.

환자의 의존적·자애적 성격은 영아기 때의 기본적 신뢰감이 형성되지 못했고, 성인으로 가는 길목인 사춘기 때 독립심의 결핍 때문이다. 남을 위해 과잉으로 봉사하고, 타인을 우선으로 여겨 사회로부터 칭찬을 받음으로 자신의 낮은 자존감을 높여보려는 심리적 상태가 무의식 속에 깔려 있는 듯싶다. 이런 심리 상태를 깨우쳐주고 치료해 주는 게 치유자의 몫이다.

Savant syndrome(천재 증후군)

이 글의 제목은 본디 "바보(idiot)천재 증후군"이지만 장애인들의 인격을 존중해 "바보"라는 말은 지웠다.

흙 속을 뚫고 나온 생명이 대지의 배(복부)를 마구 짓이겨서 아픈 잔인한 4월의 첫날이다. 길가의 목련 나무에도 막 열린 꽃망울들이 살며시 고개를 내밀고 있다. 오늘은 만우절이다.

서양에서는 16세기 중반까지 4월 1일을 새해 첫날로 지냈다. 그 뒤 프랑스 왕이 양력을 받아들여 1월 1일을 새해의 첫날로 바꾸었다. 먼 외지의 농민들은 이 소식을 들을 길이 없어 여전히 새해 첫날을 4월 1일로 아는 우매한 사람들을 일컬어 4월의 바보(April fool)라 불렀던 게 만우절 유례라는 설도 있다. 그 뒤 만우절은 세속화되어 순진하고 가벼운 거짓말로 서로 놀리고 함께 웃는 날로 변했다.

사회지능과 인지 지능은 낮으나 음악, 예술, 산수, 암기, 계산 같은 특수 분야에서 보통 사람보다 훨씬 뛰어난 능력을 지닌 사람들이 있다. 이들을 서번트 신드롬이라 부른다. 흥미롭게도 이런 사람

따분한 인생살이

들 가운데 자폐증 환자, 뇌손상 받은 사람, 뇌기능 장애자, 정신 지체자, 그리고 극소수의 치매 노인들이 포함된다. 누가 가르쳐 주지도 않았는데 놀라운 기술, 기억, 지식을 가지고 있는 장애인들이다.

1980년대 중반 할리우드에서 자폐증 환자 Kim Peek 씨(작고)의 생애를 그린 영화《레인 맨》(*Rain man*)이 제작되었다. 영화는 자폐증에 대한 세인들의 관심을 일으켰다. 자폐증 환자로 분장한 더스틴 호프만이 동생인 톰 크루즈와 어느 식당에 들어갔다.

마침 종업원이 잘못하여 식탁 위에 놓여 있던 이쑤시개 통을 바닥으로 떨어뜨렸다. 흩어진 이쑤시개들을 보고 호프만이 조용히 중얼거린다. 250개…, 나중에 세어보니 정확한 숫자였다. 놀란 톰 크루즈가 호프만을 끌고 라스베이거스 카지노에 들러 큰돈을 번다는 영화 내용의 한 장면이다.

서번트 신드롬 환자의 약 절반이 자폐증 환자로 그 가운데 10% 정도가 서번트 증후군을 보이는 것으로 알려져 있다. 자폐증 아동들이 모인 특별 학급에서 어느 애는 조각 그림 맞추기를 단숨에 해결하고, 다른 애는 그림을 기가 막히게 잘 그리는 것을 볼 수 있다.

서번트 증후군을 처음 기술한 것은 대략 140년이 넘는다. 대부분의 서번트는 좌뇌 손상에 우뇌 보충 형식으로 되어 있다. 좌뇌 기능인 언어, 사회성, 논리적 이론은 장애를 보이지만, 우뇌 기능의 감각성, 창의성이 발달해 산수 계산, 예술, 창조성, 음악, 특정 기억이 월등히 높아져 있다.

왼쪽 뇌 기능의 환경적 손상이 정상적인 상태에서 잠자고 있던 우측 뇌 기능을 활성화하여 상호 보충하는 과정에서 생긴 결과로 추측하고 있다.

두 달에 한 번 진료실에서 30대 남자를 만난다. 자폐증 환자로 그가 매번 꼭 하는 의식(ritual)이 있다. 먼저 자기가 그린 만화 노트를 들고 와서 내게 자세히 설명해 준다. 그다음에는 20년 전의 내 생일의 요일, 10년 후의 내 생일의 요일을 정확히 맞춘다. 내가 칭찬해 주고 놀라움을 보이면 그는 그렇게 좋아한다.

4월 첫날, 그는 시무룩한 얼굴로 진료실에 들어온다. 의자에도 앉지 않고 서성거린다. 어머니 말로는 그가 만화 노트를 잃어버렸다는 것이다. 이럴 때는 자폐증 환자를 자극해서는 안 된다. 가끔 폭력적 행동을 보이기 때문이다. 어떻게 진정시킬까?

그에게 오늘이 무슨 요일이냐고 묻는다. 그는 의자에 앉아 잠시 생각하더니 정확히 맞춘다. 그럼 5년 전의 오늘은 무슨 요일? 10년 후는? 내 스마트폰을 보니 그의 대답이 다 맞다. 그의 얼굴 표정과 태도는 좋아졌다.

서번트 증후군은 우리 뇌의 놀랄 만한 유연 능력인 가소성에 기인한다. 뇌의 한 부분이 손상을 입으면 다른 뇌 부분이 손상을 입은 부위의 능력을 채워주고 보상시켜 준다. 뇌 영상 촬영 사진을 보면 우리 뇌가 새로운 기술을 만드는 게 아니라 이미 뇌 속에 잠복해 있는 능력과 기술을 방출하는 것으로 나와 있다.

또한 천재와 바보의 뇌 회로도 일정 부분은 많이 겹쳐 있다. 우리 뇌 속에 얼마나 많은 능력이 잠재하고 있을까? 아직 그 누구도 인간의 능력을 정확히 측정한 기록은 없다. 무한 경쟁 시대란 표현이 근거 없는 말은 아닌 듯싶다.

어떻게 보면 우리 모두 어느 정도의 서번트 증상을 가지고 있다. 각자가 자신만이 가진 특성이 있으나 주위에 있는 남들의 재능에

헛눈 팔려 자신의 재능을 잊어버리기 쉽다.

타이거 우즈가 나오면 자신이 우승할 수 없다고 생각하는 프로 골퍼는 결코 타이거를 꺾지 못한다. 묻혀 있는 자신의 재능을 찾아내는 게 삶의 한 목적이라면 너무 비약된 말일까?

5부

연필 가는 대로

정신과 의사와 염라대왕

어느 코미디언의 방송 유머이다. 정신과 의사가 갑자기 세상을 하직했다. 저승에서 염라대왕과 대면하게 된다.

염라대왕 : "자네 올 줄 알고 기다렸네."

정신과 의사 : "……?"

염라대왕 : "자네는 생전에 사람들에게 많은 약을 먹였으니 빚을 갚아야 하네."

정신과 의사 : "어떻게 해야 빚을 갚을 수 있겠습니까?"

염라대왕 : "쉽지. 자네가 환자가 되어보는 거야."

정신과 의사 : "그럼 부탁이 하나 있는데요."

염라대왕 : "무엇인가?"

정신과 의사 : "이왕 환자가 될 거면 양극성 장애가 되겠습니다."

염라대왕 : "그러게나. 나한테 상관없는 일이니까."

쉬링크(shrink)는 정신과 의사를 호칭하는 속어이다. 환자를 침대에 눕혀 놓고 3일에 한 번 한 시간 이상씩 몇 년에 걸쳐 환자의 머릿속을 쥐어짜는 정신분석 치료 과정에서 나왔다. 요즘은 환자가 자기들끼리 정신과 의사를 필 푸셔(pill pusher)라 부른다. 매일 많은 환자에게 약 처방을 하고, 약을 끊지 말고 꼭 먹으라고 강조하기 때문이다.

염라대왕의 명령에 정신과 의사는 정신병 가운데 약만 잘 먹으면 비교적 치료가 잘 되고, 조증 증세가 있을 때는 "천하의 내가 아닌가." 하는 무한한 만족감을 느끼는 조울증을 선택한 것이다. 이제 양극성 장애와 정신과 약에 대해 알아보자.

바닷속 깊은 곳의 외롭고, 슬픈 기분이 몇 달 동안 지속되다가 차츰 회복되더니, 점점 어렸을 적 비행기 탄 것처럼 아주 좋은 감정 상태로 변해 두 가지가 서로 번갈아 가며 왔다 갔다 하는 병이 양극성 장애이다. 모든 연령층에서 볼 수 있고, 40대 이전에 100명 가운데 한 명꼴로 발생하는 정신병이다.

그러니 희귀한 병은 아니다. 우울증과 조증 사이에 어느 정도의 정상적 감정 상태의 기간이 있을 수도 있고, 혹은 조증에서 우울증으로, 우울증에서 조증으로 곧 바로 뛰어넘는 경우도 있다. 지금은 조증만 있어도 양극성 장애로 진단한다. 언젠가는 우울증이 오기 때문이다.

우울 증세를 치료하지 않아도 한 3~4개월 버티면 증세가 점점 좋아지지만 치료하면 빨리 회복되고, 예후도 좋다. 또 가장 위험한 자살 행동도 막아 주니 조기 치료가 매우 중요하다.

조증기에는 무분별하고 과대망상적 사고의 행동, 신용카드 남발, 위험한 운전, 노름, 외도, 싸움 등으로 본인은 물론 가정, 직장, 사회에 심한 장애를 끼친다.

양극성 장애 진단을 내리기에 앞서 반드시 정밀한 신체검사로 갑상선 기능항진, 다발성 신경경화증(multiple sclerosis), 알코올, 암페타민 같은 물질 남용도 알아봐야 한다. 확실한 원인은 모르지만 생물학적 신경 전달 물질의 불균형함, 호르몬의 이상 분비, 유전적·사회 환경적(스트레스) 요인 등이 합쳐서 나타난다고 추측한다.

가족력도 중요하다. 젊은 부부가 아이를 가지려고 하는데 부부 자신과 집안에 가족력이 있으니 어떻게 할까 하는 질문을 자주 듣는다. 부모 가운데 한 분이 양극성 장애면 태어날 아이는 15% 미만, 부모 두 분 다면 30%, 부부 가운데 한 명이면 18%, 두 부부 다면 33% 통계가 나와 있다.

치료는 약물 치료가 우선이고, 대화 요법이 보조 수단이다. 약물은 기분조절제(lithum), 항경련제(depakote), 비정형 항정신제(risperdal)의 사용이다. 대화 요법은 질병으로 말미암아 상처받은 자존감을 살려주고, 서먹서먹해진 대인관계를 개선해주며, 병의 증세를 잘 이해시켜 준다.

정서 활동과 스트레스에 대비한 활동으로 재발을 막는다. 양극성 장애는 정신분열증과 달리 약물 치료에 잘 반응해 평균 80%는 호전되고, 거의 20% 완치율도 보인다. 인류의 역사를 봐도 지금껏 세상을 이끌어 왔던 유능한 정치가, 과학자, 예술가들이 양극성 증상을 가진 사람들이었다.

대부분의 정신과 약물은 중추신경계에 작용한다. 중추신경은 신체의 모든 장기에 영향을 주기 때문에 정신과 약은 부작용이 여러 가지로 많다. 그러나 극소수의 경우 극심한 과잉면역반응(anaphlaxis)

을 제외하고는 별로 큰 문제는 없다. 부작용이 생기면 즉시 의사와 연락하면 조치를 취해 준다.

그와는 달리 정신과 약이 주는 혜택은 너무 많다. 세상과의 인연을 끊으려는 우울증 환자의 자살 방지, 양극성 장애 환자가 직장에 복귀하여 뒤에 승진까지 하는 기회 제공, 정신분열증 환자의 폭력성을 제어, 공황발작으로 비행기, 기차는 물론, 자동차도 못 타는 환자의 사회생활 제약도 해결해 준다.

잠 때문에 고생하는 불면증 환자를 편히 잠들게 하고 신경성 식욕 부전증으로 성냥개비처럼 삐쩍 마른 소녀를 정상 체중으로 만들어 학교에 복귀시킨다. 그 외에도 더 많다.

이런 점을 보아 염라대왕은 정신과 의사에게 벌을 줄 게 아니라 상을 주어야 마땅하다.

벌아, 새야, 어쩔 수 없었다

오늘은 눅눅한 날씨다. 진한 꽃향기가 오늘따라 코를 찌른다. 습한 대기가 대지를 척척히 적시면 향기를 잘 전달하며 비가 올 징조도 예고해 준다.

그래서인지 이슬에 젖은 꽃밭은 아침부터 분주하다. 나무에 매달아 놓은 새 밥통의 씨를 서둘러 빼먹고 있는 작은 새, 홍수를 막으려고 제방 쌓기에 분주한 개미들의 모습이 보인다. 자연현상이 보여주는 일기예보는 인공위성과 컴퓨터로 무장한 인간의 머리보다 훨씬 정확하다고 한다.

몇 년 동안 새를 보러 다니다 보니 자연이 점점 좋아졌다. 자연을 사랑하다 보니 영성과 참선이 무언가도 조금은 알듯 싶다. 나라는 조그만 개체와 자연이란 큰 전체가 서로 연결되어 하나가 전체로, 전체가 하나로 크게 다를 바 없다고 불도는 가르친다.

미국 정신의학은 영성과 참선에 관심이 없었다. 한때 프로이트의 정신분석학 열풍에 휩싸여 인간의 모든 언행을 무의식 속에 억눌린 분노와 성적 욕망에 대한 갈등과 마찰로 설명하려 했다. 프로이트는 인간을 세 가지 형태로 나누었다.

첫째, 분노와 성적 욕망의 갈등을 벗어나지 못해 정상적인 감정 교류에 실패한 사람(노이로제·우울증).

둘째, 갈등을 그런대로 잘 조절해 큰 지장 없이 생활하는 사람(보통 일반 사람).

셋째, 갈등으로 말미암은 강박적 죄의식을 극복하려고 분노와 성적 욕망을 다른 방향으로 승화시킨 사람(일부 성직자, 외과의사, 권투선수)이다.

프로이트 선생은 또 정신병 환자뿐 아니라 일반인도 억압된 분노와 성적 환상 속에 갇혀 살아간다고 했다. 실로 감정의 게슈타포를 만들어 냈던 것이다. 지금은 다 흘러간 얘기로 믿지 않는다.

우리는 좋은 점과 나쁜 점을 동시에 가지고 일생 동안 선과 악의 상징인 《지킬 박사와 하이드》 사이를 넘나들며 살고 있다. 사람을 평가할 때 좋은 점과 나쁜 점을 다 가려 이 둘을 합한 수치로 결정하는 게 마땅하다. 생전엔 몰랐지만, 사후에 좋은 점이 발견돼 세인들의 존경을 받고 있는 유명한 인사들도 흔히 있다.

우리 집 뒤뜰 처마 밑에 벌집이 있었다. 어린 손자가 놀다 벌에 쏘이면 할아버지 책임이라 했다. 어느 날 긴 막대기로 벌집을 무참히 끌어 내리는데 벌 한 놈이 쏜살같이 날아와 내 팔꿈치를 쏘고 도망쳤다. 1주일 동안 벌에 쏘인 곳이 가렵고 부어올라 고생 좀 했지만, 그 벌이 밉지 않았다. 오히려 미안한 마음이었다.

현관 처마 밑에 새 둥지 하나가 있었다. 현관문을 여닫을 때마다 새가 둥지에서 갑자기 튀어나와 사람을 놀라게 했다. 나 혼자가 아닌 가족들과 살기 때문에 새 둥지를 떼어내 다른 곳으로 옮겨 주었다. 며칠 뒤 둥지 속의 새끼들을 살펴보았더니 모두 죽어 있었다.

자칭 자연주의자로 행세하는 내가 그렇게 무자비할 수 있었을까? 혹시 프로이트 선생의 세 번째 분류가 아닐까? 무의식 속에 자연에 대해 분노를 품고 있는 나를 자연주의자 탈을 쓰게 한 걸까? 지갑 속의 자연보호 회원증, 미국 조류협회 회원증을 슬며시 꺼냈다. 그리고 중얼거렸다.

"벌아, 새야, 어쩔 수 없었다."

어머니의 우울증

아홉살 배기 꿈 많은 소녀는 엄마가 몇 달 전에 동생을 낳아 주어 아주 행복했다. 매일 아기를 들여다보며 얼마나 컸나 키를 재보는 재미가 그만이었다. 아기가 방긋 웃을 때는 가슴이 막히도록 기뻤다.

학교 가서도 아기 자랑만 늘어놓았다. 엄마는 자기처럼 아기를 좋아하는 것 같지 않았다. 아기가 울면 짜증 섞인 말로 할머니한테 우유 먹여 달라 부탁하고 옆방으로 들어가곤 했다.

어느 날 소녀가 침대에 누워 책을 읽고 있었는데 아래층에서 아빠의 고함과 엄마의 울음소리가 들렸다. 조금 뒤 갑자기 소녀의 방문이 열리며 "탕" 하는 소리와 함께 엄마가 침대 곁에 쓰러졌다. 소녀는 가까운 거리에서 엄마의 권총 자살을 목격했던 것이다.

소녀는 그 뒤부터 악몽과 우울증에 시달리며 살았다. 지금은 한 아이의 어머니가 되었으나 그때의 기억을 생생하게 담아 두고 있다. 그는 어머니의 전철을 밟지 않기 위해 약물과 대화치료를 열심히 받고 있는 환자 이야기이다.

열 명의 산모 가운데 여덟 명은 출산 후에 여러 가지 감정의 변화를 나타낸다. 출산 2주 안에 우울한 감정이 있다가 없어지면 문제가 없다. 그러나 계속되는 증상이 산모를 괴롭히고 일상생활 능력을 떨어뜨리면 산후 우울증이란 진단이 붙는다. 꼭 치료해야하는 질환이다.

산후 우울증은 호르몬의 불균형에 정신적·신체적 피로가 겹치고 아기 아버지나 친척들의 도움이 없는 경우에 흔히 일어나기 쉽다. 우울 증상이 심한 경우에는 현실 파악 능력이 결핍되어 망상이나 환각 같은 정신증의 발작으로 엄청난 비극을 초래하기도 한다.

현재 미국은 미성년자들의 성 학대 증상이 있다고 의심이 가면 의료행위자들이 의무적으로 당국에 보고해야 하는 법이 있다. 미 정신과협회도 오래 전부터 산모들의 우울 증세를 검사하는 법의 제정을 관계 당국에 요청해 왔다. 드디어 뉴저지주에서 처음으로 의료행위자들이 산모들의 우울증 여부 검사를 반드시 받아야 한다는 법이 통과되었다. 뉴저지 주가 미 정신건강 역사의 한 페이지를 장식할 큰일을 한 것이다.

가정은 일종의 사회의 축소판이다. 가족 구성원들의 말과 행동이 실처럼 연결된 그물 속에서 보고, 듣고, 배우며 자신의 일생을 헤쳐나갈 아이디어를 얻는다.

가정에서 어머니의 존재는 값을 매길 수 없을 만큼 중요하다. 자식들에게 유형·무형의 자산이 된다. 그런 어머니가 불행히 우울증을 앓고 있으면 자식들에게 미치는 영향은 엄청나게 크다.

컬럼비아 의과대학 연구에 의하면 어머니가 우울증을 앓고 있으면 자식들이 우울증을 비롯하여 다른 정신 질환에 걸릴 확률이 매우 높다. 어머니와 자식이 동시에 우울증을 앓고 있는 경우, 어머니의 증세가 좋아지면 자식도 덩달아 나아진다는 사실도 알려졌다.

지구촌에 살고 있는 대부분의 어머니가 어머니날에 자식들로부터 선물, 전화 통화, 포옹을 받는다. 우울 증상이 있으나 체면과 사회 편견 때문에 망설이는 어머니가 있으면 이제는 생각을 다시 해야 한다.

꼭 정신과 의사만 보라는 건 아니고 심리사, 상담사, 사회복지사, 아니면 성직자라도 괜찮다. 찾아가 도움을 청하는 게 어머니날을 맞이해 어머니가 자식에 주는 선물이라 믿고 싶다.

삶의 한 코너를 돌며

삶은 수많은 코너를 돌고 돌아 결국은 종착역에 닿는다. 부부 싸움은 그런 삶의 한 코너이다. 특히 노년기에는 그 코너를 자주 거친다. 부부 사이에 싸우지 않고 살면 얼마나 좋겠냐마는 인생은 그리 너그럽지 못하다. 싸움은 부부가 서로에게 관심이 많을 때 일어난다.

좀 심하게 말하면 싸움이 없는 부부는 바보거나 서로에게 관심과 사랑이 부족한 증표이다. 부부 싸움이 좋다는 것은 아니나 가끔 가볍게 다투는 것은 삶의 자극제요, 양념이 되기도 한다. 그러나 크든 작든 싸울 때와 싸움 뒤에 겪어야 하는 부부 사이의 관계적 · 정신적 상처가 적지 않으므로 될 수 있으면 싸움을 자제하는 게 좋다.

무슨 싸움이든 보통 앞뒤 가리지 않고 충동적으로 일어나기 쉽다. 별거 아닌 사소한 일의 시비로부터 시작된다. 상대방의 서운한 행동보다는 주로 거칠게 내뱉는 말이 싸움에 불을 붙인다. 싸움 뒤 가만히 살펴보면 서로 살아가며 쌓인 감정의 응어리가 어느 한순간 녹아내린 결정체라는 걸 알게 된다.

문제는 싸우는 배우자들의 성격적인 특징이다. 예민하거나 강박적 성격은 싸움을 너무 심각하게 받아들여 오랫동안 싸움의 내용을 반추하는 경향이 있다. 개인 각자의 성격에 따라 마음의 상처를 받아들이는 데도 큰 차이가 있다. 그래서 상대를 잘 알고 있어야 싸움의 후유증을 쉽게 줄일 수 있겠다.

잘 아는 지인의 최근 싸움 이야기다. 지인은 은퇴 전까지 일에만 매달렸다. 남의 나라에서 먹고 살며 가족 부양하려니 그 길밖에 없었다. 자식들을 키우고 교육시키고, 집 안팎 챙기는 일은 아내가 맡았다.

"여보, 이것 좀 갖다 버려줘."

살림살이가 어디 있는지 잘 모르는 은퇴한 남편은 잠시 꾸물거린다.

"이리 와 봐, 이것 보여? 이것 말이야 이거!"

아내의 말소리가 커진다. 아랫사람 대하는 아내의 말투에 남편의 눈꼬리가 올라간다. 아내는 왜 그런 말에 눈을 흘기느냐부터 요즘 자기를 대하는 남편의 태도가 변했다는 등 언쟁이 시작된다.

평소 같으면 그냥 넘어갔지만, 남편은 남편대로 속에 쌓인 게 있다. 그것은 며칠 전 모처럼 아내와 함께 영화를 구경한 뒤 생긴 해프닝이다. 둘은 좋은 식당에서 와인을 곁들인 저녁 식사로 기분을 냈다. 음식 값에 20% 팁을 붙이니 계산이 복잡해 좀 적은 액수를 영수증에 사인을 했다.

그게 도화선이었다.

"그러니 동양 사람을 무시한다."

"남자가 쪼잔하다."

로 시작하여 나중에는,

　"무엇 하나 제대로 하는 일이 없다."
는 아내의 불평이 쏟아졌다. 지인은 팁 문화를 좋아하지 않는다. 자본주의 사회에서 있는 사람의 자만과 횡포로 생각하지만 되도록 20%는 준다. 지인은 그때 아내의 불평에 대해 크게 대꾸하지 않았다. 그러나 "무엇 하나 제대로 하는 일이 없다."는 말에 몹시 기분이 상해 있었다.

　누구나 두 가지 정체성을 가지고 있다. 자기 정체성과 관계 속에서 이루어지는 사회 정체성이다. 두 정체성이 합쳐져 자신이 누구라고 인식하는 개념이 형성된다. 노인, 특히 은퇴한 남자 노인은 남성다움인 사회적 정체성이 점점 희미해진다.

　남성다움의 상징인 생산 능력과 보호 능력의 상실에 심리적 안정을 잘 찾지 못한다. 은퇴나 퇴직의 아픔이 가까이 있는 배우자에게 자주 짜증과 화로 번진다. 빈번한 싸움의 원인이다.

　어떻게 극복할까? 삶의 방향을 바꾸는 것이다. 일할 때 못한 것을 찾아내서 자신의 가치를 재확인하는 방법이다. 지인은 책을 쓰기로 했다. 그러면 싸움도 덜할 것 같다. "인간은 태어나 죽음에 이르기까지 성장하는 존재"라 했던 정신분석 의사, 칼 융의 말을 따르기로 한 것이다.

환자의 생일 선물

앞뜰에 심은 한국산 난쟁이 라일락[수수꽃다리]이 5월 중순이 되자 활짝 피었다. 꽃향기가 아침 공기에 섞여 향불처럼 코의 점막에 붙는다.

언뜻 정원 덤불 속에서 살짝 고개를 내민 산토끼 두 마리와 눈이 마주쳤다. 정원의 채소와 어린 꽃나무 잎으로 배를 채우는 녀석들이다. 토끼를 보며 유년 시절의 기억이 떠올랐다.

중학교 2학년 어느 겨울날 선생님의 인솔을 받으며 전 학생들이 인근 야산으로 산토끼 사냥을 나갔다. 학생들이 스크럼(데모대가 어깨동무를 하고 달려가는 것)을 짜서 조그만 산을 포위한 뒤 점점 포위망을 좁혀 갔다. 쫓기던 산토끼들이 더 이상 도망갈 곳이 없자 그 자리에 서서 울부짖던 모습이 아직도 머릿속에 남아 있다.

선생님들이 시켜서 한 일이지만 어린 나이에도 때려잡은 산토끼들에게 무척 미안했고 동정심도 느꼈다. 그래서 우리 뒤뜰을 망가뜨리는 녀석들을 그대로 놓아두고 있는지도 모르겠다. 세월이 지나 의대에 들어갔다. 첫해의 제일 중요한 과목은 해부학이었다. 해부학은 죽음에서 삶의 흔적을 찾아내는 학문이다. 해부학 실험실에 줄지어 놓여 있는 시체 한 구에 학생 두 명씩 배정되었다.

처음엔 시체가 무섭고 더러워 멀리 했으나 몇 개월 동안 만나다 보니 점점 친구 같은 생각이 들었다. 시체의 두개골을 끌로 뜯어내고 톱으로 자를 때는 정말 미안해서 동정심을 표했다.

사전에 보면 동정심은 '다른 사람에 대한 배려와 측은히 여기는 마음가짐'이라 정의한다. 정신과에서는 한 걸음 더 나아가 타인의 아픔과 슬픔을 자신의 심장으로 느끼고, 아픔을 나눌 줄 아는 공감을 뜻한다. 세상의 모든 종교도 또한 동정심을 강조한다.

기독교는 예수님의 산상 설교와 선한 사마리아인의 이야기로, 불교는 석가모니의 사상인 고통 받는 사람을 감싸주고 보호하고, 이슬람교 역시 코란에 자비와 동정이 항상 주제로 나와 있다.

달라이 라마가 미국을 방문했을 때 어느 모임에서 이런 말을 했다.

"네가 다른 사람들이 행복하기를 바라면 동정심을 실천하라. 또 네 자신이 행복하기를 바라도 동정심을 실천하라."

환자 이야기이다. 어느 젊은 청년이 진료실에 처음 왔다. 그의 헤어스타일은 까까중처럼 짧은 머리다. 그 뒤 한 달에 한 번씩 들렀는데 올 때마다 그의 머리가 점점 자랐다. 6개월쯤 지나니 머리가 길어 말총머리를 하고 다녔다. 음악 하는 사람이라 그러겠지 하며 별 관심을 두지 않았다.

어느 날 말총머리를 풀고 들어오는 그의 모습이 꼭 《수퍼스타 지저스 크라이스트》(*Jesus Christ Superstar*)에 나오는 배우 같았다. 왜 머리를 깎지 않느냐고 물었더니 나중에 얘기하겠다며 얼버무렸다.

1년이 지난 뒤 그의 헤어 스타일은 다시 까까중으로 돌아왔다.

다음은 그가 들려준 말이다. 동네 꼬마 하나가 암에 걸려 항암치료를 받던 중 머리털이 온통 빠지는 것을 보고 마음이 아팠다. 대머리 소년에게 무엇을 해줄까 생각하다가 예쁜 가발을 만들어 주려고 마음먹었다. 그는 자신의 머리를 기르기 시작했다.

그러나 불행하게도 그 전에 소년이 죽었다. 그 뒤 암협회에 연락하여 자신의 긴 머리를 기증했다. 그때부터 그는 1년 동안 기른 머리를 자신의 생일이 돌아오면 어김없이 잘라 암협회로 보낸다. 자신의 생일에 누군가를 도와주고 싶어서였다.

그는 가발에 대해 아는 게 많았다. 인조 가발보다 생머리가 많이 섞인 가발이 좋고, 머리 길이가 최소한 8인치가 넘어야 상품 가치가 있으며 12인치가 가장 이상적이라 했다.

가장 값나가는 것은 머릿결이 굵은 아메리칸 인디언 머리칼로 자신도 인디언 피가 좀 섞여 좋은 상품 속에 든다고 자랑했다. 머리 스타일 때문에 가끔 친척이나 친구 결혼식에 초대받지 못할 경우도 있지만, 하는 데까지 계속 머리를 길러 볼 작정이라 했다.

정신 질환 환자들을 치료하면서 그들로부터 많은 것을 듣고 보고 또 배웠다. 그 환자의 말을 듣고 난 뒤 부끄러웠다. 내 자신의 생일에 남을 위해 특별히 도와준 기억이 없는 죄의식이랄까? 우리는 지구촌을 떠나기 전에 남을 위해 무언가 해보고 싶어 한다.

그러나 마음 따로 실행 따로이다. 그게 보통 사람들의 인생살이다. 실행하지 못한다고 손 놓지 말고 도와줄 마음만은 항상 지니고 살자. 갑자기 어느 때 할 수 있는 날이 올 줄 알 수 없지 않는가? 이렇게라도 나를 위로해 본다.

질문

소크라테스는 이런 말을 남겼다.

"지혜는 항상 물음표로 짜여진 틀 속에 잠겨 있다"

한국전쟁 직후 남한의 도심지에는 거지들이 꽤 많았다. 그 시절 아침에 책가방을 들고 밖에 나오면 가끔 내 나이 또래의 거지 소년이 대문 앞에서 서성거렸다.

다리 밑에서 잤는지, 거지 소년의 머리는 새집 같았고 숯검정 얼굴에 들고 있는 양재기 그릇도 녹이 슬어 보였다.

식모 아줌마가,

"이 녀석, 또 왔네."

하면서 쫓아버리려고 하면 주인 아줌마에게 사정해 그의 더러운 양재기에 밥을 듬뿍 담아주곤 했다. 그 소년은 지금 어디에 있을까? 살아 있을까? 분단의 아픔을 딛고 휴전선을 넘어가는 한국 대통령의 발 모습을 그도 보았을까?

어렴풋이 잊어버린 환자 하나가 머릿속에 아롱거렸다. 세상이 역겨워 모든 것을 자포자기한 30대 후반의 흑인 남자였다. 시카고 중심지 미시간 거리에서 맥스웰 커피 깡통을 놓고 지나가는 행인들의 선심으로 살고 있었다.

하루 6시간 앉아 있으면 35~40달러쯤 모인다니 1년이면 대략 1만 4천 달러 정도이다. 그 돈으로 햄버거를 사서 배를 채운 뒤 나머지는 맥주 마시고 마리화나 피우는 데 쓴다. 그는 유럽의 집시처럼 프로 거지가 아닌 하루 벌어 먹고 사는 아마추어 거지였다.

깡통 속에 돈을 넣고 가는 행인들의 대부분이 부자가 아닌 사무실의 출납원이나 호텔 안내원처럼 보였다며 쓴웃음을 지어 보이기도 했다.

구걸은 매춘과 더불어 가장 오래된 직업 가운데 하나이다. 시카고시 당국은 행인들을 괴롭히는 거지들은 단속하지만, 길가의 모퉁이에 조용히 앉아 가끔 깡통을 흔드는 거지들은 그냥 두고 있다.

그가 정신병원에 들어 온 이유는 목숨이 아까워서였다. 재수 없이 여러 날 비가 오거나 추운 날씨가 이어지는 날에는 구걸 수입이 적어 근처의 깡패한테 돈을 빌려야 했다. 점점 원금과 이자에 이자가 붙어 빚을 갚을 길이 없게 되자 갱들의 위협이 거세졌다.

그는 결국 미친 척 정신병자 흉내를 내고 병원으로 피해 온 것이었다. 당시 나는 입원 담당 정신과 의사로 근무하고 있었다. 그냥 돌려보내려고 했으나 혹시 죽임을 당할까 봐 적당히 진단서를 꾸며 입원시켜 주었다. 그 뒤 그가 어떻게 됐는지는 모른다.

타인의 소유를 쟁취하는 사람들에게 몇 가지 성격 유형 있다. 상대의 선처만을 조용히 기다리는 수동 의존형(구걸 거지), 무슨 수를 써서라도 타인의 재산을 자신의 수중에 넣으려는 반사회적 자기 중심형(날강도), 남이 보지 않을 때 슬쩍하는 도벽증 성격형(좀도둑)

등이다. 이러한 성격 형태는 "우리 모두에게 조금씩 있다. 형편과 처지에 따라 다르게 나타날 뿐"이라는 게 어느 심리학자의 주장이다.

종교 단체에 헌금하는 것도 기부의 일종이다. 주일 아침 예배 뒤 딸네 집에 자주 들른다. 고속도로 출구에서 빠지면 신호등 사거리에 항상 같은 사람이 서 있다. 길가에 조그만 탁자를 놓고 자동차 운전자들에게 팝콘이나 땅콩, 음료수를 파는 노점상이다.

그에게 1달러짜리 한 장을 주고 나면 기분이 그렇게 좋다. 교회 헌금 낼 때 느끼지 못했던 편안한 느낌이다. 왜 그럴까? 믿음이 적어서일까? 아마도 세속화한 현대 교회들에 대한 수동공격성 생각 때문일 거다.

거의 성녀의 반열에 올랐던 테레사 수녀도 어느 때는 신의 존재까지도 의심했다는데 나 같은 일개 평신도의 불경함은 용서받을 줄 믿는다. 고속도로 노상의 1달러 때문에 잊혀진 거지 소년과 거짓 환자가 생각난 사실은 나의 무의식 속에 그들과 동일화되고 싶은 심리 기전이라면 너무 건너뛴 게 아닐까?

어느 일요일의 늦은 아침

환자는 지난주부터 자주 구역질하고 토해서 음식도 거르고 기력도 없어 보였다. 이틀 전에는 식사를 거의 하지 못하고 소변 배출량은 점점 적어지고 숨 쉬는 모습도 얇고 가빴다. 정신 상태도 눈에 띄게 혼미해졌다.

일반적으로 죽음이 가까이 다가오면 음식물의 섭취 감소, 포도당 주사를 계속 주입하는데도 소변량이 감소하고, 체온이 떨어지고, 심장박동이 느려진다. 죽음이 코앞에 오면 불규칙한 호흡과 기도의 분비물 배출 능력의 감소로 가래 끓는 소리가 커지고 의식 상태도 거의 없어진다.

환자의 상태가 너무 나빠져 보호자에게 연락하여 큰 병원으로 이송을 권고했다. 가족들은 환자가 더 이상 적극적인 치료를 받지 않고 요양병원에서 돌아가시기를 바랐다. 할 수 없이 포도당 주사와 산소마스크를 계속 주입하며 죽음을 기다리는 방법 이외는 별 할 일이 없었다.

DNR(Do Not Resuscitate, 소생 포기) 서명은 환자 자신이나 가족에 의해 이루어진다. 숨이 멈추고 심장이 뛰지 않을 때 기계에 의존한 호흡이나 강력한 심장 마사지 같은 인위적인 방법은 사용하지 말라는 요구이다. 그러나 DNR은 환자를 그대로 방치한다는 것과는 다르다. 사망까지 항생제 투여, 경구 및 장관 영양 치료, 산소 치료는 계속해도 된다.

환자의 큰아들은 어제 저녁 병원에 들렀다 갔고 작은아들은 지금 중국에서 첫 비행기를 타고 오는 중이다. 새벽이 되자 환자의 상태는 위독해졌다. 환자는 작은아들 이야기를 평소에 자주 해서 어떻게든 죽음을 연장시켜야 했다.

간병인이 가볍게 환자의 가슴을 주물러 주며 사랑하는 아들이 한 시간 후에 도착한다고 귀에 대고 속삭이자 환자의 눈썹이 조금 씰룩거렸다. 그 순간 EKG(electrocardiogram, 심전도) 모니터를 보니 심장박동이 빨라지고 혈압이 올라가며 산소 포화도도 증가하고 있었다. 죽어가는 사람의 어디에서 그런 힘이 솟아나는지…….

한 시간 조금 지나 아들이 "어머니!" 하며 병원으로 뛰어들었다. 환자는 아들의 목소리를 가볍게 흘러내리는 눈물로 맞이했다. 아들은 어머니 손을 붙잡고,

"사랑해 엄마, 엄마 사랑해."

라고 반복하여 말을 하며 울먹이고 있었다. 잠시 뒤 환자의 숨이 멎은 것 같았다. 귀를 환자의 코에 대보고, 청진기로 환자의 심장박동을 들어 보고, 손전등으로 동공 반응을 체크한 뒤 사망을 확인했다.

아들은 두 손을 모으고 기도를 시작했다. 어머니가 천당에 계신 아버지와 삼촌을 만나 기쁘시겠다고, 그리고 여기 계신 다른 환자

들도 주님께서 돌보아 주실 줄 믿는다고. 옆에 서 있던 나도 그의 기도 속으로 빠져들어 갔다. 멀리서 아침 예배 시간을 알리는 교회 종소리가 들려왔다.

우리 모두 죽음은 삶의 순환 과정의 하나며 죽음을 이해하면 더 아름답다고 알고 있다. 그러나 몸과 마음이 사그라져가는 죽음 직전은 당사자든 가족 친지든, 괴롭고 당황할 수밖에 없다. 인생의 화살표를 잃어버린 심정이다.

불교는 삶의 1분 1초가 다 중요하지만 그 가운데에서도 죽기 직전의 순간이 가장 중요하다고 가르친다. 그 순간에 어떤 마음을 가지고 있냐에 따라 내생이 달라진다고 한다. 극락이냐 지옥이냐가 결정되기 때문이다.

당대의 철학자요, 신학자였던 스피노자(Baruch Spinoza)는 죽을 때 제자들에게 자기가 한 말이 모두 "헛소리"(bullshit)라 했다는 소문도 있다. 그게 사실이라면 스피노자는 헛된 삶을 살았을 수도 있다.

오랫동안 호스피스로 일해 온 호주의 어느 간호사가 임종하는 환자들에게 후회되는 삶에 관해 물었다. 그가 쓴 책 속에 '첫 번째로 후회되는 것이 자기 마음대로 한번 살아 보았으면, 두 번째가 일 좀 그만하며 살 것을, 셋째는 좀 더 나은 삶에 대해 도전해 봤으면'이라고 적혀 있다.

내가 세상 떠날 때 나는 삶을 어떻게 얘기할까? 고민해 보아야겠다.

걷기 그리고 생각들

소설 『순례자』의 작가 코엘료(Paulo Coello)는 이런 말을 남겼다. "누구든 걸을 수만 있다면 당장 배낭 메고 떠나라."

이제 5월이 왔다. 걷기에 가장 좋은 달이다. 규칙적으로 걷다 보면 몸도 마음도 건강해진다. 건강하게 오래 사는 보약이 따로 없다. 특히 무엇을 곰곰이 상상하거나, 바쁜 일상의 스트레스 해소에는 걷기만큼 좋은 게 없다. 또한 모르는 장소를 걷다 보면 다른 사람들의 사는 모습도 엿볼 수 있다.

1980년 5월, 당시 나는 미국 신경정신과 전문의 시험 마지막 관문인 구술시험 결과를 기다리던 중이었다. 낙방했다는 정신과협회의 위로 섞인 친절한 편지를 받은 뒤 머리도 식히고 화도 삭힐 겸 밖으로 나갔다.

동네 몇 바퀴를 걸으니 몸과 마음이 편안해짐을 느꼈다. 그 뒤부터 사정이 허락하는 한 걷는 습관이 내 몸에 배어 버렸다. 어느 때는 내가 걷기 중독 환자인가 하는 생각이 들 때도 있다.

오랫동안 매일 규칙적으로 걷다 보니 욕심이 생겨 한때는 은퇴

즉시 "산티아고로 가는 길" 순례를 해볼까도 마음먹었다. 프랑스 남쪽에서 시작하여 험준한 산맥을 넘어가며 스페인의 산티아고 대성당까지 장장 800Km를 한 달 이상 걸어야 한다. 멀고 험준한 순례길이며 인생길이다. 당시 70세를 넘은 늙은이에겐 무리인 듯싶었고 거기다 아내의 반대도 거세서 마음을 접었다.

그러나 내 마음속에는 아직도 산티아고로 가는 길이 떠나지 않고 있다. 왜 하필 산티아고냐 물으면 딱 부러지게 대답할 말이 없다. 무엇을 깊이 깨달으려는 것도 아니다. 그저 하늘과 땅 사이에 내 두 발을 축으로 삼아 그 길을 걸으며 내 인생을 반추해 보고 싶을 뿐이다.

한국에 나갔을 때 북한산 둘레길 몇 구간을 걸었고, 제주도 올레길의 극히 일부를 걸어 봤다. 기회가 있으면 한국에서 지인들과 함께 지리산 능선 길을 완주해 봤으면 한다.

걸을 때마다 인간으로 태어난 사실에 눈물겹도록 감사하고 있다. 침팬지나 디노사우루스(dinosaur)같은 동물도 두 발로 구부정하게 걸을 수 있지만, 인간처럼 가슴을 편 채 꼿꼿이 서서 걷지는 못한다.

아프리카 오지에서 400만 년 전으로 추산되는 한 화석이 발견되었다. '루시'(Lucy)라 이름 지은 그 화석에서 두 발로 서서 걸어 다닌 인간 최초의 발자국 흔적을 찾아냈다. 루시는 두 발로 걷기는 했지만 몸 생김새는 작은 두개골을 가졌고, 입이 툭 튀어나온 원숭이 모습이었다.

이런 루시에서 지금의 인간 형상으로 변하기까지는 정말 오랜 시간이 걸렸다. 약 5만 년에서 10만 년 전 화석인 호모사피엔스가 이를 증명해 주고 있다.

두 발로 서서 걸어 다니자 인간은 양손을 자유롭게 쓸 있는 기회
도 생겼다. 걷고, 손으로 도구를 만들어 먹거리를 쉽게 얻을 수 있
게 되었고, 항상 더 나은 먹거리들을 모을 생각을 했다. 이런 활동
과 사고는 인간의 뇌 크기를 루시의 것보다 3배 이상이나 크게 만
들어 주었다.

두개골 속에 순두부 같은 형태로 둥둥 떠 있는 뇌의 크기는 운동
의 강도 보다는 운동의 섬세함에 더 많은 영향을 받는다. 허벅지나
엉덩이처럼 운동량이 많은 것보다 손, 혀, 눈 등 섬세한 운동이 뇌
의 성장을 더 촉진 시킨다. 특히 손은 뇌의 성장에 가장 많은 영향
을 주고 가장 넓은 뇌 영역을 차지하고 있다.

시각, 청각, 촉각 등을 잃은 사람도 손과 손가락을 이용하여 없어
진 감각들을 대신할 수 있으므로 일부 생물학자들은 손을 제2의 뇌
라고도 부른다. 현대 진화론자들은 뇌의 성장 속도는 함께 생활하
는 집단의 크기에 비례한다고 한다.

인간처럼 거대하고 다양한 사회 구조 속에서 살다 보면 자연히
손놀림이 많아지고 대화도 많이 하게 되어 뇌가 커진다는 주장이
다. 즉 손놀림과 더불어 언어의 학습이 뇌의 성장을 가장 빠르게
하는 요인이라는 주장이다.

한편 정신—성 발달(psychosexual development) 이론의 창시자인
프로이트 선생도 인간이 서서 걸어 다니는 자세가 인간의 성 생활
에 어떤 영향을 끼쳤는가에 대해 큰 관심을 보였다. 장시간 직립
자세를 취할 수 없는 포유동물들의 경우에는 암컷이 발정할 때 풍
기는 냄새가 수컷으로 하여금 성적 자극을 일으켜 교미를 이룬다.

즉 후각이 성적 자극을 유도하는 주요 감각이었다.

그러나 인간이 꼿꼿이 설 수 있게 되자 성적 자극 감각이 후각에서 시각과 촉각으로 변했다. 사내들의 시선이 성숙한 여성의 몸매에 쏠렸고, 자유로워진 손으로 쉽게 애무를 할 수 있어 여자의 배란기를 기다릴 필요 없이 성교가 가능해졌다.

실제로 인간은 포유동물 가운데에서 주어진 수명 동안 가장 많이 성교를 하는 동물이다. 프로이트는 꼿꼿한 직립 자세야 말로 남녀가 자연스럽게 얼굴을 맞대고 성행위를 할 수 있어 보다 친밀감과 배려감을 느끼게 하여 가족이란 인간사회의 독특한 사회 체제를 형성케 함으로써 문화 문명 발전에 일조했다는 결론을 내렸다.

현대인은 심혈관질환으로 제일 많이 죽어간다. 생리학적으로 규칙적 걷기는 면역력을 담당하는 자연 살상 백혈구와 외부 독소를 집어삼키는 백혈구 등이 활성화되므로 질병에 걸릴 위험을 줄여 준다. 또한 혈관을 확장하여 혈압을 낮추어 주고, 혈액량을 증가시켜 주는 등 심장 활동을 원활하게 해준다.

현대 의학의 숙제 가운데 하나가 치매 극복이다. 치매 예방 가운데 가장 효과적인 것이 규칙적 걷기 운동이다. 걸으면 인지 능력과 기억을 주관하는 대뇌피질과 해마의 신경 세포의 퇴화를 더디게 하고, 더 나아가 새로운 신경 조직의 생성에 꼭 필요한 신경 촉진 인자의 활동을 높여 준다.

고대 그리스 철학자 키케로(Cicero) 선생 말대로, 이렇게 걷기는 우리의 육체와 마음과 영혼을 튼튼하게 유지해 주는 최선의 방법이다. 미국 신경정신의학 협회도 무슨 정신 질환이든 중요한 치료 방법의 하나로 운동을 권고하고 있다. 운동은 일종의 꿈의 치료라 할 수 있다.

정신 질환을 가진 사람들은 대개 가난해서 별로 돈이 들지 않는 걷기야말로 가장 효과적이고 좋은 운동이 아닌가 싶다.

사이코 드라마

"사이코 드라마"(psychodrama)란 단어 그대로 직역하면 미친 연극이란 뜻이지만, 정신 심리 분야에서는 심리 치료의 한 유형인 심리극으로 부른다. 정신 질환자들은 대개 자신의 생각이나 감정을 표현하기 어렵다.

특히 잠재의식 속에 억압된 채 숨어 있을지도 모르는 욕망, 갈등, 열등감, 공격성 등이 현실 생활 속에서 분노, 불안, 우울, 죄의식 형태로 대치되어 나타나 그들을 괴롭힌다.

20세기 초 정신과 의사 모레노(Jacob L. Moreno)가 정신과 환자로 하여금 내면의 심리적 문제들을 쉽게 표출할 수 있게 하는 방법의 하나로 심리극을 만들어 냈다.

심리극의 등장인물은 주인공을 비롯한 모든 배역이 미리 정한 줄거리 없이 연극을 진행한다. 일종의 즉흥극이다. 무대란 가상세계에서 자신의 정서적·심리적 문제점을 부끄러움이나 죄의식 없이 자유롭게, 지금 여기의 현실 세계로 끌어와 연기를 통해 마음 고통을 정화해 주는 것이다.

이렇게 부담 없이 자유롭게 말하고 행동한다는 점에서 정신분석 치료의 경향이 있지만, 관객이 주로 비슷한 환자들이라 집단 심리 치료의 효과도 겸한다. 또한 연기라는 행동으로 보여주므로 행동 치료도 된다. 치료팀의 한 사람은 배역들이 극의 주제를 벗어나지 않도록 진행을 인도해 주는 연출자 역할을 담당한다.

진단과 치료를 빨리빨리 해결해야 하는 디지털 시대인 지금은 주로 입원 환자만을 대상으로 심리극 치료를 하고 있다. 내가 1970년 초 정신과 수련의 과정을 받고 있을 당시에는 외래에서도 흔히 사용되었다.

그는 60줄에 들어서는 노신사였다. 중소기업 간부로 일하다가 회사가 문을 닫은 탓에 일찍 은퇴했다. 벌어둔 돈도 좀 있고 아내가 아직 직장을 가지고 있었기에 막중한 책임감과 힘든 직장에서 벗어나 자유롭게 살고 싶어 회사를 떠났다.

그런데 은퇴 뒤 몇 달이 지난 뒤부터 매일 기분이 우울하고 짜증이 났다. 아내가 하던 가사 일을 대신해야 하는 등 바뀐 자신의 역할에도 잘 적응하지 못했다.

그는 든든한 남편과 자랑스런 아버지로부터 거추장스러운 인간이 된 듯 상실감과 정체성 혼란에 빠졌다. 점점 밥맛도 떨어지고, 잠들기 힘들고, 한 일도 없는데 항상 피곤하고, 소화도 잘 되지 않고, 친구를 만나거나 친척들의 파티에 참석하기 싫었다.

그저 모든 게 귀찮아 매사에 무력감, 사회적 고립감, 소외감을 느꼈다. 아침에 눈 뜨면 오늘 하루도 어떻게 지내지? 이렇게 살아서 뭐 하겠냐는 생각이 드는 등 심한 우울병에 빠지고 말았다.

역할은 본래 연극에서 사용된 용어다. 극 중의 배우나 배역 간의 구분을 뜻하는데 지금은 사회 모든 영역에서 사용되고 있다. 누구에게나 자의든 타의든 좋든 싫든 태어날 때부터 세상이 자신에게 맡겨진, 또는 자신에게 기대되는 일정한 역할이 주어진다.

예외는 있지만 보통 자식, 남편, 아버지란 선천적 역할, 그리고 자라고 살면서 노력하여 얻은 사회적 지위인 법조인, 의료인, 성직자, 교육자, 기업인, 정치인 등 후천적 역할이 그것이다.

50대에 은퇴한 남자들의 경우에는 이런 역할의 혼란성이 우울증의 큰 위험 요소가 된다. 정신 질환 진단 목록에 은퇴 우울증은 없다. 그러나 임상에서 은퇴자를 진료하다 보면 흔히 은퇴 증후군을 앓는 남자들을 만난다. 은퇴 증후군 증상이 너무 심하면 주요 우울증으로 갈 수도 있다.

앞의 환자는 치료에 아주 부정적이었다. 우울증 약 복용과 심리 치료도 거부하고 병실에 홀로 남아 철학 서적만 열심히 읽었다. 그렇다고 퇴원도 시킬 수 없었다.

의사의 조언에 반대하여 퇴원하겠다는 동의서에 서명하지 않았기 때문이었다. 정신과에서 환자의 상태가 좋아지지도 않았는데 강제로 퇴원시킨 뒤 무슨 문제가 생기면 법적 책임에 부딪치게 된다.

정신과 치료의 궁극적 목표는 증상을 완화한 뒤 일정 기간 재활 훈련을 통해 적응 능력을 키워준 뒤 가정과 사회에 복귀하게끔 이끌어 주는 것이다. 이를 달성하는 데 가장 필수적인 요소는 대면과 대화를 통해 환자 스스로 자신의 심리적 문제점을 알아차리고 이에 대처할 수 있는 능력을 쌓도록 도와주는 과정이다.

의사는 단지 치료과정의 길잡이 역할만 해준다. 어떻게 도와줄까? 가늠이 서지 않아 고민하던 가운데 환자가 연극에 취미가 있다는 말을 들었다. 환자에게 사이코 드라마의 주인공 역을 한번 해보라고 사정사정한 끝에 겨우 승낙을 받았다.

그는 처음에는 좀 어색했지만, 점점 자신을 주인공과 동일화시켜 드라마의 역을 아주 진지하게 잘 해냈다. 자신을 괴롭혔던 상처 속으로 들어가 열심히 배역을 소화하는 과정에서 자신을 치유하였던 것이다.

인간의 생활 주기 가운데 생후 4~6세 사이의 초기 아동기 때는 지능과 언어 능력이 급속히 발달한다. 그 결과 아이들은 상상과 환상을 부추길 수 있는 놀이나 게임에 재미를 붙인다.

또한 놀이를 통해 자신의 부모나 가족 상황을 나타내어 갈등을 해소하고 잠재된 욕구를 표출할 수도 있다. 임상 경험에 따르면 이 시기에 특히 놀이를 좋아했던 사람들이 심리극 연기를 잘한다고 한다.

노신사는 또 한 번의 사이코 드라마를 하고 난 뒤 증상이 빨리 회복되어 퇴원할 수 있었다. 항우울제나 어느 심리 치료보다 사이코 드라마가 제일 효과가 있던 케이스였다.

괴짜와 천재는 공존하는가?

아리스토텔레스는 이런 말을 남겼다.

"미치광이 특성이 없는 천재는 드물다"

1978년, 시카고의 노스웨스턴 공대의 한 교수 앞으로 수상한 우편물이 배달되었다. 경찰은 배달된 상자 속에 파이프 폭탄이 들어 있는 것을 발견했다.

그 뒤 20여 년 동안 16개 폭탄이 미국 명문대학과 항공회사로 우송되어 3명 사망, 20명 부상하는 사건이 일어났다. 미국 연방 수사국이 범인에게 붙인 암호명 우나바머(University Airline Bomber)는 당시 미국 사회를 흔들어 놓았던 사건이었다.

미국 연방 수사국이 오랫동안 체포에 심혈을 기울였으나 잡지 못하고 있다가 가족의 신고로 사건이 해결되었다. 범인인 테드 카친스키(Theodore J. Kaczynski)가 기술 문명의 횡포로 말미암아 인간성이 황폐화하고 자연 환경의 파괴를 가져온다는 편지를 《뉴욕 타임스지》와 《워싱턴 포스트》에 보냈다.

신문에 난 편지 내용을 읽어 본 범인의 친동생은 깜짝 놀랐다.

편지 서두의 글귀가 자기 형 테드가 대학 재학 중에 부모에게 보낸 편지 서두와 너무나 비슷했기 때문이었다. 테드는 자신이 어렸을 때 공부만 하라는 부모를 비난하는 편지를 자주 보냈었다. 동생이 그 사실을 FBI에게 귀띔해준 것이다.

내가 살던 동네에서 멀지 않아 그곳을 지날 때마다 나와 비슷한 나이에 비슷한 장소에서, 비슷한 시대를 함께 보낸 우나바머가 생각났다. 그는 학창 시절에 천재로 소문난 지능지수가 170에 가까웠다.

우나바머는 16세에 하버드대학 입학, 졸업, 미시건대학 박사과정 중에 교수들도 풀지 못한 수학 문제를 해결하여 1년 만에 학위 획득한 뒤 캘리포니아 버클리 대학에서 2년 동안 수학 교수로 근무했다. 그러나 동료 교수, 학생과의 대인관계가 매끄럽지 못하고 사회 적응 능력이 모자라 교수직을 그만두었다. 그 뒤 물과 전기도 없는 한적한 몬타나주의 숲에서 움막을 짓고 살았다.

정신분열증 진단을 받았으나 종신형을 선고받고 병원 아닌 감옥에서 다시는 세상 밖으로 나오지 못할 그가 지금 무슨 생각을 하며 어떤 감정을 가지고 무슨 책을 읽고 있을까? 나의 좌뇌와 우뇌는 바쁘게 활성화한다.

토끼 사냥과 채소를 기르며 가족과 사회로부터 격리된 은둔생활을 하던 그는 점점 문명 기술 사회를 비난하는 편집과 망상에 사로잡힌 정신분열증 환자가 된다. 과학 문명이 인류를 파괴한다는 비현실적 판단과 망상은 그로 하여금 폭탄을 만들어 문명사회를 괴롭히다가 붙잡혀 종신형 죄수로 복역 중이다.

그리스의 철학자 아리스토텔레스의 말처럼,

"천재와 미치광이 사이의 연관성은 존재하는 걸까?"

우나버머는 한 살도 되기 전에 갑작스러운 고열과 피부 발진으로 격리병동에서 치료를 받은 적이 있다. 당시 병원 측은 이틀에 한번 두 시간 동안만 방문이 허용되었다.

어머니가 면회 시간이 다 되어 안고 있던 그를 병원 간호사에게 넘겨줄 때마다 그는 거칠게 울어댔다. 아주 어릴 때는 심리적으로 자신과 어머니를 잘 구별하지 못하고 일심동체로 여긴다.

당시 우나버머도 자기를 어머니로부터 강제로 떼어 놓았을 때 받았던 마음의 상처가 평생 그의 삶을 지배했을지도 모른다. 청소년 시절에는 체구가 적어 스포츠는 멀리하고 대신 공부만 하는 괴짜로 불려 또래들로부터 왕따를 자주 당했다.

그때의 분노와 외로움이 그의 성격 형성에 상당한 영향을 끼쳤을 것이다. 즉 사람을 믿지 못하는 신뢰 형성의 결핍으로 건강한 인간 관계를 이룰 수 없었던 듯싶다.

인간의 뇌는 100조가 넘는 뇌세포와 그 수의 몇 백 배나 되는 뇌세포들의 연결로 구성되어 있다. 우나버머가 어렸을 때 체험한 신체적 고열과 정서적 트라우마는 아직 성숙하지 않았던 뇌조직 발달 과정에 영향을 미쳤을 수도 있다. 그 결과 우나버머의 뇌 어느 부분은 더 활성화되고 다른 부위는 상대적으로 덜 발달했을 거다.

특히 상상력, 창조력, 직감력의 창고인 우뇌 부위가 더 그렇다. 우뇌는 또한 감성을 주관하는 연결회로가 매우 많다. 이런저런 모든 게 우나버머를 천재성과 감정조절이 힘든 괴짜 기질의 소유자로 만들었지 않았나 추측한다.

천재와 미치광이의 연관성은 존재하는 걸까? 그리스 철학자 아리스토텔레스는 일찍이 미치광이 특성이 없는 천재는 드물다고 했다. 천재는 분석력, 판단력, 논리력, 집중력, 산술력의 거처인 좌뇌가 발달한 사람이라 생각할 수 있지만, 사실은 우뇌의 소유자들이 더 많았다.

천재는 직감적으로 기발한 아이디어를 찾아내어 거기에 상상력을 덧붙인다. 그러면 좌뇌는 그 아이디어를 분석하고 판단하여 무엇을 탄생시키는 수단의 역할만 할 뿐이다.

천재는 우뇌의 발달로 감성이 예민하고 정서의 기복도 심하다. 이런 여러 가지를 살펴볼 때 천재성과 괴짜는 실제로 공존할 수 있는지도 모른다.

오래 전에 실시한 하버드대학 사회심리학 교실의 조사에 따르면 사람들의 1/3은 아무런 목적의식 없이 그저 세월 따라 살아간다. 2/3 조금 못 미치는 사람들은 어느 정도 희미한 목표를 가진 사회인으로서 평범한 삶을 누렸다.

아주 적은 소수만이 타고난 천재성을 바탕 삼아 뚜렷한 목적을 세운 다음 이를 위해 집착, 몰입, 끊임없는 열정과 노력 끝에 유명한 지도자, 과학자, 문학자, 혁명가, 예술가 등으로 산다고 발표했다.

그 소수에 들기를 바란다면 먼저 태어날 때, 혹은 아주 어려서 무슨 연유로 말미암아 우뇌의 소유자가 되어야 한다. 그다음 우뇌를 더 발달시킬 수 있는 피나는 노력과 연습이 필요하다.

동시에 불규칙한 감성 패턴과 정서적 기복이 타인에 비해 월등히 높기 때문에 일생 동안 감정 조절도 잘 해야 한다. 그렇지 않으면 불행하게도 우나바머처럼 될 수 있다.

연필 가는 대로

뇌 속에 잠겨 있는 특별한 지식과 특출한 재능의 소유자는 좁은 의미의 천재이다. 좁은 뇌 밖을 벗어나와 자신에게 부여된 지식과 재능을 넓은 세상에 펼쳐 인류 공동체를 위해 이바지할 수 있어야 한다.

즉 이웃들과의 연결인 인류 공동체를 사랑하고, 헌신하는 사회의 일원이 되어야 넓은 의미의 천재, 곧 진짜 천재가 되는 것이다.

2000년 초에 미국 스탠포드 의대 연구팀은 기계 기술과 창조예술을 전공하는 학생들의 성격을 조사해 보았다. 창조성을 많이 지닌 학생들이 일반 학생보다 병리 심리적 증상이 훨씬 높았다.

또한 뇌신경학자도 미치광이와 천재의 신경회로가 비슷한 사실을 영상 검사로 증명했다. 오래 전부터 내려온 아리스토텔레스 선생의 가설에 동의한 것이다.

천재성도 없고 끈기도 없다고 크게 실망할 일이 아니다. 하버드대 연구 조사에서 알 수 있듯 2/3에 속하는 평범한 삶의 소유자로 살아가는 것도 그리 나쁠 게 없다. 오히려 정신 질환에 걸릴 위험성이 아주 적기 때문이니까.

정원 일(Gardening)

원예치료사들은 이렇게 말한다.

"보다 건강한 심신을 원하거든 정원으로 향해 있는 길을 선택하라"

봄이 한창이다. 지리산 골짜기 매화나무 골의 매화도 흐드러지게 피어 있을 게다. 모든 생명의 근원인 대지를 아끼고 사랑하자는 《지구의 날》 현수막이 출근길의 봄바람에 펄럭거린다.

지구의 날은 1970년 4월 현대 사회의 세 가지 악인 큰 자동차, 큰 공장, 큰 도시에서 뿜어 나오는 독성 물질에서 대지를 보호하자는 취지로 제정되었다.

지구촌을 더 깨끗하고 더 안전하고 더 푸르게 만들려는 노력은 몇 달 전에 있었던 코펜하겐 유엔 기후협의 총회의 결과를 보듯 정치적 · 경제적 문제와 맞물려 쉽게 이루어지지 않고 있다.

내 승용차는 어느 양로원 옆길을 지나친다. 양로원 뒤뜰에 노인들이 옹기종기 모여 화분에 흙을 담아 꽃나무를 심고 있다. 휠체어의 나약하고 창백한 노인들은 조금 떨어진 곳에서 아무런 표정도

연필 가는 대로

없이 그저 바라만 보고 있는 모습이 퍽 대조적이다. 어떻든 평화스런 늦은 아침 광경이다.

제2차 대전과 한국전쟁을 겪으며 수많은 군인이 뇌에 부상을 겪고 오랫동안 재향군인 병원에서 재활 치료를 받아야 했다. 그들의 분노와 불만을 덜어주고 눈과 손을 이용하여 무디어진 운동신경을 자극하려고 정원 일을 시켜 보았더니 기억력도 좋아지고 태도도 온순해지는 것을 보았다.

그 뒤 원예 활동은 스트레스를 줄여 주는 실용적인 한 방법으로 여러 분야에서 이용되고 있다. 원예 치료는 옛날부터 알려져 왔지만 미국은 정신과의 아버지라 불리는 벤자민 러쉬(Benjamin Rush) 박사가 정원 활동이 정신 질환자의 치료에 효과가 있다는 발표가 있은 뒤 처음 시작했다.

자연이 건강에 어떤 역할을 하는가에 대한 조사는 대부분 긍정적으로 나와 있다. 일반 사람도 푸른 나무와 초원을 감상하고 꽃과 채소를 가꾸며, 나무 심고 자라는 것을 보고 있노라면 삶의 만족감을 느낄 수 있다. 특히 새싹이 움트는 봄철의 초록색은 생명의 의미를 상징한다.

심신이 불편한 환자들은 정원과 자연을 보고만 있어도 스트레스가 줄고, 통증을 덜 느끼고, 기분도 향상되는 회복기능이 있다. 지금 정신병원은 말할 것도 없고 대부분의 병원, 양로원도 돈을 들여 원예 치료를 제공하는 장소를 마련해 주고 있다. 환자 치유와 입원 기간을 단축하여 경제적 이익도 얻기 때문이다.

원예 치료를 가장 많이 권장하는 환자들이 심장과 폐 질환, 중증 화상, 뇌 손상, 그리고 치매증을 앓는 사람들이다. 이런 환자들은 모두 섬세한 운동 기술과 어느 정도의 인지 장애가 있으므로 손과 눈을 서로 조화시켜 주는 정원 일이 큰 효과가 있다.

어떤 양로원은 매주 하루 특정 시간을 정해 치매 환자들로 하여금 흙을 만지며 화분에 꽃을 심고 물을 주는 정원 일을 시킨다. 그러다 보면 치매 환자들이 얼핏 옛날 기억이 잠시 나타날 수도 있고 방황하고 악쓰며 소리지르는 위험한 습관도 훨씬 줄일 수 있다.

환자들에게 정원의 일을 두어 시간 시킨 뒤 뇌 영상 촬영으로 검사를 해보았더니 사고를 주관하는 좌측 뇌의 전두엽과 기억력을 보좌하는 측두엽의 활동이 왕성해짐을 보았다.

대지와 어울려 꽃, 채소, 나무를 심고 잡초를 없애는 정원 활동을 통해 몸과 마음의 병을 달래 주는 원예 치료는 먼 옛날 우리 조상님께서 하셨던 민간요법이었다.

이제 원예치료가 대체의학의 하나로 자리 잡고 있다. 원예 요법은 정신 질환을 가진 사람들에게 자신감을 심어주고 자존감을 올려주며 자제력도 향상해 준다. 최근 원예 요법의 필요성이 늘어남에 따라 대학이나 다른 기관들이 일정 기간 교육 훈련을 거쳐 자격증을 부여하는 원예치료사를 배출하고 있다.

꼭 심신장애 대상자에게만 원예 치료가 한정되는 것은 아니다. 보통 사람도 원예 요법을 응용할 수 있다. 집안에 화초를 기르면 환기에도 좋고 습도도 어느 정도 조절된다. 그래서 원예 요법은 요즘 대중화되어가고 있는 실정이다.

이제 내 진료실에 다 온 것 같다. 오늘은 매년 이때쯤 해오던 대로 환자에게 그들의 처소와 주머니 사정에 맞게 화분 일과 정원 일을 권장할 계획이다. 또 비가 오지 않으면 가까운 공원에 나가 걷

도록 하겠다. 자연으로 돌아가라는 철학자 루소(J. J. Rousseau)의
말이 맞다. 반복해서 말하면 건강으로 가는 길은 정원 쪽으로 뚫려
있으며 정원은 치유 과정의 일부인 것이다.

가장 좋은 치료 방법

"정신병인지 아닌지 그게 문제로다"

H 씨의 이야기이다.

남미 페루의 조그만 시골 근처에 밧줄로 엮은 다리가 하나 있었다. 두 산 사이의 깊은 계곡을 연결해 주는 다리이다. 어느 날 갑자기 다리의 밧줄이 끊어지는 사고가 일어났다.

마침 다리 위를 건너던 다섯 사람 모두 계곡 밑으로 떨어져 죽었다. 멀리 떨어지지 않는 곳에서 우연히 그 광경을 목격했던 어느 젊은 사제의 마음은 혼란스러웠다. 단순 사고일까? 아니면 그렇게 될 수밖에 없는 운명이었을까?

사제는 죽은 사람들의 행적을 조사해 보기로 했다. 다섯 사람 모두 인생의 고비를 무사히 넘긴 삶의 문턱에서 적당한 시기에 죽음이 일어난 것을 알아냈다.

퓰리처문학상 작가 손톤 와일더(Thornton N. Wilder)의 『산 루이스 레이의 다리』(*The Bridge of San Luis Rey*)의 소설 내용이다. 와일더는 이 소설을 통해 갑작스럽고 이해할 수 없는 고통은 인간으로

서는 감당하기 힘들다. 그러나 이는 창조주가 설계한 인생살이 판의 한 자리에 불과하다고 결론지었다.

환자 이야기이다.

H는 학교 선생님으로, 신을 믿는 사람이다. 그는 이 소설을 읽은 뒤 자신의 숙명에 대해 무언가 알고 싶었다. 어느 날 뜬금없이 자신이 3년 뒤에 죽을지도 모른다는 생각이 들기 시작했다. 건강도 괜찮고 심한 스트레스도 없어 별 생각을 다 한다고 웃고 넘겼다.

그러니 학교 일이 바쁘지 않을 때면 그 생각이 자꾸 떠올랐다. 의지력만큼은 남에게 떨어지지 않는다고 자부심을 가진 그였지만 점점 누구의 도움이 필요한 것 같았다.

생각다 못해 체면불고하고 점쟁이를 찾아갔다. 점쟁이가 맞지도 않는 소리를 해서 그냥 돌아왔다. 다음에는 성직자에게 문의했다. 기도의 힘이 해결책이라 해서 시간을 정해 매일 한 달간 열심히 기도를 드렸다. 그것도 별 효과가 없었다.

점점 자신이 미쳐가고 있지 않나 겁이 덜컥 나서 심리상담사를 만났다. 죽음의 숨은 의미를 이해하여 문제를 풀어나가자는 상담사의 말이 맞는 듯싶어 치유자와 머리를 맞대고 진지하게 논의했다.

그것도 계속하니 머리만 아팠지 좋아지는 것 같지 않아 그만두었다. 이젠 자신이 고칠 수 없는 병을 가진 정신병 환자라는 생각으로 잠을 설치는 날이 잦아지자 정신과 진료실을 마지막으로 찾았다.

H는 직장 건강보험을 쓰지 않고 직접 현금을 내겠으니 학교에 절대 알리지 말라는 조건을 달았다. 아직도 정신과 의사를 만나는 게 사회적 금기 중의 하나로 여겨지는 세상이다.

먼저 간단한 신체검사와 정규 혈액검사를 통해 신체 질병의 유무를 확인한 뒤 가족의 정신 질환 병력, 음주와 오락물질의 사용 정도를 물었다. 다음 강박증의 강도를 평가하는 설문 조사를 했다. 시험 결과는 낮은 수치의 가벼운 증세와 강박적 성격 성향을 가진 사람으로 나왔다.

강박증 병이라 진단을 붙이려면 고통을 주는 증세와 더불어 이 때문에 발생하는 사회적, 직업적, 가정적 생활 기능의 현저한 저하가 수반되어야 한다. H는 강박 증세를 가지고도 잘 생활하고 있었다.

가끔 정신병 환자가 아닌 분이 환자로 착각하여 의사를 찾아올 때는 곤혹스럽다. 미치거나 미치지 않았다는 확실한 경계가 없고 정신병 유무를 확실히 구별해 주는 과학적 검사 방법이 없다.

현재 정신과에서는 미국 정신의학 협회가 여러 해를 걸쳐 정신병에 관한 생물학적, 임상적 연구와 검토, 개정을 통해 정신 질환의 진단과 통계 열람 5차 개정판(DSM-5)을 발간했다. 정신과 의사는 이 책에 기준하여 보다 객관적 바탕 위에 진단을 붙이고 있지만 정확하지 않다.

정신 증상 가운데 가장 다루기 힘든 게 강박 증세이다. 증세가 심하면 항우울제를 사용하나 확실한 치료약은 아직 없다. 심리치료도 잘 듣지 않는다. 그저 시간을 두고 천천히 다루어야 한다.

옛날 정신분석 치료가 한창 유행할 때는 초진 환자의 진료 날짜를 두 달 넘게 주었다. 그동안에 정신과 의사를 만나 본다는 기대감 때문에 위약 효과가 생겨 환자가 이미 반은 나아졌다는 기록도 있다.

H에게 필요할 때 복용하라고 수면제를 처방한 뒤 3년의 면담 기간을 요청했다. 만에 하나 그 기간에 사고나 중병에 걸려 죽을지도 모르니 3년을 두고 기다려 보자고 했다. 그리고 때가 오면 H의 생각이 맞나 틀리나를 보자고 했다.

정신 질환은 조기에 발견하여 일찍 치료하는 게 가장 중요하다. 재발도 지연시키고 억제하며 예후도 훨씬 좋다. H 경우는 드문 사례이지만 이때는 기다림이 가장 좋은 치료 방법인 듯싶다.

조그만 욕심

왜 이렇게 여기까지 왔나 숨이 막힐 지경이다. 성탄절, 정월 초하루, 밸런타인데이, 춘삼월의 결혼기념일이 다가오지만 아무런 생각도 하기 싫다. 수중엔 단돈 몇십 달러밖에 없다. 자신의 삶을 마음대로 할 수 없는 쳇바퀴 다람쥐 신세다. 실낱같은 햇살이 창문 사이로 잠시 들어오다 사라지는 지하 단칸방에 사는 50대 초반 남자의 넋두리이다.

중류 가정에서 자란 그는 좋은 성적으로 고등학교를 졸업했다. 바로 명문대학에 들어갔지만 1학년 첫 학기 시험을 앞두고 걱정과 불안이 몰려왔다. 시험 성적이 좋지 않아 장학금이 끊기면 비싼 등록금을 마련해야 하는 부모님의 경제적 부담이 염려스럽다. 더구나 최근 사귄 여자 친구에게 실망을 안겨주는 압박감에도 잠을 설쳤다.

그가 괴로워하는 것을 본 룸메이트가 마리화나를 소개했다. 한대 피워 보니 몽롱한 게 마음이 편안해지고 근심 걱정도 사라졌다. 그래서 계속 피웠다. 언제부턴가 강의실에 가면 학생들이 자기 이야기만 하는 것 같고, 교수가 강의 도중 손짓하는 게 CIA와 연락하여 자기를 잡으러 오는 신호로 생각했다.

또 귀에서 사람들이 웅성거리는 소리, 자신이 소련 스파이라는 음성도 들렸다. 마리화나 때문이 아닐까 하여 끊어 보았으나 증상은 계속되었다.

대학 상담사의 권유로 의료기관에서 정신분열증이란 진단을 받은 뒤 약물치료를 받으며 시험도 마치고 집으로 왔다. 쉬면서 증상이 좋아지자 약물 복용을 멈췄다. 학교로 돌아간 얼마 뒤 다시 심한 피해망상과 명령적인 환청으로 말과 행동이 공격적이고 거칠어졌다.

결국 정신병원에 다시 입원하게 되었다. 그 뒤 치료약을 중단할 때마다 재발하여 두어 번 입원 치료를 더 받았다. 치료를 받으며 다행히 대학을 졸업한 뒤 적당한 직업도 얻고 결혼도 했다.

문제는 망상, 환청 증상이 사라지면 약을 끊었다. 어느 때는 약이 없어도 1년 이상 잘 견디다가 재발했다. 재발할 때마다 증상은 더 심해지고 치료 시기도 더 길었다. 주의력, 집중력, 판단력 등, 인지 기능도 점점 떨어졌다.

병원을 몇 번 들락거리다 보니 직업도, 가정도, 인간관계도 다 잃게 되어 지금은 정부가 지급하는 사회보조금으로 지하 단칸방에서 외롭고 소외된 하루하루를 지내고 있다.

인간의 사고, 감정, 언어, 행동, 인지 등 여러 기능에 이상을 나타내는 병이 정신분열증이다. 이렇게 광범위한 활동을 주관하고 조절하는 신체 장기가 뇌 조직이다.

따라서 정신분열증은 나쁜 어머니 밑에 자라서가 아니라 뇌가 어

328

떤 이유로 손상을 입었을 때 유전적, 환경적 요인과 겹쳐 발생하는 뇌 질환이다.

대부분의 분열증 환자들은 고분고분하고 자신만의 세계 속에서 살아간다. 때때로 피해망상과 남을 해치라는 명령적 환청을 가진 소수의 환자들이 큰 사고를 일으킨다. 병의 급성 기에는 약물치료가 우선이고, 만성이 되면 약물치료와 더불어 사회적 적응과 인지 기술을 높여 주는 재활치료가 필요하다.

정신 분열증은 대체로 발병 전까지 몇 개월에서 몇 년이 걸린다. 대부분 사춘기나 이른 성인기에 확실한 증상들이 나타난다. 학교 성적이 이유 없이 떨어지거나, 사람 만나기 싫어 집에만 있고, 감정 조절도 힘들고, 이상한 생각에 빠져들어 종교·철학 서적에 몰두하는 잠복기간을 보일 때가 많다.

사춘기는 생물학적으로 뇌 세포사이의 신경망 연결과 정보 교환을 하는 신경 전달 물질들의 활동이 매우 왕성하고 심리적으로 자신의 정체성을 찾으려고 방황하는 시기이다. 이때 신경 전달 물질의 불균형, 유전적 소인, 환경적 스트레스 등이 쌓이면 병이 발현된다.

정신 분열증 환자는 타인을 해치는 것보다 자신을 해치는 경우가 훨씬 많다. 통계적으로 분열증 환자의 10%는 자살로 삶을 마친다. 정신 질환 가운데 우울증 환자의 자살률이 제일 높지만, 전체 자살 숫자로는 분열증 환자가 제일 많다.

급성기에는 피해망상과 자기를 죽이라는 환청 때문에 자살하고, 회복기에는 가정과 직장에서 겪는 편견, 오명, 사회적응 능력의 한계로 인한 자책감, 열등감, 죄의식에 의한 심한 우울 증세 때문에 자살한다.

잠복기에 가족과 친지들이 흔히 사춘기의 성장통 정도로 알고 게으르다거나, 의지가 약하다거나 심지어 꾀병을 부린다는 말을 듣고 충동적으로 자살했던 십대 소년 소녀도 보았다.

앞에서 말한 환자의 정신증세와 우울증은 항정신제와 항우울제로 조절되었다. 그러나 직업인이나 정상적 사회인으로 생활하기는 힘들었다.

그의 소망 하나는 시카고 위글리 야구장에서 컵스 경기를 구경하는 것이었다. 당시 밥 한 끼를 굶으며 돈을 모으고 있었는데 그와 연락이 끊겨 소망이 이루어졌는지는 모른다. 부디 이루어졌을 줄 믿고 싶다.

자생 노인

"선생님, 내가 정말 이상한 사람인가요?"

제법 큰 백화점의 매니저로 일하다 은퇴한 60대 후반 남자의 물음이다.

"세상에는 이상한 사람이 수없이 많은데 왜 그렇게 생각하시나요?"

조금은 화가 나 있는 듯 보이는 분에게 조심스럽게 되물었다.

"내가 아니라 아내가 저보고 이상한 사람이라 그러더군요."

은퇴하고 나니 고객들과 웃음 띠며 말할 필요도 없고, 사람들의 비위를 맞출 일도 없어 마음이 아주 편했다. 일주일에 한 번, 친구들과 정구 치는 것도 귀찮아 그만두고 집에서 혼자 스포츠 중계나 보며 편히 쉬는 게 제일 좋았다.

아내는 그게 아니었다. 이제 남편이 은퇴했으니 여행도 떠나고, 음악회도 가고, 골프도 배우자고 성화였다. 그냥 집에서 쉬고 싶다고 하면 아내는 벌컥 화를 내며 며칠 동안 말도 하지 않는다. 어느 날 저녁 아내와 대판 싸웠다.

은퇴한 아내 친구가 부부 동반으로 유럽 여행을 가자고 제의했는데 지나가는 말로 당신 혼자 다녀오라 했기 때문이었다. 아내는 남편이 은퇴한 뒤 정신이 좀 이상하다며 혹시 우울증이나 치매 초기 증상이 있는지 의사한테 가보라 해서 온 것이었다.

인간은 사회적 동물이라 다른 사람들과 어울려 살아야 한다. 그러나 인간의 삶은 근본적으로 혼자만의 삶이다. 홀로 태어나 뭇 사람들 틈에 끼어 살다가 지구촌을 떠날 때도 혼자 가야 한다. 인간을 포함한 모든 생물은 '홀로'란 유전자를 오랫동안 지니고 살아왔기에 무리에서 떨어져 방황하는 늑대도 잔혹한 광야에서 스스로 살아갈 수 있는 자생력을 가지고 있는 것이다.

이제 인간의 수명이 길어져 노인들의 수가 점점 불어나고 있다. 그들 가운데 배우자를 잃었거나, 이혼했거나, 혹은 배우자나 자식들이 있어도 혼자 사는 노인들이 많다. 황혼 이혼, 황혼 자살, 독거 노인, 고독사란 새로운 용어도 생겨났다.

노인들만 혼자 사는 게 많은 사회는 아니다. 젊은 세대도 경제적·사회적 이유로 독신자들이 많아지면서 현대인들은 홀로 사는 삶에 익숙해지고 있다. 인간 생활의 거의 모든 영역을 바꾸어 놓고 있는 스마트폰을 위시한 정보과학 기술 문명의 기기들, 그리고 지독한 개인주의적 사회 경향은 혼자 사는 삶을 부추기는 데 일조하고 있는 셈이다.

진료실을 찾아온 60세 후반의 노인은 정신과적으로 별다른 문제가 없었다. 평생을 개미처럼 일한 뒤 집에 있어 보니 너무 좋아 일상생활의 패턴이 좀 게을러졌을 뿐이었다. 그분은 느긋한 성격의 소유자인 반면에 아내는 급하고 예민한 성격이었다.

통계에 따르면 싸움이 가장 잦은 계층이 노인들이다. 특히 같이 지내는 시간이 갑자기 많아진 노인 은퇴 부부들은 자신들도 모르게 서로의 삶을 간섭한다. 싸움의 가장 큰 요인은 짜증 섞인 일상의 대화와 화를 내는 습관이다.

서로 상대방을 배려하지 않는다고 불평을 한다. 부부 싸움이 칼로 물 베기란 말은 육체적 접촉이 빈번한 젊은 층에 통하지 노인 세대에 적용되지 않는다. 그래서 노인 부부 싸움은 후유증이 오래 간다.

오랫동안 원만한 결혼생활을 유지하는 부부들을 보면 일반적으로 서로 어느 정도 거리를 두고 지낸다. 그런 부부들은 성격도 서로 다르다. 처음 사귈 때 공통점이 많아 결혼한 부부들보다 공통점이 별로 없는 부부들의 결혼생활이 오래 간다는 통계도 나와 있다. 아마 살아가는 중 성격이 다른 서로의 좋은 점을 저절로 배우기 때문인 듯싶다.

몇몇 은퇴자는 사회적·경제적 여건 등, 여러 가지 환경적 요건이 나쁠 것도 없는 데도 홀로의 삶을 고집한다. 시쳇말로 독신 남성들은 애기 낳는 일만 제외하곤 여성들 몫인 거의 모든 집안일을 할 수 있게 됐다. 앞에 말한 노인은 독신은 아니지만 자생력이 있는 독신처럼 살고 싶었는지도 모른다.

항상 웃으며 살아도 짧은 인생이기에 노인 부부들은 싸움을 되도록 적게 하는 게 유익하다. 드물게는 노인 부부 싸움 끝에 자살하는 경우도 보았다. 진료실을 방문한 노인에게 이런 조언을 하면 어떨까?

아내의 생일이나 결혼기념일, 밸런타인데이 등, 어느 특정한 날을 잡아 사랑한다는 예쁜 카드와 꽃다발 한 움큼을 아내 손에 쥐어 준다. 그리고 조용한 식당에서 외식을 하며 서로의 문제점을 일단 제쳐두고 손자 손녀 얘기로 기분을 푼다.

대화 가운데 넌지시 아내에게 마음고생을 시켜 미안하다는 말을 꺼낸다. 결코 자신이 잘못했다는 의미가 아니다. 그런 다음 서로의 문제점을 해결할 방법에 대해 머리를 맞대고 찾아보자고 제안한다.

이 글을 써가면서 문득 법정 스님이 생전에 한 말이 생각난다.

"홀로 있을수록 함께 있는 것이다."

정말 그럴까?

꿈꾸는 걸까?

"닥터 C, 간밤에 꿈은 꾼 것 같은데 기억이 오락가락 하네요. 여자도 같고, 또 고양이 같기도 한 것을 물속에서 건져주었는데 그들이 살았는지 죽었는지, 글쎄 감이 안 잡혀요. 내 꿈이 무슨 의미가 있나요?"

불안 증세를 가진 어느 젊은 남자가 들려주는 꿈 내용이다. 성 (sex)과 더불어 잠과 꿈만큼 인간의 호기심을 불러일으키는 화두는 별로 없다. 고대부터 지금까지 과학자, 의학자, 철학자들이 숱한 이론을 내놓았지만, 매우 제한적인 지식에 불과하다.

아직도 잠과 꿈은 신비 속에 싸여 있다. 하루의 상당 기간 깨어있지 않은 상태가 잠이다. 실로 우리는 삶의 1/3을 잠이란 의식 세계 밖에서 살고 있는 셈이다.

잠은 비렘수면과 렘수면이 번갈아 가며 반복된다. 비렘수면의 첫 단계부터 네 번째 단계, 그 뒤 렘수면이 나타나기까지 5단계가 잠의 한 주기이다.

주기마다 약 90분이 소요된다. 하룻밤에 여덟 시간 잠을 잔다면

연필 가는 대로

대략 4~5번 주기를 반복한다. 렘수면은 아주 얕은 잠, 깨어나기 직전의 몽롱한 의식 상태에 가까우며, 비렘수면은 서서히 깊게 빠져드는 잠이다.

몇 십 년 전만 해도 뇌를 비롯한 모든 신체 장기와 근육이 잠자는 동안 휴식하는 걸로 알고 있었다. 그러나 눈동자를 굴리며 자는 렘수면 중에는 뇌세포가 오히려 왕성히 활동하는 것을 알았다. 호흡과 심장박동이 빨라지고 혈압도 올라가는 교감신경계의 활성화를 보이지만 신체 근육은 매우 이완되어 있는 게 특징이다.

즉 뇌는 일을 하지만 몸은 쉬고 있는 잠이다. 인간이 렘수면을 효율적으로 잘 이용했기 때문에 자연을 다스리는 강자로 군림할 수 있었다는 학자의 주장도 있다.

꿈은 잠자는 동안에 생긴다. 눈을 감고 있는데도 무슨 물체가 보이고, 어떤 소리가 들리는 시각과 청각 현상에 생각과 감정이 섞여져 나온다. 꿈 역시 처음엔 렘수면에만 나타난다고 생각했다. 그 뒤 더 많은 연구 결과는 꿈이 비렘수면에도 생기는 것을 관찰했다.

꿈은 거의 80%가 렘수면에서 발생하지만, 수면의 어느 단계에서든 꿈을 꿀 수 있다는 것이다. 잠자는 동안 계속해서 꿈을 꾼다는 말이다. 단지 기억을 못할 뿐이다.

렘수면 꿈 중에도 아주 생생히 기억나는 것은 5% 정도이며 대부분은 어렴풋이 생각나는 어설픈 꿈이다. 일반적으로 낮 시간에 너무 충격적인 감정을 경험했거나 심리적 문제가 있는 사람들이 또렷한 5% 꿈의 소유자들이다. 인생이 고해라 하듯 행복한 꿈보다 불행, 불운, 실패의 꿈들이 훨씬 많다.

꿈의 내용은 매우 광범위하고 아무렇게나 일어나며 쉽게 헤아릴 수도 없다. 프로이트 말처럼 대부분 상상하거나 흉내 낼 수 없는 기괴한 특성을 가진다.

그러나 어느 시대, 어떤 문화권에 걸쳐 일어나는 비슷한 꿈들이 있다. 어디서 떨어지거나, 누군가에 쫓기거나, 상황에 맞지 않는 옷을 입거나, 시험은 내일인데 아무런 준비도 안 했다는 꿈 등이다.

꿈은 성별에서도 차이도 나타난다. 여성은 남자나 여자에 관한 꿈이 똑같은데, 남자는 꿈속에 남자가 두 배 이상 더 나타난다. 남자는 공격성과 폭력에 대한 꿈이 많고, 여성은 그 폭력의 피해자가 되는 내용이다. 남자는 여자에 비해 성적 행위에 관한 꿈이 훨씬 흔하다.

꿈은 왜 꾸는 걸까? 꿈을 과학적으로 처음 분석하기 시작한 사람은 20세기 초의 프로이트 선생이다. 그는 꿈이 초월적인 신의 영역에서 과학, 특히 의학의 과제로 넘어가는 발판을 마련해 주었다. 프로이트는 무의식 속에 억압된 욕망과 갈등이 꿈을 통해 표현되어지는 것이라 주장했다.

칼 융은 억압된 욕망이나 감정뿐 아니라 깨어 있을 때 하고 싶었던 일상의 모든 게 꿈을 통해 일어날 수 있다고 믿었다. 일종의 보상심리 과정이다.

그와는 달리 신경 뇌과학자들은 꿈이란 단지 뇌간, 해마, 대뇌피질로 이어지는 의식 회로와 기억 회로 사이에서 생기는 뇌 활동의 하나라고 주장한다.

즉 예전에 형성된 기억들이 의식 상태에선 서로 연관되지 않아 탐색이 어려웠으나 뇌 조직의 전기 화학적 영향으로 발생한 꿈을 통해 처리하고 강화되는 과정에서 연상할 수 있다는 것이다.

꿈이 무작위로 일어나고 이해하기 힘든 뇌 활동이지만 낮 동안에 경험한 여러 사건이나 상황과 어느 정도 연관이 있다는 사실은 모든 학자가 동의한다. 꿈의 의미에 대한 다양한 설명 들이 있다.

신체적·정신적 휴식을 위한 것, 몸의 노폐물과 뇌 속에 쓸데없이 남아 있는 찌꺼기 기억을 걸러내는 과정, 잠재의식 속에 숨어 있는 인간의 무한한 창의성을 끌어내기 위한 목적, 앞으로 일어날지 모르는 불행한 사태를 미리 암시해주는 점쟁이 역할 등이다.

지금은 임상에서 환자의 꿈 얘기를 물어보지 않는다. 만약 환자가 물으면 뇌신경의학자들이 주장하듯, 꿈이 단지 낮 하루 시간에 일어난 많은 기억을 처리하는 과정에서 남겨진 찌꺼기 같은 기억의 잔상(residual image)이며 꿈을 해석하려는 것은 소설 쓰는 일이라고 잘라 말해서는 안 된다.

잠과 꿈, 의식과 무의식, 낮 하루의 경험과 기억이 어느 정도 꿈과 관련이 있다고 설명해 주는 게 중요하다. 또렷하고 앞뒤 연결이 잘 되어, 줄거리가 있는 내용의 꿈은 무의식이 일을 많이 한 증표다. 윤리 도덕적으로 받아들일 수 없는 욕망이나 공격성으로 고통을 겪고 있는 무의식은 어떤 방법으로든 그것들을 의식 밖으로 내보내려고 한다.

그런데 의식의 저항이 너무 심하여 의식의 입맛에 맞게 재단할 수밖에 없다. 심리학에서 말하는 전환과 승화 같은 방어기제가 형성된다.

앞에서 말한 환자의 꿈은 어설프고, 이상하며 별 의미도 없이 앞뒤가 잘 연결되지 않고 있다. 시쳇말로 개꿈이다. 개꿈은 오히려 환자에게 편안한 꿈일지도 모른다. 마음속의 문제들이 심하지 않아 잠자는 동안 무의식이 크게 신경 쓸 일이 없기 때문이다.

"좋은 꿈인데요. 불안증세가 좋아지고 있다는 꿈입니다."

환자에게 웃음을 보이며 꿈에 대해 간단한 이야기를 들려주었다.

만남의 숙명

대부분의 기억은 대뇌 깊숙한 곳에 묻혀 버리고 만다. 정서 수용 센터인 편도체를 심하게 때린 적은 수의 기억만이 깊게 숨어버리지 않고 해마와 측두엽의 중간 지점에 머물러 있다가 기회가 오면 슬슬 기어 나온다.

의식과 무의식의 경계선을 살짝 넘어간 잠재의식 속에 묻혀 있다가 어느 때 생각나게 된다. 애플의 CEO 팀 쿡(Tim Cook)이 자신이 동성애자임을 자랑스럽게 밝히는 커밍아웃 뉴스는 내 잠재의식 속에서 서성거리고 있던 환자 하나를 기억나게 한다.

수련의 교육을 받으려고 미국으로 건너간 1973년은 미국 정신과 협회가 동성애를 정신 질환의 진단 목록에서 빼버린 해였다. 그전까지만 해도 동성애는 정신 질환의 일종인 성도착증의 하나였다. 그런 결정이 있은 뒤 동성애자들은 서서히 모습을 나타내기 시작했다.

그 뒤 정신과 의사를 하면서 동성애자들을 많이 만나 보았다. 그들의 애환, 심리적 고통, 분노, 자살 충동의 이야기를 들으며 동성애에 대한 나의 고정관념은 엷어져만 갔다. 대부분의 동성애자는 외모가 준수하고, 교육 수준도 비교적 높고, 안정된 직업을 가지고 있다. 오히려 이성애자들이 노출증이나 관음증 같은 성도착증과 인격 장애를 많이 가지고 있음을 임상에서 확인했다.

어느 환자의 이야기이다.

잘생긴 젊은 남자 A가 삐쩍 마른 남자 B와 서로 손을 붙잡고 영화 《필라델피아》의 주제곡을 흥얼거리며 진료실로 들어왔다. 자리에 앉자 A는 울먹이며 B가 병으로 죽어가는 것에 대한 슬픔과 공포를 호소했다. B가 죽으면 자기는 어떻게 살까, 도와달란다.

A는 동유럽에서 태어나 어렸을 때 부모를 따라 미국으로 이민을 왔다. 학교에서 영어 악센트 때문에 다른 아이들한테 무척 놀림을 받았다. 그런데 B는 A를 너무나 친절히 대해 주었다. 공부와 운동도 같이 하며 중·고등학교도 같이 다녔다.

그러던 어느 날 B가 자기는 게이라며 A에게 자기 인생의 파트너가 되어달라고 졸랐다. A는 B의 부탁을 뿌리칠 수 없어 몇 년간 파트너 역할을 수행했다. 고등학교를 마친 뒤 그 둘은 어쩔 수 없이 떨어지게 되었다. B 친구의 아버지가 사업에 실패하여 먼 곳으로 이사를 가야 했기 때문이었다.

친구와 헤어진 뒤 A는 대학에서 사귄 여대생과 데이트를 하면서도 머릿속에 항상 B의 모습이 맴돌았다. 진정으로 자기를 알아주는 사람은 이 세상에서 그 친구뿐이란 생각이 도사리고 있었다. 자기는 게이가 아닌데 왜 그러는지 몰랐다. 여자 친구 말마따나 그가 전염된 게이인지도 모른다는 갈등이 점점 커져 갔다.

고민 끝에 인터넷과 소셜 네트워크를 뒤져 B를 찾아냈다. 친구 B

는 에이즈로 죽어가고 있었다. 2005년에 제작된 화제의 영화 《브로크백 마운틴》(*Brokeback Mountain*)의 내용과 조금 비슷한 환자 케이스였다.

원초적 본능인 성에 대한 관심은 시대를 넘어 남녀노소나 동·서양을 막론하고 별로 다를 게 없다. 성은 단순한 생리작용이 아니고 여러 가지 복잡한 요인들로 얽힌 전체적인 사랑과 성행위를 의미한다. 성은 불가사의한 힘과 매력을 가지고 정치, 경제, 종교, 과학, 문화, 예술, 문학 등 인간 생활의 거의 모든 면에 관여하고 있다.

동성애는 성적 지향성에 관한 문제이다. 동성의 상대에게 정서적·사회적·성적인 매력을 느끼는 것이다. 예전엔 성도착증이란 정신병의 하나로 불렀다.

대부분의 동성애자는 비교적 높은 교육 수준과 안정된 직업을 가지고 사회적 적응에 별다른 문제 없이 생활하는 것을 관찰한 미국 정신의학협회는 동성애를 각 개인의 성적 취향으로 분류했다.

물론 당시에 종교, 사회단체로부터 심한 비판을 받았으나 언론과 영상매체들을 통해 이제 동성애의 인식이 서서히 바뀌고 있다. 톰행크스가 주연한 영화 《필라델피아》와 그 후년에 나온 아카데미 수상작 《브로크백 마운틴》 등 여러 영화에서 동성애와 동성애자의 휴머니즘을 보여주었다.

동성애는 왜 생길까? 여러 가지 주장이 있으나 아직 정설은 없다. 어머니의 자궁 속에 있던 태아 시절에 성호르몬 생성의 부조화라는 생물학적 설명과 정신성 발달 과정의 한 시기인 남근기에서 오이디푸스 콤플렉스를 극복하지 못해 발생하는 심리적 갈등 때문이란 생각, 어머니에게 지나친 성적 애착을 형성함으로 어머니에 대한 충

성심(?) 때문에 성적 감정을 다른 여성에게 주지 못하고 성적 대상을 여자로부터 남자로 바뀌게 된다는 프로이트의 정신분석적 주장도 나왔다.

동성애는 근대에 생겨난 게 아니다. 『구약성경』에서 언급하듯이, 아주 옛날부터 있었다. 그리스 시대와 로마 초기에는 동성애가 자연스럽게 성행했다. 중세 때는 동성애자가 신의 저주를 받은 미친 사람으로 낙인이 찍혀 그들이 화형을 당해도 당연한 일로 받아들였다.

근대에 들어서자 동성애자들의 인권운동은 19세기 말부터 일어났다. 20세기 후반에는 동성애가 사회적·문화적·정치적 이슈가 되었다. 나치 독일 정권에 의해 동성애자들은 독가스의 희생자가 되었기 때문이다. 미국의 경우 매사추세스를 비롯한 여러 진보적 주 정부들이 동성애자들의 사회적·법적 차별을 금지하고 더 나아가 동성결혼을 합법화하고 있는 중이다.

현재 미국 전 인구의 2~5%를 동성애자로 추측하고 있다. 동성애자들의 권리가 법적으로는 인정되고 있지만, 종교계와 보수정치인, 보수 성향의 일반인들은 아직도 동성애 혐오의 늪에 빠져 있다. 각자의 윤리관과 세계관을 갖는 것은 표현의 자유이다.

그러나 확실한 증거 없이 마치 지구촌이 동성애자들 때문에 멸망할 거라는 설득은 신빙성이 적다. 통계적으로 동성애자의 숫자는 시대가 바뀌어도 3%에 머물러 있었다. 환경이 변한다 해도 동성애자의 수는 그리 큰 변동이 없을 것 같다. 영원한 소수로 남아 있기에 지구촌의 위협은 적다.

지금도 동성애자들은 눈에 보이지 않는 사회적 편견과 차별로 심적 고통을 받고 산다. 그들은 부정적 결과를 감수하고 커밍아웃의 용기를 보여주고 있다. 동성애자들의 많은 수가 신을 믿고 신을 존중한다.

일반인들이 동성애자로 지목하는 사람도 실은 엄밀한 의미의 동성애자가 아닌 경우가 있다. 그런 사람들은 성적 결속이 아닌 자기와 생활 철학이 같고, 가치관과 삶의 의미가 일치해 서로 의지하며 살아가는 동성 파트너들이다.

21세기 정신의학의 주요 화제는 20세기의 '몸과 마음'의 화두에서 '공감'(empathy)으로 넘어왔다. 우리는 7세 이후에 형성된 잠재적 동성애 감정을 가지고 있다고 한다.

환경의 변화에 따라 우리는 언제 어떻게 될지 아무도 모른다. 자신과 성적 지향이 다르다고 손가락질하기보다는 서로의 마음을 열고 소통해 보자. 서로의 공감의 채널을 열어두어야 하겠다. 남자 A와 남자 B의 관계처럼….

최면

20여 년 전에 생긴 일이다. 우아하게 차려입은 중년 부인이 젊은 여자를 데리고 진료실로 들어왔다. 바로 전에 만난 환자가 심인성 간질(psychogenic seizure) 여성으로 골치가 아팠던 참이라 밖에 나가 머리 좀 식히려 했는데 간호사가 그들을 그냥 들여보낸 모양이다.

심인성 간질은 뇌에 무슨 신체적 이상으로 발작하는 게 아니라 깊은 무의식 속에 감추어진 갈등이 튀어나와 발작이란 신체 증상으로 나타나는 간질병이다.

보통 어렸을 적에 성폭행을 겪은 일이 있는 여성들에게 흔한 병으로 치료가 아주 힘들고 시간도 오래 걸려 의사들이 될 수 있으면 안 보려고 하는 질환이다. 신경내과 의사들이 귀찮으니까 정신과 의사한테 보내는 경우가 많다.

"선생님, 이 애에게 최면 좀 걸어 주세요."

자리에 앉아 인사를 나누기가 무섭게 중년 부인이 하는 말이다.

"글쎄, 심리치료사한테 갔더니 순 엉터리에요, 그래서 정신과 의사를 만나러 온 거죠."

묻지도 않는 말을 늘어놓는다. 또 골치 아픈 환자가 왔구나, 하며 여자분 눈치를 조심히 살피며 대답했다.

"죄송합니다만 우리 병원에서는 최면 치료를 하지 않는데요."

"아니 정신과 의사가 그것도 못 해요?"

중년 여자가 얼굴을 찡그리며 투덜거린다.

"못 하는 게 아니라 안 하는 겁니다. 미안합니다."

라고 확인시켰다. 중년 부인은 진료실을 나가며 딸인지 며느리인지 젊은 여자보고,

"진찰료나 돌려받고 가자. 역시 중국 의사라 아는 게 별로 없는 모양이지"

하는 소리가 복도에서 들려왔다.

20세기 후반기의 미국 사회는 성범죄에 예민한 반응을 보였던 때였다. 성과 여성의 해방 운동으로 봇물 터지듯 쏟아져 나온 가족 내의 근친상간, 성희롱, 성폭행 등은 정서적으로 불안하고 예민한 젊은 여성들의 큰 관심사로 등장했다.

그들은 자신이 성폭행을 겪었으나 정신적 충격으로 말미암아 기억하지 못하지 않나, 하는 의심을 품고 고민하다 사건의 진상을 알아내고자 최면 치료를 하는 정신과 의사들과 임상심리사들을 찾아다녔다.

비슷한 시기에 또 하나의 화제가 된 정신 질환은 외상 후 스트레스 장애증(PTSD)의 출현이었다. PTSD라는 새로운 정신 질환 명칭은 정신 영역에 종사하는 사람뿐만 아니라 일반인에게도 흥미와 염려의 대상이었다.

346

우리가 살면서 매일 겪고 있는 스트레스가 어디까지가 정상이고 어디까지가 비정상이란 한계가 뚜렷하지 않아서이다. 스트레스 후 장애증의 증상들은 예전부터 알려져 왔고 진단 명칭도 여러 가지로 불려 왔다.

PTSD는 생명에 위험을 느낄만한 스트레스를 경험하고 난 뒤에 발생하는 정서적 장애를 총칭하는 정신 질환이다. 예전에는 주로 전쟁이 주요 원인이었는데 지금은 지진, 홍수와 같은 자연 재해, 테러리스트의 위협 그리고 성과 관련된 범죄와 성폭행 등으로 바뀌고 있다.

그중에서도 젊은 여성이 어렸을 때 가까운 가족, 특히 친아버지한테 성폭행을 겪었다는 경우가 우후죽순처럼 터져 나오기 시작했다. 정신 영역에 종사하는 치료자로부터 최면을 받는 도중에 그런 사실(?)들이 알려졌기 때문이었다.

지역 사회에서 존경받는 아버지가 변명 한번 제대로 해보지 못하고 한순간에 치한이나 범죄자로 몰리고 집안이 망가지는 사례가 허다했다. 물론 진짜인 경우도 많았지만, 그에 못지않게 가짜인 경우도 흔했고, 성폭행 피해자의 진술이 오락가락하자 사법계를 포함한 의학계와 종교계도 다른 각도에서 피해자의 기억을 검토하기 시작했다. 문제는 잘못된 기억(false memory)이었다.

우리가 주위 환경을 관찰하고 경험하는 여러 현상을 뇌 조직 속에 기록하여 저장한 것이 기억이다. 기억은 보통 카메라에 찍힌 것처럼, 확실하게 뇌세포 내에 각인되어(imprinting) 있는 게 아니다. 뇌는 오감을 통해 보고 듣고 만지고 냄새 맡고 맛을 본, 수없이 많은 정보를 추려낸 다음, 거기에 살을 붙이거나 떼 내어 변형시켜 놓는다. 자신의 체험이나 경험에 바탕을 둔 이성적 도덕성과는 거리가 멀고 오직 감정, 직감, 그리고 목적과 필요에 따라 기억이 결정되고 재생된다.

그렇게 되는 이유 중의 하나가 뇌 조직의 복잡성이다. 겨우 1,300g쯤 나가는 무게, 크기는 장성한 남자의 주먹만 하고, 육안으로 보면 순두부나 치약처럼 흐물흐물한, 연약하고 작은 게 인간의 뇌 모양이다. 그 속에는 거의 100조의 신경 세포가 담겨 있다.

그 개개의 신경 세포는 1,000개에서 많게는 10,000개까지 서로 연결되어 전기 작용과 화학 작용을 통해 정보를 주고받는 연락망을 이룬다. 그러니 아무리 꼼꼼한 뇌세포라 해도 그런 복잡한 메커니즘에서는 혼란과 혼동이 일어날 수밖에 없다.

다른 이유 가운데 하나는 앞에서도 언급했듯이, 어느 순간에 경험한 우리의 기억은 나중에 개인감정 상태와 타인의 유도 심문으로 엉뚱한 기억으로 재생되어 나오기도 한다. 문제는 당사자가 재생된 기억을 굳게 믿는다는 사실이다. 최면을 통해 누구한테 성폭행을 당했다는 여성은 거짓말을 하는 게 아니라 거짓 진실을 믿는 것이다.

이제 잘못된 기억의 실체가 점점 벗겨지고 있다. 정신의학계는 임상에서 최면 치료를 하는 일부 정신과 의사와 심리상담사들의 잘못된 기억 회상의 오류(retrospective falsification)로 말미암아 대중 미디어와 피해 가족들로부터 뭇매를 맞고 있다. 대중 매체들은 정신의학의 비과학성을 무자비하게 비난하고 가족들은 의료 손해 소송을 법원에 제출한다.

우리 병원의 정신과 의사들도 그런 위험 부담을 원치 않아 최면 치료를 하지 않기로 결정했다. 잘못된 기억에 대한 의료 소송이 늘어나자 의료 상해 보험회사가 보험료를 인상한 것도 또 하나의 이유이다. 기억의 오류는 이토록 무섭다.

낙제 한번 해보았소?

　낙제란 단어는 누구에게나 두려움, 부끄러움, 공포의 느낌을 준다. 의대생 시절에 낙제를 모면하려고 재시험도 꽤 치렀다. 사회에 나와 보니 낙제는 실패나 낙오의 뜻으로 많이 쓰였다. 실패가 성공의 열쇠라고 사람들은 말한다.

　낙제나 실패할 당시엔 무척 힘들고 괴롭지만 이를 거울삼아 노력하면 성공이 뒤따른다는 뜻이다. 세상에 공짜 없듯 삶 중 경험하는 모든 일 또한 버릴 것이 하나도 없다. 낙제와 실패 없이 사는 삶은 세상 보는 눈이 우물 안 개구리처럼 좁다.

　직업이 그래서 그런지 낙제와 실패를 많이 경험한 사람들을 자주 만났다. 그들 대부분은 인간관계가 매끄럽지 못해 힘든 삶을 살고 있는 낙제생들이었다. 그런 환자들에게 실패는 성공의 어머니이니 감사하라고 말하면 어떤 사람은 따귀를 때릴 듯 화를 냈다. 그들이 긍정적으로 받아들여 의사 말을 따르게 하는 것이 임상 기술이다.

　몇 년 전에 인생 낙제를 경험한 뒤 우뚝 일어선 어느 환자의 얘기를 환자의 딸에게서 들었다. 환자는 네 번 임신, 세 자식의 죽음,

350

이혼, 그리고 하나밖에 남지 않은 자식을 항상 염려하며 살아가는 노인 여자분이다. 첫아들은 태어난 지 몇 달 만에 선천성 심장 질환으로 죽고, 둘째 아들은 조산아로 태어나 몇 주 못살았다.

그 와중에 남편은 딴 여자에게 가버렸다. 남은 두 딸을 기르면서 그들이 어디가 아프면 심한 두려움 때문에 공황 발작이 생겨 술과 진정제를 입에 달고 살았다. 세 번째 자식인 딸도 불행히 45세에 유방암으로 죽었다. 어린 두 아들과 장성한 딸이 죽을 때마다 알코올 중독과 진정제 과다 복용으로 정신병원에 입원해야 했다.

자식을 먼저 세상 떠나게 하는 것만큼 어머니를 괴롭히는 일은 이 세상에 없다. 그들은 슬픔, 원망, 분노, 절망, 무기력, 죄의식 같은 부정적 감정을 가슴 속에 묻고 산다. 그럼에도 불구하고 날이 지나면 서서히 밥도 먹고 잠도 자는 일상으로 돌아오는 자신들이 너무나 밉다. 인간은 이렇게 주어진 환경 속에서 적응하는 잠재력을 가진 독한 피조물이다.

그 노인 환자는 자신도 통제하지 못하고 두 딸도 제대로 키우지 못한 후회와 죄책감으로 심한 우울증을 앓았다. 정신과 약도 먹어보고 심리 상담자에게 치료도 받았지만, 효과는 적었다. 어지간히 독하지 않은 사람이 정신병에 잘 걸린다. 최근 하나밖에 남지 않은 환자의 막내딸이 암 진단을 받았다.

억울함과 회한, 자책을 가슴에 누르고 사는 어머니에게 나쁜 소식을 어떻게 전해야 할까? 딸은 너무나 무섭고 두려웠다. 틀림없이 어머니가 다시 정신병원에 입원할듯 싶었다. 언제인가 알려야 하기에 어느 날 딸은 지나가는 말로 이렇게 말했다.

"엄마, 나 가슴에 혹이 하나 생겼대. 수술 받고 방사선 치료하면 완치된대."

그런데 놀랍게도 어머니는 딸의 손을 꼭 잡으며 이렇게 말하는 게 아닌가?

"나 괜찮다. 우리 함께 기도 하자."

그 환자는 한평생 죽음이란 덫에 걸려 살아왔고, 세상은 살 곳이 아니라고 믿어 왔다. 그런데 우연히 친구의 권유로 찾아간 목회 상담자와 얘기를 주고받으며 절대자와 만남을 체험했다. 절대자의 눈으로 보면 인간은 모두 삶의 낙제생이다.

우주 유치원부터 다시 다녀야 한다. 환자는 목회 상담을 통해 지나온 자신의 삶과 화해를 할 수 있는 용기와 희망을 얻었다. 분노와 우울을 넘어 이제 타협과 수용의 자세로 지구촌의 삶을 선물로 생각하며 살기로 마음먹었다.

우울증이 너무 깊으면 약과 심리 치료만으로는 충분하지 않다. 영적 상담이 필요하다. 절대자의 은사(恩賜)나 섭리로 푸는 게 좋다. 초월적 존재와의 관계를 통해 삶의 갈등과 위기를 극복하여 심리적 평온은 물론 영혼의 안정도 얻는 영적 성장을 이루는 것이 삶의 궁극적 목표가 되어야 한다.

삶은 어느 한곳에 머무르지 않고 항상 변한다. 성공도 실패도 자주 만나는 게 인생길이다. 순풍에 돛단 듯 잘 가다가도 가끔 폭풍에 휘몰릴 수도 있다. 인간은 생물학적으로 생존하는 힘을 가진 유전자를 가지고 태어난다.

한두 번의 낙제나 실패는 생존 유전자가 도와주지만 자주 생기면 유전자의 능력이 소진되어 더 이상 힘을 못 쓰게 된다. 인간 사회 역시 나쁘고 바람직하지 않은 일들이 계속 발생하면 벌을 주려고 한다. 이런저런 이유로 낙제생이나 실패자들은 낮은 자존감, 좌절, 외로움 등으로 마음고생이 심하다.

실패했을 때 실패를 감추면 그냥 실패로 남는다. 실패를 인정하고 수용하여 자신을 성찰할 기회로 삼아야 한다. 당장 실패했다고 해서 자신의 운명이 다한 것으로 생각하는 것은 옳지 않다. 그 실패가 무슨 좋은 일로 바뀔지 누구도 모른다.

인생은 어찌 보면 새옹지마(塞翁之馬)의 되풀이이다. 그러니 무슨 핑계나 남의 탓하지 말고 자기 인생 자기가 지켜야 한다. 견딜 수 없는 실패를 겪은 뒤에도 자신의 삶과 화해하는 기회도 없이 지구촌을 떠나기엔 너무 억울하지 않은가?

책을 덮으며

어디서 들은 얘기다.

한 나그네가 어두운 밤길을 홀로 걷고 있었다. 문득 멀리서 한 줄기 불빛이 반짝였다. 그 불빛은 누군가의 등불이었다. 반가워 빨리 다가가 가까이서 보니 등불을 든 사람은 시각장애인이었다.

"아니, 당신은 앞을 보지 못하는 분이 아닙니까?, 그런데 웬 등불을……."

"예, 이 등불은 내가 아니라, 잘 볼 수 있는 사람을 위한 것이죠. 하지만 등불 덕에 다른 사람들이 나와 부딪히지 않으니 결국 나를 위한 것이기도 하지요."

쉰 살을 갓 넘어 글쓰기를 시작했다. 늦깎이 글쟁이인 셈이다. 주로 의학 수필이 주된 내용이다.

"골프나 치지 그 나이에 무슨 글이냐?"

친구들이 빈정거려도 나는 쓰고 있다. 글쓰기가 싫지 않고, 글로써 내 생각을 표현하다 보면 삶과 화해가 되고 마음이 평온해진다. 등불 든 시각장애인의 말처럼 다른 사람과 나 모두를 위한 마음가짐과 같다.

나는 운이 좋은 사람이다. 책 출판에 지인, 친구, 가족의 도움을 많이 받았다. 평소 존경하고 좋아하는, 한국에 계신 신복룡 교수님과 손우현 교수님 두 분이 책의 추천사를 써주셨다. 너무 과분한 추천사를 써주신 두 교수님께 가슴 깊이 감사를 드린다. 특히 신 교수님은 책 출판 과정의 시작부터 마지막까지 도와주셨다.

또 책 발간에 물심양면으로 도와준 오랜 친구인 미 루이지아나 주립대 석좌 교수, 켈리포니아 주립대 은퇴 교수, 황동호 박사와 작품 사진을 책 표지에 내도록 허락해준 나의 막내 고모 천옥주 화가 그리고 서울의 선인출판사와 윤관백 사장님과 편집팀에게 감사를 표한다. 끝으로 은퇴 후에도 나를 지켜 주고 책 내는 데 격려와 조언을 아끼지 않은 아내와 세 자식에게도 고마움을 전한다.

이 책을 구매해 주신 분들의 성의는 사회 단체를 후원하는 데 쓰겠다. 비록 미미한 한 나비의 작은 날개 짓에 지나지 않겠지만, 우리 삶의 뒤에 올 세대를 위하고 내 삶에 의미를 부여하는 보람된 일이 아닌가 싶어서이다.

"거친 바다와 높은 파도는 전진하는 사람의 벗이다."
니체의 말을 되새기며 이제 책장을 덮는다.

2022. 8.
저자 천양곡 씀